MANHATTAN
by Goldmann

Buch

Als Morvern Callar eines Wintermorgens vor Weihnachten ihren Freund tot in der gemeinsamen Wohnung vorfindet, reagiert sie ziemlich gefaßt. Sie geht wie gewohnt zur Arbeit in den Supermarkt, stürzt sich in das Nachtleben des schottischen Hafenstädtchens, befördert die Leiche auf den Dachboden und versucht, das Beste aus der Situation zu machen. Dazu gehört auch, daß sie nicht nur die CD-Sammlung des Verblichenen beschlagnahmt, sondern obendrein dessen Romanmanuskript, das umgehend unter ihrem eigenen Namen an einige Verlage geht. Und Morvern landet damit tatsächlich einen Treffer. Jetzt gibt es eigentlich nur noch ein Problem: Als die laue Frühlingsluft in Schottland einkehrt, muß sich Morvern erneut mit dem Toten befassen. Doch kaum hat sie sich der Leiche endgültig entledigt, kündigt Morvern ihren Job und tauscht das trübe Schottland gegen die Strände des Mittelmeers, wo ihr der Vorschuß auf »ihren« Roman ein angenehmes Leben ermöglicht. Sie tanzt sich von Rave zu Rave, bis ihr schließlich inmitten fröhlicher Sonnenseligkeit eine Erleuchtung zuteil wird und aus dem Party Girl fast eine Heilige wird...

Autor

Alan Warner ist die jüngste Entdeckung unter den neuen schottischen Autoren, die im Gefolge von Irvine Welsh, Duncan McLean und A. L. Kennedy ins Rampenlicht getreten sind. Geboren 1964 in Argyll, entwickelte sich Warner vom Fußball-Hooligan zum gefeierten Schriftsteller. Gegenwärtig arbeitet er an einem neuen Roman.

Alan Warner

HIN UND WEG

Roman

Aus dem Englischen
von Sabine Lohmann

MANHATTAN
by Goldmann

Die Originalausgabe erschien 1995 unter dem Titel
»Morvern Callar«
bei Jonathan Cape, London

Umwelthinweis:
Alle bedruckten Materialien dieses Buches
sind chlorfrei und umweltschonend.

Manhattan Bücher erscheinen im Goldmann Verlag,
einem Unternehmen der Verlagsgruppe Bertelsmann

Deutsche Erstausgabe 8/98

Die Nutzung des Labels Manhattan
erfolgt mit freundlicher Genehmigung
des Hans-im-Glück-Verlags, München
Umschlaggestaltung: Design Team München
Umschlagfoto: Kau Mahrholz
Satz: Uhl + Massopust, Aalen
Druck: Graphischer Großbetrieb Pößneck
Redaktion: AB · Tilo Eckardt
Verlagsnummer: 54015
Herstellung: Katharina Storz/Str
Made in Germany
ISBN 3-442-54015-1

1 3 5 7 9 10 8 6 4 2

Dieser Roman:

für Heather Black, für Holger Czukay und Peter Brötzmann. Für Duncan McLean und in Erinnerung an G. Cunningham (1965–1989).

Herr Clay, immer noch in derselben zögernden Art wie vorher, setzte ihm auseinander, er habe Bücher und Kontenabschlüsse im Sinn, nicht über Geschäfts- und Handelsvorgänge, sondern über andere Dinge, die doch auch zuweilen niedergelegt worden seien und von manchen Menschen zuweilen gelesen würden. Der Schreiber dachte über die Frage nach und wiederholte: Nein, von solchen Büchern habe er nie gehört.

Tania Blixen, *Die unsterbliche Geschichte*

- 1 -

Er hatte sich mit dem Messer die Kehle durchgeschnitten. Er hatte sich mit dem Hackebeil fast die Hand abgetrennt. Er konnte nichts mehr dagegen sagen, also zündete ich mir eine Silk Cut an. Etwas wie ein seltsamer Schauder durchlief mich. Angst – auch, aber in meinen Tagträumen hatte ich mir schon ausgemalt, wie es wäre.

Nackt und tot lag Er da, mit dem Gesicht auf dem Küchenboden, rundherum alles voll Blut. Die Lichterkette am Christbaum ging an und aus, an und aus. Man konnte die Geschwindigkeit des Blinkens stufenweise einstellen. Wieder und wieder sah man Ihn da hingestreckt, und im Dunkeln zwischendurch nur Seinen Computerbildschirm, der noch angeschaltet war.

Ich fing an zu heulen wegen all dieser Geschenke unter unserm Baum und Ihm da so mausetot. Unnütze, kleine Geschenke haben mich schon immer deprimiert. Also heul ich denn erst mal ein bißchen für mich und dann für die andern, wenn mir all das Traurige hochkommt. Die aus der Corran Road, deren Söhne beim Fischen ertrunken sind. Die hatte so lange geflennt, bis sie ein Auge verlor. Ich heulte stoßweise, und meine Nase lief.

Ich ließ die Silk Cut fallen, und sie brannte auf dem versiegelten Dielenboden bis auf den Filter runter. Ich hörte auf zu heulen, weil ich keine Luft mehr kriegte und jämmerlich fror. Ich stellte das Blinken der Lichterkette auf die niedrigste Stufe. Ich machte das Küchenlicht an, dann den Boiler, dann das elektrische Kaminfeuer. Musik legte ich keine auf.

Ich grübelte wohl auch, ob ich zu der Zelle an der Garage gehen sollte, um die Polizei oder die Rettung oder sonstwen anzurufen, der alles weitere erledigen würde. Doch dann wüßte es bald der ganze Hafen. Sie würden ein Bild in die Zeitung setzen. Und sein alter Daddy, der irgendwo auf dem Land wohnte, müßte benachrichtigt werden. Mein Pflegevater und die bei der Bahn und all die im Supermarkt würden es erfahren.

Der Boiler brauchte eine halbe Stunde zum Aufheizen, und es war schon beinah acht Uhr auf dem Video. Ich mußte einen Kessel Wasser heiß machen, um den Schmierfilm vom Gesicht zu kriegen nach der ganzen Heulerei und so.

Ich kam nicht an Ihm vorbei, ohne in Sein Blut zu treten, und mir grauste davor, als ich meine Sachen aus dem Schlafzimmer holte. Ich schluckte die letzte Pille in dem Zyklus.

Auf dem Weg zurück in die Küche sprang ich mit Anlauf über die Leiche. Die Spüle stand voll mit schmutzigem Geschirr, und das wollte alles erst noch gründlich gespült werden. Sein Gesicht war ganz dicht neben meinem nackten Fuß. Ich hielt die Tülle des Wasserkessels unter den Hahn. Dann zog ich meine Unterhose über die Tülle und spannte das Gummiband fest um den Kesselrand. Als das Wasser kochte, zog ich die mollig warme Buxe an. Ich sprang wieder über Ihn rüber mit dem Wasserkessel, den ich schnell weggeschleudert hätte, falls er schwappte, man will sich ja schließlich nicht die Beine verbrühen. Mein Fuß landete voll im Blut. Ich trat einen Schritt vor und fluchte. Ich wischte mir den Fuß am Teppich ab.

Ich wusch mir das Gesicht mit dem Wasser aus dem Kessel, das irgendwie angebrannt roch, dann mußte ich aufs Klo.

Während ich da saß, fiel mir plötzlich auf, daß ich die Tür abgesperrt hatte, obwohl Er tot war. Wie immer achtete ich penibel darauf, nach rückwärts abzuwischen. Und obwohl Er tot war, benutzte ich den Frischluftspray.

Um irgendwas zu tun, verstaute ich all die Geschenke für Ihn, für Red Hanna, für Vanessa Depressa und für Lanna im Wandschrank. Ich steckte mir eine Silk Cut an. Die Geschenke von Ihm für mich legte ich schön in eine Reihe und riß sie dann eins nach dem anderen auf wie die Apfelkisten im Job: Zum Vorschein kam eine glänzende Motorradjacke, ein Paar hauchdünne gelbliche Strümpfe, ein Feuerzeug, das nach echtem Gold aussah, ein irre seidiges Bustier-Dings und ein toller Walkman mitsamt Batterien. Ich fing wieder an zu heulen, als ich in das Blut trat und mich zu Ihm hinkniete. Aber dann streichelte ich Ihm bloß übers Haar, weil der Rest so kalt war. Das ganze Blut auf dem Boden war mit einer Art Haut überzogen. Als ich sah, daß die Silk Cut runtergebrannt war, stippte ich die Kippe ins Blut, und es zischte, als sie ausging.

Ich hatte so lange geheult, daß der Boiler inzwischen heiß sein mußte. Als ich aufstand klebten mir Fetzen von der Bluthaut an den Beinen, und frische rote Tropfen rannen an ihnen herunter. Meine nackten Füße hinterließen schwärzliche Abdrücke auf den Dielen. Mit dem schimmernden Geschenkpapier verwischte ich die Fußspuren zu Schlieren.

Ich kniete mich in die Badewanne, schrubbte mir die Beine ab und wusch mich innendrin. Als ich keine Gänsehaut mehr hatte, rasierte ich mir die Schienbeine. Dabei schnitt ich mich ein bißchen, eine kleine Blutblase quoll auf und wurde schnell zu einem fadendünnen Rinnsal. Ich tat einen Klacks Schaumbad ins Wasser und ließ die Wanne vollaufen. Prompt wurde es zu heiß, und ich mußte kaltes Wasser dazulaufen lassen.

Die Wohnung war jetzt gut eingeheizt, richtig gemütlich. Ich benutzte jedes saubere Handtuch, das ich finden konnte. Im Schlafzimmer rieb ich mich von oben bis unten mit Feuchtigkeitslotion ein und stieg wieder in die Buxe. Ich stellte die Träger an dem Bustier auf die passende Länge und zog eins von

Seinen Oberhemden drüber, das ich halb aufgeknöpft ließ. Dann ein bißchen lila Glitzerlidschatten, zartrosa Puderrouge, weinroten Lippenstift. Als ich das Kleenex zum Abtupfen straff zog, riß es. Ich atmete tief durch und zupfte noch eins aus der Schachtel. Meine Fingernägel sahen wie üblich schlimm aus, also hockte ich noch eine Weile da und blies sie trocken, nachdem ich eine neue Schicht kirschsaftfarbenen Lacks aufgetragen hatte.

Ich band mir den rötlichen Schal ins Haar und zog die grünen Socken an. Ich hatte erst gezögert, ob ich das neue Paar Strümpfe unter der Samthose tragen sollte, was sich ziemlich geil anfühlt, oder die Jeans mit den zerfetzten Knien und den ganzen Rissen bis zum Hintern, mit einer Strumpfhose drunter. Am Ende entschied ich mich für die Samthose pur. Ich schnürte die Baseballstiefel zu und hielt das goldene Feuerzeug an eine Silk Cut. Die steife Motorradjacke roch intensiv nach Leder und knirschte, als ich sie anzog. Ich schob den Walkman in die Tasche und die Stöpsel in die Ohren, nachdem ich mir die langen Ohrringe angefriemelt hatte. Dann noch ein paar Kassetten eingesteckt: neuen Ambientsound, Acid Jazz, darkside Hardcore, und die mit dem Pablo Casals, wo er immer die gleichen einsamen Grooves auf seinem Cello runterschrammelt.

Hinter abgesperrter Tür hockte ich auf'm Klo und hörte mir das alles im Walkman an; Auto-Reverse drehte die Kassetten um, ohne daß man sie rausnehmen mußte! Ich probierte das goldene Feuerzeug an meinen Silk Cuts aus. Ab und zu hob ich den Klodeckel, um die Kippen reinzuschnippen.

Als ich wieder rauskam, war es auf der Video-Zeitanzeige so gegen zwölf. Alle die aus den unteren Etagen, die zur Arbeit gingen, mußten inzwischen weg sein, so daß jetzt weniger mit Gaffern zu rechnen war, wenn die Ambulanz oder die Polizei Ihn abholen kam.

Auf dem Monitor stand:

Nachricht auf Diskette

xxxx

Ich drückte auf die Taste, um die Diskette rausspringen zu lassen, nachdem ich die Zeile auf dem Bildschirm gelöscht hatte, dann zog ich den Stecker raus. Die Floppy ließ ich in die Jackentasche gleiten. Ich schnappte mir zwei Päckchen Silk Cuts aus dem Karton und stopfte mir ein paar von den Kassetten in die Taschen. Was noch? Christbaumkerzen ausknipsen, dito das Kaminfeuer und den Boiler, und im Geldbeutel das Kleingeld für die Telefonzelle zählen. Bis zum Zahltag würde es nicht reichen. Auf der Fußmatte lag ein Modellkatalog, den schmiß ich in den Müll, schloß sorgfältig hinter mir ab und machte mich auf den Weg die Treppe hinunter, an anderen Wohnungstüren vorbei.

Draußen war weit und breit niemand zu sehen. Die Pfützen waren gefroren, das Eis von Gören auf dem Schulweg eingetreten. Ein Auto fuhr vorbei, mit einer Qualmwolke um den Auspuff. Miles Davis dübelte mir nach *Get Up With It, He Loved Him Madly* in die Ohren. Meine Hände staken in den Jackentaschen, die Kälte zwickte mich in die Nase; in der einen Tasche hielt ich die Diskette umklammert, und während ich auf die Telefonzelle zuging, spürte ich in der anderen Tasche die laufende Kassette unter den Fingern, es war gerade die Stelle, wo die Trompete zum zweitenmal einsetzt: Und ich lief glatt an der Telefonzelle vorbei. Nichts zu machen, die Musik trieb mich einfach weiter.

Es war ein eisiger, glasklarer Tag mit blaßblauem Himmel, silbriger Sonne; man konnte jeden Atemhauch sehen. Ich lief am Phoenix und am Bayview vorbei. Am anderen Ende der Bucht, zwischen St. John's und dem Videoshop, sah man Schnee auf den Bergen der Insel, wo meine Pflegemutter begraben lag. An der Uferbrüstung entlang hasteten Leute über die Straße in die Läden. Alle Autos und Busse hatten Qualmwolken um den Auspuff. Ein Mann in einem Auto auf der anderen Straßenseite hob kurz die Hand in meine Richtung. Ich winkte zurück; es war bloß Ramraider, mein Fahrlehrer, bei einer Fahrstunde. Ein Fischkutter lief in die Bucht ein, mit einem Licht am Mast. Ich blieb stehen und sah zu, wie er zum Eisenbahnpier hinüberfuhr. Ich sog die frische, kalte Luft tief in mich ein und hielt das goldene Feuerzeug an eine Silk Cut.

Am Bahnhof wechselte ich die Kassette und sah zur Uhr hoch. Ich wußte, daß mein Pflegevater mit dem Frühzug weg war, also überquerte ich den Bahnhofsplatz. Am Christbaum waren die bunten Glühbirnen noch eingeschaltet. Hier gab's die nächsten Telefonzellen; also bog ich um die Ecke, wie jeden Arbeitstag seit acht Jahren.

Auf dem Parkplatz vor dem Supermarkt blieb ich stehen, um die Silk Cut zu Ende zu rauchen, und als das Schlagzeug nach dem Baßsolo in *Bodytalk* einsetzte, ging ich durch die breite Glastür und geradewegs zur Präsenzliste. Klar, daß Creeping Jesus, unser Oberschnüffler, schon bereitstand, um mich blöd anzuschwallen. Er zupfte mir einen der Ohrstöpsel raus. Du bist 'ne Dreiviertelstunde zu spät dran, jetzt mach aber, daß du raufkommst, kriegte ich in seinem südlichen Akzent zu hören. Wohl schon Bescherung gehabt, wie? grinste er noch und zeigte auf die Lederjacke und den Walkman. Ich steckte den Stöpsel wieder ins Ohr und nahm den Aufgang zum Umkleideraum fürs weibliche Personal.

Lanna aus der Bäckerei stand da und schleckte sich die Finger ab. Sie waren ganz zuckrig vom Krapfenstapeln. Wo hast du denn *die* irre Jacke her? staunte sie. Ich legte sie ihr um die Schultern, sie strich über das Leder und wollte wissen, ob mein Freund sie mir geschenkt hat. Sie nannte Ihn beim Namen. Ich schloß meinen Spind auf und holte den Nylonkittel, die Schürze, die zusammengerollte Strumpfhose und die Halbschuhe raus. Als ich die Arbeitsuniform sah, hätte ich mich beinah umgedreht und Lanna gesagt, daß Er tot war. Sie spielte mit dem Walkman, drückte die Vorlauftaste, so daß der Sound von Music Revelation Ensemble wie aus weiter Ferne rüberkam. Lanna beklagte sich, daß die in der Bäckerei sie über fünf Stunden lang ohne Pause hatten malochen lassen, gegen so was gäb es doch Gesetze. Hast du alle seine Geschenke dabei? sagte sie. Ich nickte, streifte die Samthose ab und knöpfte das Hemd auf. Man konnte den Bustier sehen. Ich zog die ollen, bräunlichen Strumpfhosen an, dann den Kittel und die Schürze, während Lanna mir die obersten Knöpfe zumachte und das aufgeladene Nylonzeug an mir glattstrich. Sie nahm mir behutsam die Ohrringe ab und biß sich auf die Lippe. Schmucktragen war in der Abteilung verboten. Wieso hast du dir denn überhaupt die Mühe gemacht, die anzustecken, Morvern? sagte sie. Ich legte die Jacke und den Walkman in den Spind. Sie sind wunderschön, und dieses Büstendingsda auch, meinte Lanna. Und da wir jetzt dann drei Tage frei hätten, ob ich nach der Schicht ins Mantrap mitkäme auf 'ne volle Dröhnung? Sie würde mir 'n paar Sachen in 'ner Badetasche mitbringen: Schuhe und das schwarze Mini, obwohl es ein Kiffloch vorne an der Schulter hatte; ich könnte mich ja in dem Klohäuschen am Nordpier umziehen. Ich nickte, sie sagte mir, wo und wann wir uns treffen sollten und zeigte mir die halbe Flasche Southern Comfort, die sie in ihrem Spind gebunkert hatte. Sie steckte sich eine Regal an, und ich nahm einen Zug und nickte. Lächelte sogar.

Unten herrschte das Chaos. Smugslug hatte nicht gerafft, daß die Kartoffeln zu hoch aufgeschichtet waren. Jetzt lagen sie haufenweise am Boden und wurden von den Kunden durch die Gegend gekickt. Ich kniete mich hin, um sie aufzulesen, und schob den ganzen Kartoffelberg dann weiter nach hinten ins Regal. Bei dem Job konnte ich mir nie die Nägel wachsen lassen: meine Hände waren andauernd voller Erde.

Im Tunnel zu den Kühlräumen versuchte dieser Smugslug doch glatt, mir wegen meiner Verspätung 'ne Standpauke zu halten. Ich hatte zuviel Hunger, um mir den Seich anzuhören. Ich ließ ihn stehen. Klaute mir ein paar Eierpflaumen aus einem Kühlraum und rieb sie an meiner Schürze ab. Beim Reinbeißen beugte ich mich vornüber, so daß der Saft auf den Boden tropfte. Ich lud einen Stapelkarren voll mit losen Karotten, abgepackten Tomaten, Champignons, Eisbergsalaten, Lollos, Kresseschachteln.

Smiler kam mit einer Palette leerer Verpackungen aus dem Tunnel. Er fing an, die Kartons für die Entsorgung in Stücke zu reißen. Gehst du heute abend aus? wollte er wissen. Mmm, machte ich. Mantrap, was? sagte er. Und ich: hmm-hm.

Ich schob meine Ladung den Tunnel entlang zwischen den Kunden durch. Als ich gerade die losen Karotten rauskippte, kam Smiler lässig mit einem turmhoch bepackten Karren voller Südfrüchte angekurvt. Er rief Shadow, dem Regalstapler in der nächsten Abteilung, irgendwas über das letzte Wochenende im Mantrap zu. Ich schaffte meine leeren Kisten und Kartons zurück. Die Kisten stellte ich neben den Lastaufzug, die Kartons fetzte ich auseinander und achtete darauf, mir nicht die Hände an den Drahtklammern aufzureißen. Ich hievte die Pappstöße in die Presse und drückte den Knopf. Als Smiler ankam, gab ich ihm die Liste, die ich auf ein Stück Karton notiert hatte:

3 Golden Delicious
3 Granny Smith
2 Braeburn

Zitronen (lose/abgepackt)
Orangen (Dutzend + Halbd.)
Knoblauch (lose)
Avocados

Smiler meinte, nicht Smugslug, dieser Lahmarsch, sondern *ich* hätte hier von Rechts wegen Sektionschef werden sollen. Mmm, machte ich bloß, denn bei meiner ellenlangen Liste von Verstößen, und der Art, wie Creeping Jesus mich auf dem Kieker hatte, konnte ich mir jede Hoffnung auf Beförderung sowieso abschminken.

Smiler fing an, seinen Karren neu zu beladen. Und sobald ich seine leeren Kartons auch noch entsorgt hatte, würde es so sicher wie das Amen in der Kirche mit weiteren Gemüsekästen weitergehen, und er würde zur Abwechslung die Kartoffeln aufsammeln. So hielten wir die Abteilung in Schuß.

Nach genau vier Stunden verzog ich mich in die Kantine. Mit dem Goldfeuerzeug hatte ich mir schon eine Silk Cut angesteckt, ehe ich die Treppe rauf war. Ich griff mir zwei Brötchen, tat Ketchup drauf und setzte mich neben Tequila Sheila von der Kassenfront.

Neue Jacke, hab dich mit reinkommen sehen, sagte sie.

Hmm-hm, machte ich.

Was hast du Weihnachten vor, feierst du bei Red Hanna?

Mmm.

Hast du heut Schicht bis Ladenschluß?

Mmm.

Mantrap?

Hmm-hm.

Mist, ich muß bis abends bleiben. Seh euch dann später.

Tequila Sheila und ich waren in dieser Clique vom Sozialwohnungskomplex, genannt die Komplexmiezen. Aber die Lästermäuler verstummten, als ich anfing, mit Ihm zu gehen, und Ihm zusah, wie er sein Modell auf dem Speicher baute. Weil ich lang aufgeschossen war, hatte ich schon mit dreizehn einen Halbtagsjob im Supermarkt gekriegt, praktisch gleich nachdem er neu aufgemacht worden war. Was mein Alter betraf, drückten die da ein Auge zu; je eher sie anfangen können, einen auszubeuten, desto besser. In der Schule versaut man sich alle Chancen, wenn man abends und am Wochenende immer jobben geht. Der Chef ködert einen mit Bargeld auf die Kralle, alles schwarz natürlich, null Versicherung, und wenn man fünfzehn oder sechzehn ist, rutscht man von den Sommerferien an ganz von selbst in den Ganztagsjob und geht nie wieder zurück zur Schule.

Am Nachmittag war's wie immer, aber als in der Abteilung alles tipptopp lief, mußte ich laut Befehl von Creeping Jesus bei Seekuh an der Kasse aushelfen, anstatt mit Smugslug die frisch gelieferte Ware zu sortieren.

An der Kasse stopfte ich Plastiktüten mit den Weihnachtseinkäufen der Leute voll. Eine Frau mit dem Akzent der Besserverdienenden wies mich an, mir die dreckigen Pfoten zu waschen, bevor ich ihre Geschenkkärtchen anfaßte. Manche Rechnungen beliefen sich auf mehrere hundert Pfund. Und alle zahlten mit Kreditkarten. Ich stellte die Tüten in Einkaufswagen und schob sie zu den Volvos raus. Bei einer dieser Familien der Besserverdienenden machte der Wein den größten Posten auf der Rechnung aus, ein ganzer Einkaufswagen nur für die Flaschen. Eine Tochter in meinem Alter sah seelenruhig zu, wie ich ihnen den Kofferraum vollpackte. Da sie mit Kreditkarte zahlten, gab's kein Wechselgeld, also auch kein Trinkgeld. Fröhliche Weihnachten, sagte der Familienvater.

Gegen Schluß ließen Smiler und ich die Regale extra leer werden, aber Creeping Jesus war gleich hinter uns her und zwang uns noch mal zum Auffüllen, so daß es Tonnen von Zeug wegzuräumen geben würde, kaum daß die letzten Kunden aus dem Laden waren. Und dabei kriegten wir nach Ladenschluß keinen Pfennig extra gezahlt. Ich konnte sehen, daß Smiler kurz vorm Ausflippen war, also nickte ich ihm zu, schleunigst zu verduften, sobald die Lautsprecherstimme die Leute zum Gehen aufforderte.

Im Supermarkt war es still, die meisten Lichter ausgeschaltet, um Strom zu sparen. Der Höllenhund von Creeping Jesus lauerte jetzt hinter der Spiegelglasscheibe in seinem Büro. Ich wußte, daß er mich von da oben im Auge hatte.

Ich stapelte die Golden Delicious zu schimmernden Pyramiden auf. Leicht verderbliches Obst und Gemüse lud ich in Einkaufskarren und schob es paarweise durch den Tunnel zu den Kühlräumen.

Die Kartoffeln bedeckte ich mit Säcken, damit sie nicht so schnell keimten. Dann wischte ich den Boden auf und fuhr mit dem Lappen über die Regale. Die Eimer mit dem Putzwasser kippte ich in den Abfluß der Fleischabteilung. Man konnte die hellgelben Maden da noch unter dem Eisengitter wimmeln sehen.

Früher hatte ich mal in der Fleischabteilung gearbeitet. Jeden Abend nach dem Putzen stank man nach Blut, und es haftete unter den Fingernägeln, wenn man in der Kneipe das Glas an den Mund hob. Man schleppte den blutigen Plastiksack voller Abfälle, der von den Knochen aufgeschlitzt wurde, zum Lastaufzug. Das Blut ruinierte mir drei Paar Schuhe. Aber für Schuhe mußte man selber aufkommen.

Im Umkleideraum sprühte ich mir ordentlich Deo unter die Achseln und stopfte meine Arbeitssachen in den Spind. Ich hielt das goldene Feuerzeug an eine Silk Cut. Als ich an seinem Büro vorbeikam, rief Creeping Jesus: Morvern! Drinnen gab er mir einen Umschlag und glotzte mich über seinen Bart hinweg an wie ein sabbernder Perversling. Frohe Weihnachten, sagte er. Ich hatte Music Revelation Ensemble in den Ohren und ging einfach raus.

Auf dem Parkplatz sah ich mir den Brief unter einer Lampe an. Ich las ihn gar nicht erst, ich erkannte an der Zeilenzahl, was es war. Eine neue Zeile war aufgetaucht: Letzte Verwarnung. Ich zerriß den Wisch und streute die Fetzen über die Mauer in die Black Lynn, das Flüßchen, das in den Hafen fließt.

Im Dunkeln konnte man die Atemwolken unter den Straßenlaternen sehen. Mit Street Bride in den Ohren ging ich ins Haddows, holte mir eine Flasche Billigwein und legte dafür fast mein ganzes Geld auf den Tresen. Ich lief die Promenade entlang, an The Marine und The Saint Columba und den anderen geschlossenen Hotels vorbei, und hielt die Flasche in der Papiertüte an die Brust gedrückt. Jungs in Autos drehten ihre Kreise durch die Hafenstraßen. Man sah immer wieder dieselben vorbeikommen, und so kalt es auch war, alle hatten sie die Ellbogen draußen.

Obwohl allein, stieg ich zu dem runden Pavillon über dem Hafen hinauf. Ich gab mir Can: *Delay 1968*, steckte mir eine Silk Cut nach der anderen an und kippte den Wein.

In der Nacht konnte man dort oben die Lichter vom ganzen Hafen sehen, von unserem Wohnkomplex am hinteren Ende bis zu den Piers unten, wie ein Modell mit den kleinen Hotels, den Lämpchen, den rumkurvenden Spielzeugautos und den stillen Booten in der Bucht.

Drei riesige Scheinwerfer auf dem Südpier, wo die Inselfähren in Bahnhofsnähe anlegen. Unter dem Pavillon sieht man den Nordpier, die verdunkelte Bucht, die erste Insel, dann den Streifen dunkleren Meeres bis hin zu den schneebedeckten Bergen von der Insel meiner Pflegemutter, wo sie begraben ist. Hinter dem Wohnkomplex verlaufen die Berge in östlicher Richtung zu der abgelegenen Siedlung weiter landeinwärts, die Back Settlement heißt, dann nach Westen über den Paß zu dem Dorf jenseits des Elektrizitätswerks.

Ich stellte die leere Flasche auf den Steinboden, und für einen Moment funkelten die ganzen Hafenlichter darin: Ich zerschlug sie an dem Granitsockel, *O Little Star of Bethlehem* in den Ohren.

Vorsichtig kletterte ich Jacob's Ladder hinunter, die steilen Stufen an der Klippe hinter der Brennerei. So nah war der weiße Dampf, der von dem Dach aufstieg, daß man sich rüberlehnen und die Hand reinhalten, und dann hochschauen konnte, wo er verschwand. Auf jedem Treppenabsatz stand eine Bank, und auf jeder Bank knutschten Pärchen in der klirrenden Kälte.

Lanna wartete draußen vor Menzies. Sie trug ihren kurzen Rock mit der Bolerojacke und die Haare hochgebunden. Hallo Lizzy Longlegs, sagte sie, und reichte mir eine Tasche mit dem Namen des Supermarkts drauf. Biste bedröhnt? Wir fingen beide wie rasend an zu kichern. Arm in Arm gingen wir zum Toilettenhäuschen am Nordpier und schlossen uns in einer Kabine ein. Die Klofrau kam aus ihrer Bude geschlurft, ich stellte mich schnell auf die Brille, und Lanna zog ihren Rock zu den Stiefeln runter und setzte sich hin. Als die Klofrau wieder weg war, hockte ich mich hinter Lanna, mucksmäuschenstill ließen wir die Flasche Southern Comfort zwischen uns hin und her gehen. Zwischen den Schlucken konnten wir unsere Atemwolken sehen. Geräuschlos zog ich mich aus, die Füße auf den grünen Socken, weil es so affenkalt war. Lanna holte das kleine Schwarze, die Schuhe und Strümpfe hervor, und als ich mich in das Kleid reinwand, streifte Lannas Haar meine Wimpern, während sie sich vorbeugte, um die Strapsbänder zu straffen. An der rechten Schulter war ein kleines Loch im Kleid, und Lanna nahm einen schwarzen Filzstift, biß sich vor lauter Konzentration auf die Lippe und malte die Haut unter dem Loch an. Ich leckte mir die Fingerspitzen, um die Strümpfe hochzurollen, und lüpfte den Rock, damit Lanna die Halter befestigen konnte. Das lange Hemd, die Samthose, die grünen Socken und Baseballboots stopften wir in die Supermarkttasche. Ich zog die Motorradjacke wieder an und prüfte nach, ob die Diskette noch an ihrem Platz war. Arm in Arm gingen wir zum Mantrap hinüber.

Slab, der Türsteher und Rausschmeißer, brachte meine Tasche hinter der Theke in Sicherheit; die untere Etage des Lokals war bei Tag eine Bäckerei. Oben stellten wir uns vor die Toilettenspiegel, Lanna brachte mein Make-up in Ordnung, und ich benutzte ihren Lippenstift, Farbe egal.

In der langen Bar war nicht mehr viel Platz frei. Alle waren da und bedröhnt: Buttermountain, Golden Binman, Overdose, Shadow, Tit, Pongo, Melon, Sulee, Shroud, Harbour, Goldfinger, Big Apple, Shagger, Superchicken, Lorne the Gas, Spook, King Prawn, Cheese, Yellow Pages, Dai Lama, Weed, Jimmy Gobhainn, Four by Fours Tochter, Marine Girl, Seacow, zwei von den Dose-Brüdern, das Hippiemädchen Snowballs at the Moon, Scoular, Synchro, Offshore, Smiler und Hailey.

Overdose spielte Pool mit zwei Typen, einer davon mit ganz fescher Frisur; die Typen waren nicht aus dem Hafen, vielleicht aus einem Dorf der Umgebung. Als wir uns an ihnen vorbeiquetschten, meinte Overdose, beim nächsten Spiel setze er seine Frau als Prämie ein, und zeigte dabei auf mich. Ich grinste mir eins mit Lanna, aber rot wurde ich doch.

Tequila Sheila winkte uns zu. Sie saß am Fenster, wo noch Platz war, vielleicht, weil sie mit dem Panatine und Signal Passed at

Danger zusammenhockte. Sie hatte sich wie üblich mit Slammern zugedübelt. Wir rutschten auf die Bank, und da wir uns nichts bestellen konnten, goß Lanna den Rest von dem Southern Comfort in irgendwelche leeren Gläser. Tequila Sheila erwähnte Seinen Namen, aber ich lächelte nur und zuckte die Schultern.

Tequila Sheila erzählte Panatine, dem Koch und SPD, der wie mein Pflegevater Red Hanna Lokomotivführer war, wie sie ihren Mann kennengelernt hatte, der gerade im Knast saß: Sie war mit zwei anderen Mädchen ausgewesen, und sie hatten drei Typen auf der Tanzfläche beobachtet, und dann meinte sie, sucht euch die aus, die ihr wollt, und ich nehm dann den, der übrigbleibt! Wir wieherten alle vor Lachen. Von oben hörte man die Beats dröhnen. Obwohl nur Bass und Drums durchdrangen, konnte man erkennen, daß es *(Don't Fear) The Reaper* war, von Some Enchanted Evening. Ich hielt das Goldfeuerzeug an eine Silk Cut, nachdem ich das Päckchen ringsum angeboten hatte.

Lanna erzählte von ihrem letzten Freund, wie sie an einem Samstag das Bett ihrer Eltern benutzt hatten, er aber so betrunken war, daß er es im Schlaf bepißte. Lanna hatte die Matratze am Fenster mit einem Fön trocknen müssen, bevor ihre Eltern zurückkamen.

Das ist noch gar nichts, meinte Tequila Sheila, und erzählte, wie sie in dem Sommer, als sie Zimmermädchen im Saint Columba war, im Vollrausch einen Kerl mit aufs Zimmer geschleppt hatte, der aber sofort weggepennt war, ehe irgendwas abgehen konnte. Am nächsten Morgen war sie dann allein aufgewacht, aber in einem Mordsgestank, und als sie sich aufsetzte, traute sie ihren Augen nicht; offenbar hatte er ihr mitten auf den Bauch geschissen und das benutzte Klopapier in ihre Handtasche gestopft. So sind die Kerls aus der Stadt, meinte Tequila Sheila.

Männer! winkte Lanna ab, Männer machen noch ganz andere Sachen, und erzählte von Pheemy, ihrer schwangeren Schwester, die in der Wohnung über ihr im Wohnkomplex wohnt. Lanna hörte sie oben mal wieder fürchterlich streiten, also lief sie die Treppe hoch, sperrte mit ihrem Schlüssel auf und sah, wie der Schwager den Kopf ihrer Schwester ins Spülbecken hielt. Dann gab er auf und stieß sie zu Boden und schrie, wenn sie abgewaschen hätte, wie es sich für eine anständige Hausfrau gehörte, dann wär auch genug Wasser dagewesen, um sie zu ersäufen.

Tequila Sheila erzählte, wie sie zum erstenmal in der Hochsaison ins Mantrap gekommen war und ein Typ sie zum Tanzen auffordert und ein Messer gezogen hatte, als sie nein sagte.

Die beiden Neuen kamen vorbei, und Lanna rief ihnen zu, was denn nun wäre, ob sie mich gewonnen hätten. Ich lächelte den mit der feschen Frisur an, obwohl sie alle beide richtig süß aussahen.

Leider nicht, meinte der Blonde. Kein Einheimischer, dem Akzent nach. Sie gingen rauf zum Tanzen.

Oha, meinte Panatine, die beiden Milchbärte kriegen sicher bald eins in die Schnauze.

Mir scheint, du hast da einen jungen Verehrer, meinte SPD.

Ne, ich glaub, die stehn mehr auf Morvern, grinste Lanna, und dann erzählte sie, wie sie mal beschlossen hatte, Taekwondo zu lernen, und als sie die angegebene Nummer wählte, sagte jemand am anderen Ende: Ja bitte, was darf es sein? Es waren die vom China Take-away, die den Kurs anboten.

Ich lachte mich scheckig, und die anderen guckten mich komisch an. Panatine lachte auch und fragte, ob jemand ein Goldie einwerfen wollte, und ich nickte.

Tequila Sheila erzählte, wie sie im letzten Sommer mit einem Mann ins Bett gegangen war, und ehe er hinterher das Licht ausgemacht hatte, nahm er zwei winzigkleine Hörgeräte aus den Ohren. Im Dunkeln hatte Tequila Sheila gefragt, kannst du mich hören? Der Mann hatte keinen Ton mehr gesagt.

Wir wieherten wieder los, und dann tauchte Panatine mit dem Whisky auf. Ich trinke sonst nur Whisky, wenn ich total erkältet bin und aufgeplatzte Lippen habe, aber dieser hier brannte genauso, obwohl meine Lippen o. k. waren.

Wir blödelten noch eine ganze Weile so weiter, alle bedröhnt wie die Lurche. Lanna meinte plötzlich, hey, Morvern hat ein Geheimnis. Ich fiel vor Schreck fast von der Bank.

Morvern hat ein ganz besonderes Knie. Komm, zeig den Jungs mal dein Knie, schließlich ist ja Weihnachten, lachte Lanna.

Ach so, bloß das. Ich langte unter das schwarze Mini und machte vorn den Strumpfhalter los. Panatine und SPD beugten sich vor. Ich hob das Knie ans Kinn und fühlte, wie Lanna den Strumpfhalter hinten löste, außer Sicht der Jungs. Dann leckte sie sich die Finger an und rollte den Strumpf runter, während ich das Bein ausstreckte. Lanna hielt des Bein mit beiden Händen unter das orangegelbe Licht der Deckenlampen und knickte es am Knie.

Seht ihr's, seht ihr's? fragte sie.

Tequila Sheila quietschte auf einmal los, oh, jaja, da glitzert was unter der Haut. SPD machte den Hals lang, zeig mal, zeig mal, wo denn.

Sie konnten die bunten Splitter direkt unter der Haut schimmern sehen, das ganze Knie glitzerte, wo der Lichtstrahl es traf.

Es ist Weihnachtsflitter, sagte Lanna.

Is ja irre, wisperte Panatine.

Die tätowierten Typen am Tisch gegenüber johlten und pfiffen, aber das galt bloß meinem nackten Schenkel. Doch Panatine und die anderen um mich rum, die starrten richtig gebannt auf mein glitzerndes Knie.

Als kleines Mädchen hat sie sich mal das Knie auf dem Küchenboden aufgeschlagen, genau auf solche Weihnachtskarten voller Glitzerzeug ist sie gefallen, und hinterher haben die in der Klinik nicht mehr alles aus der Wunde rausgekriegt, erklärte Lanna.

Es war das erste Mal, daß ich an diesem Tag was sagte, wenn man den Fluch nicht mitzählt, als ich heute morgen ins Blut getreten war; aber wo ich halt schon so blau war, hab ich gesagt: Ich weiß noch genau, mein Pflegevater hat den Notarzt gerufen, weil es wie verrückt blutete, und zufällig war die Ambulanz eh gerade bei unserem Wohnkomplex. Ich wurde hinten in den Wagen zu einem jungen Ding gesteckt, das gerade eine Frühgeburt hatte. Die Schwester hat gemeint, ich soll nur recht gut hinschauen, die ganze Fahrt zur Klinik lang, um mich von meiner Kniewunde abzulenken. Die andere kreischte wie am Spieß, und ein winziges Baby kam raus, ein Mädchen.

Eine Weile sagte keiner was, dann meinte SPD, die Glitzerteilchen würden mit der Zeit immer tiefer sinken und mit zunehmendem Alter langsam unsichtbar werden. Alle schauten zu, wie Lanna ihre Finger anleckte und meinen Strumpf wieder hochrollte, und wie ich den Straps dann vorne einhakte und Lanna um mich rum langte, um ihn hinten festzumachen.

Ich will nicht, daß das Glitzern weggeht, sagte ich, während ich mir den Rock glattstrich.

Ah, das wird es aber, stellte Panatine fest. Schweigen. Dann fragte Panatine, ob ich in der Schule gehänselt worden war, weil ich nicht wußte, wer meine Eltern waren.

Ich erzählte von einer Erdkundestunde, in der wir alle was über das Dorf sagen sollten, wo wir geboren waren. Als ich an der Reihe war, sagte ich, ich wüßte nicht, in welchem Dorf ich geboren sei, und die ganze Klasse lachte, und ich bekam einen Rüffel von der Lehrerin.

Ich erzählte, daß meine Pflegemutter keine Kinder kriegen konnte, also nahmen Red Hanna und sie mich an Kindes Statt an, und dazu noch jeden Sommer ein anderes Mädchen in Pflege.

Eine, mit der ich im Sommer das Stockbett teilte, tat sich immer Zäpfchen rein und gestand mir schließlich, daß ihr Vater sie jede Nacht überfiel; doch sie hatte entdeckt, daß er nicht so leicht in sie eindringen konnte, wenn sie Zäpfchen drin hatte, und ich hielt sie die ganze Nacht lang im Arm.

Jetzt fingen die vier am Tisch gegenüber an, sich anzugiften. Die Argylls, brüllte der Tätowierte und noch einer, der zu ihm hielt, die Kosbys, brüllten die beiden anderen. Zwei sprangen auf einen drauf und drückten ihn auf den Tisch. Gläser zersplitterten, und einer stieß dem anderen den Hals einer Bierflasche ins Auge und röhrte, die Argylls wären alles dreckige Iren, also würde er ihm mal das Auge rauspflücken und gegen das Licht halten, um zu sehen, wie grün es sei.

Slab der Rausschmeißer kam anmarschiert, hielt irgendwas an seine Zigarre und schmiß es den Kampfhähnen vor die Füße. Ein Knall, Rauchschwaden und Geschrei, die Männer hielten sich taumelnd die Ohren zu, während Slab und zwei von den Barkeepern ihnen die Griffe von Eispickeln an die Beine schlugen.

Slab hatte eine seiner berühmten SOS-Raketen losgelassen, die immer Wunder wirkten. Unglaublich, meinte ein Typ im Vorbeigehen, der mit den Tätowierungen hängt schon seit letztem Wochenende praktisch am Alkoholtropf.

Von oben konnte ich Cameo hören, und mit all dem Southern Comfort intus flitzten Lanna und ich die Treppe hoch zum Tanzen.

Gerade lief *She's Mine*, von der *Wordup*-Platte, und das ging dann direkt in die nächste Nummer über, *Just Be Yourself*, was bisher nur auf LP zu haben war.

Lanna und ich bewegten uns in eingespieltem Duett, Arme und Beine genau im selben Rhythmus, dazu jede Menge Haareschütteln. Die Jungs vom Pooltisch waren auch da, speziell der mit der Frisur. Smiler latschte in seiner Lederjacke rum, ein Bierglas in der Hand. Lanna und ich schlangen die Arme um ihn und küßten ihn auf den Mund. Wir sagten nichts, nippten nur frech an seinem Bier und tanzten weiter.

Ich kannte alle Stücke. Ich versuchte immer, dem Beat um einen Tick voraus zu sein. Meine Beine richteten sich nach dem Baß, den Drums, während Arme und Körper die Gitarren und anderen Geräusche umsetzten. Ein rotierender Arm war ein Gitarrensolo. Die Jungs vom Pooltisch rückten zu uns ran.

Sie spendierten uns Bier, und man konnte die Flasche beim Tanzen mit zwei Fingern halten, nur hin und wieder kurz stoppen, um mit dem goldenen Feuerzeug eine Silk Cut oder Regal anzuzünden.

Ich tanzte mit dem einen von den Jungs, dann mit dem anderen, Lanna auch. Auf einmal kamen Weihnachtslieder.

Das Licht ging an, und man sah den Schweiß auf Lannas Stirn.

Gehst du heim? fragte Lanna.

Denk nicht dran, sagte ich.

Die Jungs hatten ein Auto und wollten noch zu 'ner Party, also nahm ich die Motorradjacke von der Stuhllehne, und wie ich sie überzog, fühlte ich die Diskette in der Tasche.

Lanna frischte mein Make-up im Waschraum auf, dann zogen wir alle ab in die Nacht. Overdose hing weggetreten auf dem Stuhl, mit dem die Tür aufgehalten wurde. Auf dem Gehsteig draußen standen die Leute rum und palaverten. King Prawn kam mit einer Mülltüte prall voller Bierflaschen rausmarschiert. Ein einarmiger Fischer gesellte sich zu Tequila Sheila. Sie schoben zusammen ab.

Alle schauten zur Lighthouse Bar am Nordpier rüber, wo die Polizei so viele festgenommen hatte, daß sie in Taxis abtransportiert werden mußten.

Lanna und ich gingen Arm in Arm hinter den Jungs her. Ich war halb verhungert, und sie boten an, uns einzuladen, also stellten wir uns in der Schlange vor dem Stand mit gebackenen Kartoffeln an. Meine wollten sie mir immer mit Fleisch vollstopfen, um mich aufzupäppeln, darum nahm ich lieber eine ohne alles; nicht mal aufgeschnitten! Dicker Dampf stieg auf, als ich die Schale oben kappte, wozu ich den Kamm von dem mit der feschen Frisur benutzte und dann zurückgab.

Lanna und ich mümmelten gemütlich auf dem Rücksitz, und das Auto hatte gute Boxen: von REM, *Automatic For The People*, lief die Nummer *Try Not To Breathe*. Ich horchte sehr konzentriert auf den Text.

Wir fuhren aus der Hafengegend heraus, die Uferstraße entlang in Richtung Back Settlement, dann unterhalb der Schloßruine vorbei, ins Villenviertel, wo die Besserverdienenden in ihren Eigenheimen wohnen.

Schneeflocken begannen durch die Nacht zu wirbeln. Lanna und ich streckten die Köpfe aus demselben Fenster, schnappten nach den Flocken und quietschten überdreht, bis wir vor Kälte ganz blau im Gesicht waren.

Die Party stieg in einem großen Bungalow mit riesigem Gartengrundstück. Drinnen tanzte ich gleich los wie ein Derwisch und rempelte immer wieder an den Plattenspieler. Jemand drückte mir eine Dose Tennents in die Hand. Irgendein Typ vermeldete, das Haus gehöre seinen Eltern, die aufs Land gefahren seien. Er drehte sich zu mir um und laberte mir was von 'ner Uni vor. Daß er da Häuser entwerfen lerne, und was für ein Haus ich denn wohl gern hätte. Das alles mit seinem piekfeinen südlichen Akzent. Ich sagte, am liebsten eins, wo man die Männer nicht beim Pissen hören kann. Und lachte mich scheckig. Der Typ mochte nicht tanzen, also hielt ich mich an Lanna und die Jungs. Wenn wir ihnen was sagen wollten, legten wir ihnen die Hände auf die Schultern und schrien es ihnen in die Ohren. Sie hießen John und Paul, wie zwei Apostel.

Die Leute schmissen Schneebälle an die beschlagenen Fensterscheiben, und schließlich ging eine zu Bruch. Lanna und ich rannten raus und fingen ebenfalls an, mit Schneebällen zu werfen. Der Typ, dessen Eltern das Haus gehörte, wollte uns immer zum Aufhören bewegen, aber inzwischen tobte die Schneeballschlacht schon durchs ganze Haus. Und in der supermodernen Luxusküche wurde eifrig an einem Schneemann gebaut.

Der Schnee fiel jetzt so dicht, daß er auf unseren Gesichtern liegen blieb. Ein paar Mädchen benutzten Tabletts als Schlitten. Der Paul packte mich an den Beinen und versuchte, mich wie ein Feuerwehrmann über die Schulter zu hieven. Wir kippten um und kamen vor Lachen nicht wieder hoch. Er küßte mich auf den Mund, und das war das einzig Warme, was ich am ganzen Körper noch fühlte. Ich stopfte ihm eine Handvoll Schnee in den Kragen. Plötzlich fiel's mir wieder ein, ich tastete hastig nach meiner Jackentasche, aber die Diskette war zum Glück noch da. Die Schneeballschlacht dehnte sich mit der johlenden Meute quer durchs Gelände aus, alle total wüst drauf und außer Atem vor Lachen, und schließlich ging ich dann mit dem Paul zum Bungalow zurück.

In der Küche knutschte Lanna mit dem John, während ein paar von den anderen dem fertigen Schneemann ein Smiley-Gesicht mit Gemüse aus dem Kühlschrank aufpappten. Lanna legte den Arm um mich und staunte, wie kalt ich mich anfühlte.

Zwei Mädchen rannten oben ohne herum, und Lanna wisperte: Nutten. Ein paar Jungs und Mädchen hatten sich zusammen unter die Dusche verzogen und kreischten, weil andere ihnen Schneebälle ins dampfige Badezimmer schmissen. Der Typ, der hier wohnte, war gefesselt und in den Schrank gesperrt worden, wo sie Skier gefunden hatten, und da war er auch prompt eingeschlafen. Ein paar Mädchen fuhren mit den Skiern im Slalom den Gartenabhang hinab und knallten unten in den Zaun.

Eins der Oben-ohne-Mädchen kam auf uns zu und sagte: Es gibt noch 'ne andere Dusche, falls ihr euch geniert.

Die Dusche war in einem kleinen Gästebad neben einem riesigen Schlafzimmer. Auf dem Bett häuften sich Jacken und Mäntel, mittendrin ein schlafendes Pärchen. Es gab sogar halbwegs trockene Handtücher, also schlossen Lanna und ich uns ein, streiften die Klamotten runter und gingen wie üblich zusammen unter die Dusche, um Zeit zu sparen. Wir versuchten, uns nicht die Haare naß zu machen, seiften uns gegenseitig ein und kicherten, als sie mir den schwarzen Filzstiftfleck und das glitzernde Knie abrubbelte. Ich wusch mich zum zweitenmal am Tag in mir drin, und Lanna stützte sich mit der Hand an den Kacheln ab, um sich mit katzenhafter Sorgfalt innendrin zu waschen. Lanna meinte, sie hätte so gern mehr Busen, und ich meinte, ich wär sehr zufrieden, so zaundürr, wie ich sei. Wir trockneten uns ab und zogen uns wieder an, wobei wir in der Enge dauernd gegeneinanderstießen.

Viele waren mittlerweile schon gegangen, und aus einem Schlafzimmer drangen Geräusche. Überall lagen Dosen und Flaschen herum, und Chips oder Nüsse waren großzügig in die Teppiche getreten. Unter einem Fenster breiteten sich Glasscherben aus, und in der Küche grinste der Schneemann mit den letzten Zechern um die Wette.

Die beiden Apostel, John und Paul, hatten ein Schlafzimmer mit elektrischem Kaminfeuer, Kerzen und ein paar Dosen Tennents besetzt. Außerdem hatten sie auch ein Kartenspiel dabei.

Au ja, Strip-Poker! platzte ich heraus.

Bis wir die Dosen leer hatten, blieb mir nur noch mein Bustier und ein Strumpf, und Lanna hatte nichts mehr an als den Rock und das Fußkettchen. Die Typen dagegen hatten bloß die Hemden und Socken eingebüßt. Ich war allmählich ziemlich geil.

Mit einer Kerze zeigte Lanna ihnen mein Glitzerknie, und sie strichen mir beide mit den Fingern über die Haut. Dann zog sie mir langsam den Bustier von hinten hoch, um ihnen auch noch den Filzstiftpunkt zu zeigen. Lange Schatten tanzten über die Decke, und mir war flau im Magen. Lanna nahm mich bei der Hand und brachte mich ins Bett. Gute Nacht und Gottes Segen, sagte sie.

Ich wachte auf. Als ich aus dem Bett stieg, trat ich auf Lanna, die mit den Jungs am Boden lag. Im Klo sperrte ich mich ein und kotzte, was das Zeug hielt.

Ich drückte die Spülung und putzte mir mit irgendeiner rumliegenden Bürste die Zähne. Der ganze Küchenboden war mit Schmelzwasser überschwemmt. Ich trank aus einem Milchkarton und fing an zu heulen. Lanna kam mit meiner Lederjacke aus dem Schlafzimmer und legte sie mir über die Schultern. Sie tappte geschäftig auf Zehenspitzen hin und her, streifte mir den anderen Strumpf über und versuchte, sie schlecht und recht glattzuziehen; viel war da nicht mehr zu machen, so verzwirbelt, wie sie waren. Komm doch und schau uns zu, sagte Lanna im Hinausgehen.

Ich schniefte. Tastete in der Jackentasche nach der Diskette. Steckte mir mit dem Goldfeuerzeug eine Silk Cut an.

Oh *Little Star of Bethlehem* von der *Delay 68* in den Ohren, raffte ich mich schließlich auf, einen Blick in das Zimmer zu riskieren: Im Kerzenlicht tummelten Lanna und die beiden Apostel sich splitternackt auf dem Bett. Is' *so* scharf, zischte Lanna mir mit zusammengebissenen Zähnen zu. Ich schaute eine Weile zu, und eine Welle von Geilheit durchrieselte mich angenehm. Dann ging ich in die Küche zurück und saß allein da, immer wieder von Schaudern geschüttelt, bis mein Gesicht sich ganz taub anfühlte. Eiskaltes Wasser schwappte mir um die Zehen. Die Möhre, die sie dem Schneemann als Nase eingesetzt hatten, war herausgefallen. Ich betastete die Diskette in der Tasche; keine Frage, daß da die letzte Botschaft von Ihm drauf war.

Es war nur noch Magensäure, was ich über dem Spülbecken hochwürgte. Ich ließ Wasser aus dem Hahn laufen. Im Klo putzte ich mir noch mal die Zähne. Ich fand eine Dose Körperpuder und staubte mich reichlich damit ein. Wieder in der Küche, griff ich mir den Milchkarton aus dem Kühlschrank, nahm einen Schluck, ging dann über den Flur in das Zimmer, stellte den Milchkarton neben dem Bett ab und kroch zu den drei nackten Leibern aufs Laken.

Ich ließ sie alles mit mir machen, und gab mir Mühe, jeden so gut zu befriedigen, wie ich nur konnte. Ich konzentrierte mich auf die verschiedenen Stellungen. Später, mit dem Gesicht nah am Fenster, hatte ich sie alle drei um meinen Hintern versammelt, und während ein letzter Schauder mich so heftig durchzuckte, daß ich lächeln mußte, starrte ich hinaus in die Nacht. Der Himmel über dem Hafen war nichts als schwarze Leere, ohne irgendeinen noch so kleinen Stern.

- 2 -

All der Gebrauch von meinem Mund hatte jeden Nachgeschmack von der Milch beseitigt, die ich in der Nacht getrunken hatte. Der Paul verstreute Zigarettenasche auf dem Küchentisch. An der Art, wie säuberlich einer mit der Asche umgeht, läßt sich ermessen, wieviel er raucht. Der Paul laberte was von 'ner Uni in irgend'ner Stadt, und daß ich mal zu Besuch kommen sollte, und so.

Lanna, der John und 'n paar Mädchen mit Hemden an, rührten verschiedene Dosensuppen in einem großen Topf zusammen.

Ich sagte, ich geh mal kurz Luft schnappen. Draußen zog ich den geschmeidigen Reißverschluß meiner Lederjacke hoch und tastete gewohnheitsmäßig nach der Diskette. Die bittere Kälte half meinem miserablen Zustand kräftig nach.

Der Schnee war voller kleiner Krater, zu denen Fußstapfen hinführten. Ich schaute in ein Loch: gefrorene Kotze am Grund, eingesunken, als sie noch warm war. Ein Rotkehlchen stocherte in einem anderen Loch.

Lanna war mir nach draußen gefolgt. Ich sagte, dein Haar sieht nett aus. Ingwerkeks. Ich hau ab.

Bei dem Wetter gibt's aber keine Autos auf der Straße, meinte Lanna, und ihre Atemwolke wehte ihr seitwärts vom Gesicht weg. In diesen dünnen Sachen holen wir uns bloß eine Lungenentzündung.

Die Kälte biß mir schon in die Zehen, bevor ich an der Kehre der Uferstraße angekommen war, die vom Bungalow wegführte.

Als ich mich umschaute, war Lanna wieder hineingegangen. *He Loved Him Madly* wummerte mir in den Ohren.

Mit klappernden Zähnen ging ich weiter und versuchte bei jedem Schritt, den ganzen Fuß auf die Schneekruste zu setzen, statt mir unnötig die Gelenke anzustrengen, indem ich die harschige Oberfläche aufbrach. An den Schienbeinen waren die Strümpfe bald zerrissen.

Unterhalb der Schloßruine ging ich bis an die Kante der Straßenböschung vor und blickte auf die See und die Felsen, wo die Sporttaucher in der Hochsaison ins Wasser springen. Ich schaltete den Walkman aus.

Die Flut strömte heran. Bei Ebbe kann man die Felsen zu Fuß umrunden. Mein Pflegevater hatte mich mal dorthin mitgenommen, als ich noch klein war, und ich hielt nach sandigem Meeresboden unter blauem Wasser Ausschau, wo ich hätte schwimmen gehen können, wie ich es in Reiseprospekten gesehen hatte. Wir fuhren in den Ferien immer nur auf die kalten windigen Inseln, und nie fand ich eine verwunschene Bucht mit schönem glatten Sand unter blitzblauem Wasser.

Ein Fischkutter kam um die Felsnase, so nah am Ufer, daß ich Schnee auf dem Deck, und die Markierungen auf der orangefarbenen Öljacke des Fischers sehen konnte. Ich hätte leicht zu ihm rüberrufen können. Der Mann starrte in meine Richtung. Vielleicht dachte er, ich brächte Unglück, ein Mädchen in schwarz, finster wie das Wasser um sein Boot und die nassen Felsen, wo das Salz den Schnee weggeschmolzen hatte. Schnell hob ich den kurzen schwarzen Rock hoch, um ihm die blasse Haut über den Strümpfen voller Laufmaschen zu zeigen, mit den schwarzen Strapsbändern auf den Schenkeln. Die Kälte biß gleich noch heftiger zu. Das Boot fuhr in die Bucht hinaus, bis der Motor nicht mehr zu hören war, und der Mann schaute noch immer zurück, während die zischende Brandung den Schnee von den Felsen leckte. Ich ließ den Rock wieder fallen und hielt das Goldfeuerzeug an eine Silk Cut.

Ich blickte zu der Insel hinaus, wo meine Pflegemutter begraben lag. Für die Beerdigung hatte ich einen Tag frei bekommen und meinen schwarzen Schulblazer getragen. Die Verwandten waren bei Tagesanbruch der Reihe nach über die Gangplanke an Bord der Saint Columba gepilgert. Regentropfen hingen am dicken Glas der Deckfenster, zerrannen dann in den Windböen, als es allmählich heller wurde. Ich bekam einen Becher Tee ohne Milch und Zucker und war zu aufgewühlt, um mich über den bitteren Geschmack zu beklagen.

Man fühlte den Schiffsmotor unter den Füßen vibrieren, und an den Türen mußte man über hohe Schwellen steigen. Die Fähre setzte erst zurück, ehe sie ablegte. Es war seltsam, den Hafen durch das nasse Glas der Fensterscheiben vorbeigleiten zu sehen. Red Hanna kippte sich an der Bar die Hucke voll und erzählte, wie meine Tante aus dem Süden die bläuliche Brosche meiner Pflegemutter gewollt hatte, und was es an Geld zu erben gab.

Auf dem Bauernhof sprangen die Schäferhunde schwanzwedelnd um all die Leute herum, und die Brüder losten aus, wer den Sarg tragen sollte. Oben im Zimmer stand der Sarg ohne Deckel da, und sie lag drin, mit ihrer gelben Seidenweste.

Sie ließen mich allein raufgehen. All ihre Ersparnisse waren auf dem Tisch ausgelegt, in kleinen Häufchen von Fünferscheinen, mit Namensschildchen obendrauf. Die bläuliche Brosche lag auch da zwischen anderen Schmuckstücken, alle fein säuberlich mit den Namen der Erben versehen. Und natürlich stand der Name meiner Tante auf dem Schild neben der Brosche. Das Zimmer stank nach Whisky, weil auf einem anderen Tisch lauter verschieden geformte, halbvolle Gläser standen. Bevor der

Leichenwagen eintraf, stieg mein Pflegevater noch mal allein die Treppe rauf, dann führte er den Mann vom Bestattungsinstitut zum Sarg, um den Deckel anzuschrauben, und die Brüder trugen den Sarg zur Haustür hinaus.

Meine Tante aus dem Süden versuchte, einen auf freundschaftlich zu machen, und hakte sich bei Red Hanna unter, als wir dem Sarg hinaus folgten, aber Red Hanna sagte kein Wort. Sicher konnte sie es kaum erwarten, wieder nach oben ins Zimmer zu kommen, um die Brosche und die Fünfer einzusacken. Andere Verwandte waren im Haus geblieben, um belegte Brote für den Leichenschmaus vorzubereiten.

In der Kirche waren die Bänke hart, und statt Husten hörte man in der Stille nur Schluchzen und Schniefen. Der Friedhof befand sich auf einem Landvorsprung in der Nähe eines Hotels, vom Meer umzingelt. Die Bibelworte wehten im Seewind davon. Red Hanna faßte mich bei den Schultern, als ich nicht gehen wollte. Die Totengräber hielten sich im Hintergrund, aber kaum waren wir abgezogen, legten sie mit ihren Schaufeln los, um so schnell wie möglich aus dem Regen wegzukommen.

Zurück auf dem Bauernhof, schrie meine Tante oben im Zimmer gleich los. Red Hanna hatte all das Geld meiner Pflegemutter genommen und es ihr zusammen mit dem Schmuck, auch der bläulichen Brosche, in die gelbe Weste gestopft.

Ich stand immer noch dort, als Lanna mit ausgebreiteten Armen herankam. Ich schlang die Jacke um sie und drückte sie an mich.

Huh, ich bin ganz steif vor Kälte, sagte sie. Und: Du hast die Suppe von dem reichen Kerl verpaßt.

Wir zündeten uns jede eine Regal mit dem Goldfeuerzeug an. Beim Inhalieren konnte man sich die Hände an der Glut wärmen.

Deine Strümpfe sind im Eimer, sagte ich und deutete auf

meine Schienbeine. Lanna zuckte die Achseln. Wie fandste die Jungs? fragte ich.

Nix Besonderes, meinte sie und schüttelte den Kopf.

Keiner von beiden?

Nä. Stadtfuzzis.

Wir knirschten durch den Schnee, an der Ruine vorbei, zwei schwarze Gestalten in all dem Weiß. Immer wieder brachen wir bis zu den Knöcheln ein. Aber wir waren so gut drauf, wir brauchten uns nur anzugucken, und schon fingen wir an, uns vor Lachen zu krümmen. Man konnte uns bestimmt bis zu den ersten Häusern am Hafen hören. Wahrscheinlich sogar über die Meerenge hinweg noch am Häuschen des Leuchtturmwärters. Wir gackerten so sehr, daß wir nicht mehr gerade gehen konnten, und der Schnee war da auch keine Hilfe. Wir kamen an einem liegengebliebenen Auto vorbei, dessen Türen alle abgesperrt waren. Lanna meinte, gehen wir doch zu meiner Oma Couris Jean zum Aufwärmen. Sie wohnt da drüben in der Invalidensiedlung und hat Telefon. Da können wir uns vielleicht Gummistiefel und Mäntel ausleihen. Weißt du, bis vor zwei Jahren, bevor man sie umgesiedelt hat, da hat sie in diesem gräßlichen Sozialblock gewohnt, Scalpy Crescent, oberstes Stockwerk. Aber mit ihren lahmen Beinen kam sie nicht mehr die Treppen runter, und wenn der Müllsack zu stinken anfing, hat sie ihn einfach aus dem Küchenfenster in den Hinterhof gekippt. Und sie haßt Möwen, also hat sie ihre Brotkanten mit Senf beschmiert und sie auch zum Fenster rausgeworfen. Ich hab mich immer gefragt, wie Couris Jean sich überhaupt in ihren Lehnstuhl schleppte, bis ich eines Tages mit den Einkäufen reinkam und sah, wie sie auf allen vieren zum Klo kroch.

Am Hafen angekommen, öffnete Couris Jean uns die Tür. Sie benutzte ein Gehgestell.

Seid wohl ausgebüchst, was, ihr beiden Unnosel, na, deine

Mutter, die wird dir was pfeifen. Nu kommt schon ans Feuer, ihr müßt ja ganz durchgefroren sein. Ihr zwei kleinen Äffchen, nichts als Humbug im Kopf. Habt wohl ordentlich auf die Pauke gehauen, wie man euch so sieht, was?

Omi, das ist Morvern aus dem Supermarkt.

Hallo, Oma Phimister, sagte ich höflich.

Setzt den Teekessel auf, rief Couris Jean.

Am Feuer pellten wir uns die Strümpfe von den Beinen, und langsam spürte ich das Blut wieder in den Fingern und Zehen. Lanna rief ihre Mutter an. Man hörte sie meinen Namen und sonst noch was Unverständliches wispern. Dann hielt ich einen Becher heißen Tee in den Händen, und Lanna machte Buttertoast.

Couris Jean sagte, macht, daß ihr in die Badewanne kommt, und die erste, die wieder draußen ist, kriegt das hübscheste Kleid. Sie kicherte wie ein Backfisch, während sie sich in ihrem Lehnstuhl niederließ.

Die Badewanne hatte eine Stange zum Festhalten für Couris Jean. Es gab einen Duschvorhang, wenn auch keine Dusche, damit Couris Jean sich wenigstens beim Baden unbeobachtet fühlen konnte, bevor die Hilfskraft sie aus der Wanne hievte. Lanna und ich saßen uns gemütlich gegenüber, die Knie der einen jeweils unter den Achseln der anderen.

Was hast du deiner Mutter gesagt? wollte ich wissen.

Bloß, daß ich bei dir war und wegen dem ganzen Schnee über Nacht dageblieben bin. Schließlich hast du ja kein Telefon. Und das ist ja wohl nah genug an der Wahrheit.

Wir saßen im Dampf, dann wusch Lanna mir die Haare, und ich gleichzeitig ihre, beide mit ausgestreckten Armen und Schaum in den Augen. Wir alberten rum, bewarfen uns mit Schaumbatzen, schrubbten mir wieder mein Knie ab, und den Filzstiftpunkt, und so weiter.

Alles war so komisch doppelt, flüsterte ich. Genauso, wie wenn man beide Lippen küßt, obwohl es nur ein Mund ist.

Ich weiß, ich hab euch zugesehen, nickte Lanna zum Badewasser hin. Sie haben beide gleich geschmeckt, oder?

Ja, ich kann mich auch nicht mehr erinnern, wer eigentlich was mit mir gemacht hat, weißt du? Am Morgen hab ich dann fast das ganze Klopapier aufgebraucht.

Lanna lachte und sagte dann schnell: Und was sagst du Ihm wegen gestern nacht? Sagst du Ihm überhaupt was?

Lanna, Er ist weg.

Hä?

Er ist weg. Darum hab ich die Geschenke früher gekriegt.

Sie machte ein komisches Gesicht und fragte, wie meinst du das, Er ist weg?

Na, weg halt. Er ist nicht mehr mit mir zusammen.

Aber wohin denn weg?

Du weißt doch, Er hat früher schon im Ausland gelebt.

Sie setzte sich in der leeren Wanne hin und sagte verblüfft: Er ist einfach so plötzlich verreist? Aber was ist mit dem ganzen Zeug auf seinem Computer? Und mit der Modelleisenbahn?

Er kommt nicht mehr zurück.

Und wann ist Er weg? Ihr Mund war dicht an meinem Bauch, und ich spürte ihren Atem auf mir.

Gestern.

Ich hol noch Handtücher, sagte Lanna.

Wir hockten in Handtücher gewickelt an der Kaminglut und tranken Kakao. Ich war gerade am eindösen, als das Essen auf Rädern für Couris Jean kam. Die Fahrerin erzählte, daß sie manche eingeschneiten Häuser gar nicht erreicht hatte, und daß manche von den Alten sich nicht mal leisten konnten zu heizen. Der große Suppenkessel stand draußen in der Kälte, und unten am

Boden pappte der Schnee fest, als ob die Armen, die darauf angewiesen waren, sich in einem Krieg befänden, an dem sonst keiner teilnahm.

Immer noch in unseren Handtüchern machten wir für Couris Jean den Abwasch, dann zeigte Lanna mir das Gästezimmer und meinte, leg dich halt noch ein bißchen aufs Ohr.

Ich zog den Bustier und den Schlüpfer an und fragte, was ist mit dir, kommst du nicht mit ins Bett?

Später, sagte sie, und sah mir zu, wie ich unter die Decke kroch.

Fast war ich schon eingeschlafen, da schoben mir zwei alte Hände eine Wärmflasche unter. Man hörte das Gehgestell leise knirschen. Ich hielt die Wärmflasche fest an die Brust gedrückt und fühlte hinter dem gluckernden Wasserbeutel mein Herz pochen. Es war das erste Mal in vier Jahren, daß ich allein schlief, und man horcht nur auf sein eigenes Herz, wenn man allein im Bett liegt. Ich hatte meine Uhr angelassen, weil es jetzt keinen mehr gab, den ich damit kratzen konnte.

Ich wachte auf und fühlte mich komisch. An dem Klang der Fernsehstimme merkte ich, daß es Abend war. Ich war total naßgeschwitzt. Mit dem Arm wischte ich mir den Schweiß von der Stirn und zog dann das schwarze Minikleid über. Ich strich die Bettdecke glatt und goß das Wasser aus der Wärmflasche ins Spülbecken.

Im Wohnzimmer beleuchtete nur der flackernde Schein des Fernsehers Couris Jean, die aufrecht in ihrem Sessel saß. Lanna war nicht da. Die Lederjacke hing ordentlich über einer Stuhllehne.

Couris Jean sagte, Allanah ist schon in Gummistiefeln los, nach Hause. Ich hab noch ein Paar für dich, is aber 'n bißchen undicht. Du hast so fest geschlafen, da wollten wir dich nicht aufwecken.

Ich tastete schnell nach der Diskette, holte das Goldfeuerzeug hervor und steckte mir eine Silk Cut an.

Frierst du immer noch? Komm und setz dich hier ans Feuer. Hilf mir und leg ein paar Kohlen nach, sagte sie.

Ich hockte mich zu ihren Füßen auf die Kaminkante, lächelte zu ihr auf, langte in den Kohlenkasten, warf zwei Brocken ins Feuer und wischte mir die Hand an meinem schwarzen Fummel ab.

Hab auch noch 'n Mantel für dich, sagte sie.

Ist es o. k., wenn ich rauche? fragte ich.

Na klar. Bin nicht pingelig.

Ich hielt das Goldfeuerzeug an die nächste Silk Cut. Soll ich uns 'n Tee machen, Granny Phimister? fragte ich.

Ich brühte zwei Beutel in Bechern auf und setzte mich dann wieder an den Kamin, strich mir über die frischen Borsten an den Schienbeinen. Ich zündete mir noch eine Silk Cut an und war drauf und dran, ihr mein glitzerndes Knie zu zeigen.

Du bist also die Kleine von den Callars. Für eine Freundin von Allanah kommst du mir aber sehr still vor, Morvern.

So still bin ich eigentlich gar nicht, wenn man mich erst mal kennenlernt.

Wir lachten beide. Ich sagte, stimmt schon, Lanna und die alle im Supermarkt finden mich etwas sonderbar, weil ich so wenig rede. Ich bin eben autistisch.

Was'n das?

Hab ich von meinem Freund. Es bedeutet, daß man sehr verschlossen ist.

Ach so, ist nur 'n Wort.

Eine Weile herrschte Schweigen, bis auf den Fernseher.

Wie ist er denn so, dein Freund?

Ich sagte, er ist in dem Dorf da hinter dem Paß aufgewachsen, ganz am Ende vom Tal, wo das Kraftwerk ist. Sein Vater war der Besitzer von dem Hotel an der Bahnstation, das mit dem spitzen Türmchen unterhalb der Baumkirche.

Die Baumkirche, jaja, ich erinnere mich, sagte Couris Jean.

Die Gärtner vom Herrenhaus haben sie über Jahre aus Buchsbaumhecken zurechtgestutzt. Bogenfenster hineingeschnitten und ein richtiges Dach drüberwachsen lassen, alles aus immergrünen Zweigen, und im Sommer ranken Heckenrosen um die Tür. Drinnen gibt's ein paar Bänke und ein Becken fürs Weihwasser.

Jaja, nickte Couris Jean, und im Sommer konnten sich Paare da trauen lassen und ihre Kinder zur Taufe bringen, wenn sie die Erlaubnis vom Herrenhaus hatten.

Genau, sagte ich, und in dem Hotel unterhalb der kleinen Baumkirche ist er aufgewachsen. Dann hat sein Vater das Hotel aber verkauft und ist ins Ausland gezogen, und er mit. Tja, und vor ein paar Jahren ist er hier plötzlich wieder aufgetaucht, einfach eines Tages aus dem Zug gestiegen; dem 12.55.

Als ich innehielt, blieb es eine Weile still. Ich schniefte unwillkürlich und trank einen Schluck Tee.

Und jetzt lebt ihr also zusammen?

Wir haben eine Mansarde in Burnbank Terrace gemietet.

Wie lange geht das schon?

Fünf Jahre, seit ich sechzehn bin. Eines Tages kam er in den Supermarkt, trug die größte Pralinenschachtel, die sie da haben, zur Kasse, marschierte damit dann in die Abteilung zurück, wo ich gerade arbeitete, und gab sie mir vor aller Augen. Ich war so platt, ich hab nur gelacht.

Couris Jean lächelte. Wie alt ist er denn jetzt?

Vierunddreißig. Er hat ein komisches Hobby, seine Modelleisenbahn, die er im Speicher aufgebaut hat, und zwar ganz genau dem Dorf nachgebildet, wo er als Kind gewohnt hat. Wenn man ihn so sieht, würde man nie meinen, daß ausgerechnet einer wie er was für Spielzeugeisenbahnen übrig hat, aber so ist es halt. Er hat ein halbes Vermögen ausgegeben, bis es genauso aussah wie das richtige Dorf, und dann saß er immer stundenlang da oben und hat sich das alles angeguckt; von der Bahnlinie bis zu der Treppe, die zum Hotel mit dem spitzen Türmchen raufführt, und den Friedhofspfad entlang zu der exakten Miniaturausgabe der Baumkirche mit ihrer sommerlichen Blumengirlande. Alles genau wie in echt, sogar die Hochspannungsmasten am Paß entlang, die zum Damm führten, wo das Kraftwerk ist. Die ganze Anlage hab ich da oben in meinem Speicher stehen.

Aber arbeitet er denn nicht?

Er hat anscheinend genug Geld auf der hohen Kante. Ansonsten hockt er viel an seinem Computer, und Gott allein weiß, was er da dauernd dran werkelt; mich läßt er nie reinschauen. Er sagt immer, er hätte nicht mehr viel Zeit übrig.

Und wie kommt Mr. Callar mit ihm aus?

Als ich sechzehn war, gab's zu Hause erst mal 'n ziemlichen Aufstand, aber jetzt wissen sie, daß er gut zu mir ist.

Er ist also gut zu dir?

Ja.

Das sollte er aber auch. Du siehst wie ein Engel aus, der uns auf die Erde geschickt ist, sagte Couris Jean.

Ich hielt das Goldfeuerzeug an eine Silk Cut und fragte: Kennen Sie denn meinen Pflegevater?

Nicht so gut wie ein paar der anderen Callars von früher. Sie stammen ja von derselben Insel wie deine Pflegemutter.

Tatsächlich? Ich dachte, das ist ein Name vom Festland?

Nein, nein. Weißt du etwa nicht, wo dein eigener Familienname herkommt? Man sagt, die Ahnen von deinem Pflegevater stammen von der Besatzung der Galeone ab, die damals vor der Insel gesunken ist, sagte Couris Jean.

Was, so um fünfzehnhundert rum?

Genau. Die hielten uns damals alle für Kannibalen. Saßen draußen in ihrem großen Segelschiff und trauten sich nicht, an Land zu gehen, darum haben sie erst mal ein Beiboot voller lebender Hühner an die Küste treiben lassen. Die Einheimischen warteten am Strand, um sie willkommen zu heißen, aber als das Boot aus dem Wasser gezogen wurde, fanden sie nichts als die Hühner drin. Sie müssen wohl gedacht haben, die Mannschaft wär nicht ganz richtig im Kopf, ein bißchen plemplem, weißt du? Also haben sie die da draußen halt vor Anker liegen lassen, aber dann kam ein Sturm auf, und die Galeone kenterte. Die paar, die nicht ertrunken sind, wurden an den Strand gespült. Sie sprachen kein Wort gälisch, aber sie haben sich wohl genauso durchgewurstelt wie ich, denn sie haben dann einheimische Mädchen geheiratet, und von diesen Seefahrern, heißt es, stammt der Name deiner Pflegeeltern her.

Wie meinen Sie das, genauso durchgewurstelt wie Sie?

Couris Jean sagte, tja, ich hab vier Jahre lang nicht den Mund aufgemacht, bis ich so alt war wie du jetzt. Als ich meinen Mann heiratete, hatte er noch nie meine Stimme gehört. Ich war sechzehn, und wir hatten zu der Zeit eine große Hitzewelle. Meine Familie besaß ein Gehöft am Meer, A' Phàirce Mhóir hieß es, der Große Park. Wenn meine Eltern und meine drei Brüder zum Markt am Hafen fuhren, ließen sie mich allein mit den Hunden zurück, das war damals so üblich.

In der Hitzwelle konnte ich sogar um Mitternacht noch draußen die Groschenhefte lesen, wenn ich aufwachte, und so stieg ich dann bei Vollmond aus dem Bett und lief über den Strand ans Meer hinunter. Das Wasser war ganz still und glatt. Ich hatte keinen Faden am Leib, aber zu der späten Stunde ging sonst sowieso kein Mensch raus. Es war wundervoll, den Seewind an Stellen zu fühlen, wo er noch nie hingekommen war. Ich stand mit den Armen über der Brust verschränkt da, und spürte so ein herrliches lebendiges Gefühl in meinem Bauch, aber dann fingen die Hunde hinter dem Zaun an zu heulen, und aus dem Wasser vor mir, dort in dem bläulichen Licht, tauchte auf einmal ein großes weißes Pferd auf und schüttelte die Mähne, während es über den Sand auf mich zukam, und dahinter noch eins und noch eins, immer mehr Pferde kamen aus dem Wasser hervor, ein Dutzend, zwei Dutzend Pferde, die auf mich zu und an mir vorbeigaloppierten und mir Salzwasser ins Gesicht sprühten, massenhaft Pferde überall um mich herum. Ich ließ mich auf meinen Podex fallen, der Sand bebte unter all den Hufen, und als der Boden so unter mir wummerte, durchfuhr mich zum ersten Mal im Leben so ein unglaubliches Gefühl, ich konnte nur noch den Kopf auf die Knie legen und mir die Ohren zuhalten.

Am Morgen kauerte ich immer noch dort, die Pferde waren verschwunden, dafür standen meine Brüder um mich herum und glotzten mich an, bis einer seine Jacke um mich legte, um meine Blößen zu bedecken.

Sie versuchten, es mir so zu erklären, daß eine Schiffsladung Pferde für den Krieg im Sund untergegangen war und die Pferde dann an Land geschwommen und rein zufällig an unserem Strand herausgekommen waren, aber ich sprach nach dieser Nacht vier Jahre lang kein Wort mehr.

Sie haben die ganze Zeit geschwiegen? wisperte ich.

Es war der Schock. Dann, in unserer Hochzeitsnacht, sagte ich ganz leise den Namen meines Mannes, und als wir Allanahs Vater bekamen, fing ich an, mit dem Baby zu sprechen, erst nur gälisch, später dann ein ein bißchen Englisch.

Sie gab mir Gummistiefel und ihren alten Mantel. Die Aufschläge hatten verwischte Rougeflecken aus der Zeit, als Couris Jean noch zur Politician Bar laufen konnte. Ich stieg in die Gummistiefel und zog mir den fleckigen Mantel über die Lederjacke. Die Schuhe, die Lanna mir geliehen hatte, kamen in die Supermarkttasche. Ich umarmte Couris Jean zum Abschied. Während ich den Weg zum Wohnkomplex hochstapfte, schwitzte ich unter dem alten Mantel.

Was hast du denn da an? wunderte sich Red Hanna, mein Pflegevater.

Ich trat in die Sozialwohnung, in der ich aufgewachsen war. Red Hanna hatte dasselbe Fernsehprogramm geguckt wie Couris Jean.

Ich bin krank.

Was ist los? Wo ist Er?

Weg, sagte ich. Mein Gesicht war ganz feucht vor Schweiß. Ich schob die Tür zu meinem alten Zimmer auf. Es war kalt, und die Vorhänge waren nicht zugezogen. Ich zog mich aus und sah unters Bett: das große zusammengelegte Seil, das Red Hanna dort für den Fall eines Hausbrandes aufbewahrte, befand sich noch an Ort und Stelle. In meinem Bustier kroch ich ins untere Stockbett. Ich fing an zu schlottern. Red Hanna stellte den Heizofen ins Zimmer, zog die Vorhänge zu und schloß die Tür hinter sich.

Mein Pflegevater saß auf einem Küchenstuhl neben dem Bett und strich mir das Haar aus den Augen. Sie kommt bald, sagte er.

Ich werde nett zu ihr sein, versprach ich.

Er lachte, brachte mir dann Mineralwasser in einem Henkelglas und stopfte die karierte Wolldecke über dem Laken in der Ritze zwischen Bettkante und Matratze fest.

Soll ich das Licht ausmachen? fragte Red Hanna.

Ich nickte.

Im Halbschlaf hörte ich Stimmen. Jemand kam im Dunkeln, um nach mir zu sehen. Ich schlug die Augen auf. Im Gegenlicht der Flurlampe konnte man Vanessa Depressas abstehendes Haar sehen. Ich machte die Augen schnell wieder zu.

Ich träumte wirres Zeug und wälzte mich dauernd von einer Seite zur anderen. Wenn ich zwischendurch aufstand, war es nur, um aufs Klo zu gehen, wo ich beide Wasserhähne voll aufdrehte, um mein Zähneklappern zu übertönen.

Am Weihnachtsmorgen roch es nach Bratendünsten. Grauer Schnee verdeckte einen Teil der Fensterscheibe. Manchmal hörte man Lachen.

Nackt am Strand, im Sand hockend, das blaue Meer so schön wie in den Prospekten, tauchten Pferdeköpfe aus dem Wasser, aber auf Männerkörper aufgepflanzt. All den nackten Körpern fehlte eine Hand. Die Pferdemänner kamen auf mich zu und umringten mich. Blut rann aus den Armstümpfen, als sie mich umwarfen, um zum Angriff überzugehen. Ich sah Lanna und einen Fischer draußen auf See in einem Ruderboot regungslos herüberstarren.

Ich schreckte hoch, und es war mitten in der Nacht. Die Laken waren ganz feucht und verknüllt. Meine Nase war verstopft, und mein Hals brannte. Es tat weh, den Kopf rumzudrehen. Mir war speiübel: Ich riß das Fenster auf, aber das meiste von dem Erbrochenen landete auf dem Fensterbrett. Ich atmete die kalte Luft ein und blickte hinaus. Der Wohnkomplex lag schneebedeckt im Mondschein. Die öde Betonsiedlung, in der ich hatte aufwachsen müssen. Wo ein jungverheirateter Ehemann sich eine Videokamera angeschafft hatte, damit er und seine vier Brüder Pornoaufnahmen von ihren ahnungslosen Frauen austauschen konnten.

Am zweiten Weihnachtstag brachte Vanessa Depressa, die Grundschullehrerin und Red Hannas Freundin war, mir ein Tablett mit Tee und Porridge ans Bett.

Tut mir leid, daß ich euch hier euer Weihnachten vermiese, krächzte ich, aber ich bin mit meinem Freund auseinander, und er ist für immer auf und davon.

Nun übertreib mal nicht, meinte Vanessa Depressa.

Laß die Vorhänge lieber zu, warnte ich sie.

Sie machte sie auf und kreischte.

Frohes Fest, sagte ich.

Ich wachte auf und Red Hanna saß auf dem Küchenstuhl. Er zündete zwei Regals an und reichte mir eine. Er nickte grinsend zum Fenster rüber. Ich grinste ebenfalls.

Ich habe dir deine Geschenke gebracht, sagte er und legte mir ein großes schimmerndes Paket auf die Bettdecke. Zum Vorschein kam ein kurzes orangefarbenes Sommerkleid und eine verspiegelte Sonnenbrille von Vanessa Depressa.

Oh, danke, sagte ich.

Für den Sommer, falls er mal wiederkommt. Wir haben uns gedacht, vielleicht fährst du ja dieses Jahr auf die Inseln mit, meinte Red Hanna.

Och, ich spar eigentlich mehr auf 'ne Reise in den Süden. Ich wollte Lanna fragen, ob sie mitkommt, aber die hat keine Kohle, und wahrschienlich gibt's eh bloß wieder irres Geschiß im Job, wenn wir unseren Urlaub gleichzeitig nehmen wollen.

Na gut, schaun wir mal, was wird, meinte Red Hanna. Und dann, nach kurzem Schweigen: Ich dachte, Er wäre gut für dich, aber offenbar wohl doch nicht. Wo wirst du denn jetzt wohnen?

Ich denk, ich bleib erst mal dort, vielleicht kann Lanna mit einziehen, da gibt's ja noch 'n Schlafsofa. Sie möchte schließlich auch mal raus aus dem Wohnkomplex.

Isser denn endgültig weg?

Ja.

Also, dann ist Er wirklich ein Schwachkopf. Ist Ihm das Geld ausgegangen, oder was?

Er hat seinen ganzen Kram dagelassen: Die Modelleisenbahn, den Computer, die Bücher. Ich kann alles verkaufen, wenn ich will. Er ist ab ins Ausland, ein für allemal.

Ach, Morvern. Auch von der größten Liebe bleibt am Schluß nur Haß.

Es gibt aber doch immer noch kleine Freuden, sagte ich.

Aber keine großen Freuden für unsereins, wie? Wir, die wir zeit unseres Lebens von einem fast leeren Teller essen. Ich habe so lange dafür gespart, daß ich früher in Rente gehen kann, und jetzt, wo's soweit ist, fühle ich mich leer, die Überstunden haben die Jahre einfach aufgefressen. Und du, wie stehst du da, mit knapp einundzwanzig? Eine Vierzigstundenwoche für einen Hungerlohn, jahrein, jahraus, und weit und breit keine Perspektiven; selbst zwei Wochen Urlaub im Süden lassen da nicht viel Raum für Träume, was?

Willst du denn echt mir ihr zusammenziehen?

Ja. Ich bin glücklich mit ihr, Morvern. Noch vier Monate, dann krieg ich meine Abfindung. Sie hat 'n netten Bungalow da darüben im Back Settlement. Schöne Aussicht auf Beinn Mheadhonach und den Bergpaß im Abendlicht. Red Hanna zündete noch zwei Regals an und sagte dann: Tatsache ist doch, auch wenn's kaum einer zugibt, daß es in unserer Welt sinnlos ist, Wünsche zu haben, wenn man kein Geld hat. Jeder Wunsch verwandelt sich früher oder später in säuerliche Wehmut. Sein Leben lang kriegt man eingehämmert, wenn man nur hart genug arbeitet, kommt man auch zu Geld, aber die meisten arbeiten hart und kommen zu gar nichts. Ich täte ja nichts sagen, wenn man's wenigstens als die Lotterie hinstellen würde, die es ist, aber nein. Das primitive Gesetz des Stärkeren muß obendrein noch zur Tugend verklärt werden. Es gibt keine Freiheit; es gibt nur Geld. Das ist die Welt, die wir uns geschaffen haben, und keiner kann mir einreden, mehr am Leben zu finden, wenn ich weder Zeit noch Geld hab, es überhaupt zu leben. Wir beuten uns gegenseitig aus und erfinden wohlklingende Namen für schamlose Profitgier. Aber was würde mir alles in der Welt jetzt nützen, wo ich nur noch aus dem Bungalowfenster auf die Berge schauen will? Geld würde bloß zerstören, was ich über die Jahre zu akzeptieren gelernt hab. Kurz und gut, ich bin fünfundfünfzig und hab mein Leben vertan.

Red Hanna erhob sich seufzend und ging hinaus, kam aber gleich mit einem Glas Whisky mit Wasser wieder. Er hatte schon ziemlich einen sitzen. Ich hatte einen Freund, fuhr er fort, der hat auch immer feste gespart, und so wie ich jetzt hatte er noch etwa ein halbes Jahr bis zur Rente. Den Stick, so nannten wir ihn, er war Trommler in der gälischen Musikband. Vierundsechzig Jahre alt. Das war lange, bevor wir dich adoptiert haben, da gab es noch keine Frühpension und Abfindungen und all so was. Ich war damals Heizer auf der Dampflok. Wir rangierten leere Fischwaggons auf dem Pier. Als es da noch Gleise gab. Und wie wir da an die Wagen ankoppelten, ist er einfach nicht wieder dazwischen vorgekommen, weißt du? Ich also runter von der Maschine und nach vorn gerannt, und da war er, der Stick, zwischen zwei Puffern eingequetscht, noch bei vollem Bewußtsein, aber den Brustkorb total zusammengedrückt. Dann kamen die Feuerwehrleute und der Doktor, der hat ihm den Ärmel aufgeschnitten und ihm 'ne Spritze gegeben. Die Feuerwehrleute sagten, nichts zu machen, keine Chance, ihn zu befreien. Wir konnten die Puffer nicht mit der Lokomotive auseinanderziehen, weil der Rückstoß beim Anfahren ihm sofort das letzte bißchen Leben aus dem Leib gepreßt hätte. Mein Lokführer war der Barra, und ihm strömten die Tränen übers Gesicht, aber er ließ es sich nicht nehmen, die Lok mit den ersten beiden abgekoppelten Wagen ganz behutsam ein Stück vorzusetzen, so daß er Stick zwischen den beiden letzten eingeklemmt blieb. Ich versicherte dem Stick, daß wir es schon schaffen würden, den Wagen mit vereinten Kräften an Seilen wegzuziehen und ihn ins Krankenhaus zu bringen. Er hat nur geflüstert, ob er 'ne Zigarette haben kann. Ich fing an, eine zu drehen, aber der Chef schrie gleich, um Gottes willen, Mann, und gab dem Stick eine aus seinem Silberetui. Ich zündete sie an und steckte sie dem Stick zwischen die Lippen, hielt sie ihm für jeden schwachen Zug fest und nahm sie wieder raus, damit er den Rauch ausatmen konnte. Die Männer standen drumrum und schauten schweigend zu. Und das Mundstück färbte sich mit jedem Zug immer rötlicher. Aber schließlich war die Zigarette zu Ende geraucht, und der Stick wisperte, na, denn zieht 'n man weg. Die Feuerwehrleute hatten inzwischen ein Seil vorne an dem Waggon befestigt, und wir alle, so an die vierzig Mann hoch, Eisenbahner, Hafenarbeiter, Leute von der Eisfabrik, wir spannten uns vor den Wagen und zogen ihn mit einem Ruck ganz glatt weg, und legten dann schnell die Bremsklötze an. Der Stick richtete sich auf, tat einen Schritt nach vorn, stand plötzlich ganz still, und dann quollen ihm all diese schwarzen Eingeweide aus dem Mund, er taumelte und fiel tot auf die Schienen.

Ich döste eine Weile und stand dann auf. Im Bad rasierte ich mir mit Red Hannas Rasierschaum und Klinge die Beine. Oben auf der Spraydose stand rings um den Rand in allen möglichen Sprachen Guten Morgen.

Ich duschte, bediente mich großzügig von Vanessa Depressas Körperpuder und Feuchtigkeitslotion und zog mein neues Sommerkleid an, ohne mich erst groß mit dem Bustier oder Strümpfen und Schuhen aufzuhalten.

Hi, sagte ich zu ihr.

Na, gehst du morgen auch? fragte sie.

Ich nickte, und wärmte mir einen Rest Suppe und Bratkartoffeln auf.

In der Glotze gab's keine guten Filme, und Red Hanna war so besoffen, daß VD ihn ins Bett bringen mußte. Lanna rief an und fragte, ob sie mir meine Geschenke bringen sollte, aber ich meinte, warte lieber, bis wir uns beim Job sehen, denn ich hatte auch noch was für sie, aber drüben in der Wohnung. Dann sagte ich ihr noch, daß ich Red Hanna bitten würde, Couris Jean die geborgten Sachen zurückzubringen. Du klingst ja ganz schön erkältet, meinte sie.

Mich hat's voll erwischt, gab ich zu.

Armes Ding, sagte Lanna.

Nachdem VD ins Bett abgetüddelt war, sah ich mir die bunt wechselnden Flackerlichter im Fernsehen an. Ich hielt das Goldfeuerzeug an eine Silk Cut und vergrub eine Weile den Kopf in den Händen. Die nackten Beine zog ich unter mich auf die Couch, aber dann stand ich doch noch mal auf, um die Glotze abzuschalten. Jetzt saß ich im rötlichen Schein der Elektroscheite, die vom Kamin her in den Raum leuchteten. Irgendwann zog ich mir ganz in Gedanken das kurze Kleid hoch.

Wer von den beiden es war, wußte ich nicht mehr, aber einer hatte meinen rechten und Lannas linken Busen genommen und die Spitzen ganz zart aneinandergedrückt, so daß unsere beiden Nippel sich berührten, und sie dann sanft in den Mund genommen und in so überraschender und liebevoller Weise zusammen geleckt und gezuzelt, während Lanna mich dabei die ganze Zeit ansah.

Mein Haar berührte hinter mir den Boden, während ich es in der Erinnerung daran geschehen ließ. Ich wischte mir den Finger an der Pobacke ab und zog das Kleid herunter. Nach einer Weile stellte ich den Heizofen ab und verzog mich in mein Stockbett.

Die ganze Nacht goß es in Strömen, was die Straße halbwegs freischwemmte, aber auf dem Hügel über dem Wohnkomplex blieb der Schnee liegen. Red Hanna mußte zur Spätschicht auf den Zug um zwanzig vor sechs, also machte ich vorher noch einen Gemüseauflauf mit Käsesoße. VD nahm uns in ihrem Auto mit und setzte mich in meiner Straße ab, dann wollten sie auf dem Weg zum Bahnhof die Gummistiefel und den Mantel bei Couris Jean abliefern. Sagt ihr noch schönen Dank von mir, trug ich ihnen beim Aussteigen auf. Eure Weihnachtsgeschenke bring ich dann am Bahnhof vorbei. Ich würd euch ja gern mal auf'n Kaffee zu mir einladen, aber erst mal muß ich die Bude aufgeräumt kriegen. VD fuhr mit knirschender Kupplung an und scherte in den Verkehr ein, ohne in den Rückspiegel zu blicken.

In der Wohnung holte ich eine neue Schachtel aus der Zigarettenstange und steckte mir eine Silk Cut an. Ich legte *Secondhand Daylight* von Magazine auf den Plattenspieler, schaltete die Anlage ein und schob den Tonarm auf *Rhythm of Cruelty*, dem zweiten Stück auf der A-Seite. Danach holte ich das Live-Album *Play* vor und spielte einfach die ganze erste Seite ab. Die Lichterkette am Weihnachtsbaum stellte ich auf die schnellste Stufe ein und machte die Heizung an. Ich holte die Diskette aus der Tasche der Lederjacke, sah sie mir an; zog die Schreibtischschublade auf; Seine Karte für den Bankautomaten lag noch da. Ich nahm die Karte, warf die Diskette in die Schublade und schob sie wieder zu. Im Schlafzimmer stapelte ich das schmutzige Bettzeug in einer Ecke und bezog das Bett frisch. Ich drehte die Platte um. Und Er lag da tot in der Küche und roch nicht mal.

Am nächsten Morgen war Zahltag. Es regnete immer noch, und ich kriegte meine Periode. Um sechs Uhr war ich auf den Beinen und holte meine Tasche aus der Bäckerei unter dem Mantrap, dann lud ich die Geschenke für Red Hanna und VD im Personalumkleideraum am Bahnhof ab. Coll und SPD waren da. Fix und fertig zum Schichtantritt auf dem sieben Uhr vierzig, sagte SPD, und zwinkerte mir zu: Wie geht's dem Zauberknie? Ich lachte bloß.

Im Job war alles wie immer. Ich mußte die neue Lieferung sortieren. Dann gab ich Lanna ihre Geschenke: das Medaillon, das sie sich gewünscht hatte, und meine alte Lederjacke, die sie immer so toll fand. Tut mir leid, daß es nur so wenig ist, sagte ich. Sie drückte mich fest an sich. Von ihr bekam ich das Video von *Miss .45 The Angel of Vengeance*. Hinter dem war ich schon seit Ewigkeiten her, und sie hatte es extra per Post bestellen müssen. Außerdem bekam ich noch ein total edles Pediküreset. Weißt du was, sagte ich, an Neujahr machen wir eine richtig geile Videoparty. Lanna wollte wissen, ob ich etwas vom Ihm gehört hätte. Nein, sagte ich.

Nach der Arbeit gab ich mir Bill Nelson's *Red Noise* in die Ohren, während ich heimging. Aus Prinzip kaufte ich nie im Supermarkt ein und trug die Plastiktüten immer nur mit der Innenseite nach außen. Unterwegs besorgte ich mir eine Tiefkühlpizza, wegen dem Toten auf meinem Küchenboden.

Zu Hause nahm ich die neuesten Modellprospekte aus dem Briefkasten und warf sie weg. Wie erwartet machte die Leiche es mir schwer, an die Ofentür zu kommen, aber irgendwie kriegte ich die Pizza dann doch reinbugsiert.

Ich aß vorm Fernseher und sah nichts als Männer mit Maschinengewehren in einer zerstörten Stadt. Es war in Jugoslawien; dann kam eine Nahaufnahme von einem Mädchen ohne

Kopf. Ich wechselte den Kanal und sah mir das Video von Bad Lieutenant an, während ich das Pediküreset ausprobierte. Zum Schluß pinselte ich mir noch eine Schicht schwarzkirschfarbenen Lack auf die Zehennägel, die Zehen alle schön durch die Schaumstoffröllchen aus dem Set gespreizt.

Als *Bad Lieutenant* zu Ende war, seufzte ich tief auf, weil es einem die ganze Traurigkeit in Erinnerung brachte. Zum Ausgleich legte ich *Iron Path* von Last Exit auf, volles Rohr. Mit der Hakenstange zog ich die Falltür zum Speicher runter, reckte mich, klappte die Leiter aus und kletterte dann in die Dunkelheit rauf. Es war eiskalt da oben. Eine Glühbirne gab es auch nicht. Ich drückte auf POWER. Der Transformator fing an zu summen, und ich knipste den *Nachtlichtschalter* an.

Nachtlicht herrschte in dem Dörfchen hinter dem Kraftwerk am Gebirgspaß. Kleine Lampen leuchteten hier und da. Man sah die Bahnstation und das Hotel mit dem spitzen Türmchen oben an der Treppe, den Friedhofspfad darüber und die winzige Baumkirche mit der Rosenranke um den Türbogen, denn in dem Miniaturdorf war immer Sommer. Ich knipste den Schalter wieder aus. Das Summen brach ab, und alles war dunkel, bis auf die beiden Fensterluken im Gebälk, durch die fahler Mondschein in zwei exakt begrenzten Rechtecken auf die Minidachziegel des Modelldörfchens fiel. Das milchige Licht am Berghang, wo die Hochspannungsmasten standen, ließ alles wie echt wirken.

Ich stieg die Leiter runter und holte die neue verspiegelte Sonnenbrille aus dem Schlafzimmer. Ich zog mir Gummihandschuhe über und packte die Leiche am Bein. Das Bein schwenkte steif zur Seite, dann ging ein Zucken durch den toten Körper, daß einem angst und bange werden konnte. Ich ließ das Bein fallen:

Es bewegte sich völlig anders als ein lebendiger Körperteil. Ich atmete tief durch; mein Herz klopfte wie wild. Ich streckte die Finger in den Gummihandschuhen, bückte mich noch mal und zog so fest ich konnte. Er war schwerer als ein Ladekarren voll Kartoffeln. Mühsam zerrte ich Ihn unter die Leiter und hinterließ eine lange Schleifspur im Flur. Die neue Sonnenbrille kam mir da sehr zupaß, auf die Weise war das Blut nicht so schrecklich rot, wie es frisch unter Seinem Körper hervorkam.

Oben im Speicher schnappte ich mir das hängende Seilende und zog es über den klappernden Flaschenzug die Leiter herunter. Ich band das Seil um Seine Fußgelenke, kletterte wieder hoch und betätigte die Kurbel an der Zugvorrichtung, so wie Er es mir damals gezeigt hatte, als ich Ihm half, die Modellanlage zu bauen. So hievte ich Ihn nach und nach die Leiter hoch. Sein Mund schlug gegen jede Sprossenkante, und ich dachte schon, Seine Hand würde abfallen, aber sie hielt, und oben angelangt, war sie immer noch dran. Er schwang in den Speicher hinein, sobald Sein Gesicht die Luke passiert hatte. Sein Hinterteil kam auf mich zu und drehte sich dann weg.

Ich mußte noch mal die Leiter runter, um die Platte umzudrehen. Ich steckte mir eine Silk Cut an und legte erst mal eine Verschnaufpause ein.

Wieder oben im Speicher, band ich Seine Arme an einen zweiten Flaschenzug und zog Ihn hoch, bis Er sich leicht drehend, horizontal über der Platte des Modells hing. Dann löste ich die Sperre, und Sein Körper krachte der Länge nach auf den Nachbau Seines Heimatdorfs, zerschmetterte die halbe Bergkette und lag dann still da, das Gesicht den Dachfenstern zugewandt.

Seine Zehen hingen am Talende. Sein Kopf über den Bahngleisen. Sein Körper hatte das Hotel mit dem spitzen Türmchen eingedrückt. Die Baumkirche stand noch intakt auf ihrer Anhöhe in der Landschaft Seiner Kindheit, über die er hingebreitet lag.

Mit der Hakenstange schob ich beide Dachfenster auf. Zwei helle Rechtecke auf Seinem bloßen Körper. Ich kletterte hinunter und ließ die Luke offen. Statt Seiner Musik legte ich jetzt etwas aus meiner Sammlung auf: *Spiral Tribe Sound System Sirius* 23, eine Kassette mit DJ-Remix, danach die Raubkopie von The Mutoid Waste Company.

Ich schrubbte das Blut vom Boden und rieb mit Küchenkrepp über die Dielenritzen, bis keine Spuren mehr zu sehen waren. Den fleckigen Teppich schnitt ich in Stücke, wusch dann das Fleischerbeil und das Messer ab und hängte sie wieder an ihren Platz über der Spüle. Man sah die tiefe Kerbe im Tisch, wo Er das Beil in die Hand getrieben hatte. Ich spulte das Video von *The Passenger* bis zu der Stelle zurück, wo seine Frau die Erschießung am Strand in den Fernsehnachrichten sieht. Man sah, daß es echt war. Nach der Exekution bewirkte irgendein Nervenreflex, daß das Gesicht des zusammengebrochenen Opfers langsam aufsah. Ich spulte die Szene noch einmal zurück und sah mir den Film dann bis zum traurigen Ende an.

Ich legte eine Seiner Platten auf, Ballettmusik von Strawinsky (die *Orpheus-Suite*), und stieg die Leiter rauf.

Es hatte wieder angefangen zu schneien; die Flocken tanzten zur Musik durch die Dachfenster herein. Seine Lippen waren schon mit einer dünnen Schneeschicht bestäubt.

Ich band das Seil von seinen Fußgelenken los und kurbelte die ganze Modellanlage dann so weit hinauf, bis sie unter dem Dachbalken stoppte. Sein Körper war nun dicht bei den Dachfenstern, und die Schneekristalle wirbelten auf die Sommerlandschaft herab, hüllten den Bergpaß ein, überzogen die Häuserdächer und den reglosen Riesen und das rosenumrankte Baumkirchlein über Ihm. Ein bißchen Mondlicht sickerte mit dem leisen Schneefall herein und schimmerte auf der welligen weißen Flockendecke.

-3 -

Es gab einen wahrhaft epochalen Wolkenbruch. Der Regen kam wie aus Kübeln herunter, und das Wasser tropfte mir über die Ohren, so daß ich meinen Walkman nicht benutzen konnte. Die Scheibenwischer der Autos und Lastwagen surrten hektisch, und Hände wischten von innen über beschlagene Windschutzscheiben, hinterließen halbkreisförmige Fingerspuren.

Am Bankautomat starrte ich benommen auf die grünen Zahlen. Sein Kontostand: 6839 Pfund.

Nicht im Traum würde man daran denken, jemals so viel Bares sein eigen nennen zu können. Es war nicht zu fassen. Ich hob das Tageslimit ab. Er hatte mir immer seine Karte gegeben, um das Geld für fällige Rechnungen abzuheben, wie z. B. Fernsehgebühren, Strom und Miete. Ich schob die Bankkarte in mein Portemonnaie zurück. Mit soviel Zaster im Rücken konnte man sich auf einmal alle Kassetten der Welt leisten und die schärfsten Klamotten aus den Katalogen und noch mehr Fahrstunden zusätzlich zu denen nehmen, die er schon bezahlt hatte. Ich marschierte schnurstracks ins Reisebüro.

Unter dem triefenden Bahnhofsvordach schüttelte ich meine Haare aus, steckte mir eine Silk Cut an, nickte dem einen oder anderen Bekannten aus der Eisenbahnerclique zu.

Das Fahrschulauto bremste, um jemand die Vorfahrt zu lassen, und fädelte sich dann wieder in den Bahnhofsplatz ein, mit Ramraider neben der Blondine von der Bank. Sie war dämlich genug, ein ausgeschnittenes Kleid zu tragen, in das Ramraider seine

Stielaugen versenkte, während sie sich umdrehte, um einzuparken. Bei Ramraiders Fahrstunden trug man grundsätzlich Schlabberpullis und Jeans, und er leckte sich trotzdem noch die Lippen, wenn man einstieg und den Gurt anlegte. Aber wenigstens war er kein Dummschwätzer, er redete nur über Verkehrsregeln. Die Fahrstunden spielten sich meistens in vernünftigem Schweigen ab, und am Ende antwortete ich ihm dann stets zur Probe auf ein paar mögliche Prüfungsfragen: alles ganz locker und entspannt. Ich warf die aufgerauchte Kippe in eine Pfütze.

Im ersten Gang die Scheibenwischer angeschaltet, begann ich meine Fahrstunde, beschleunigte etwas zuviel im zweiten Gang, um hinter dem Bus noch über die Kreuzung zu kommen, schaltete hinter dem Nordpier dann in den vierten und am nächsten Verteilerkreis ohne Ruckeln in den dritten. Ich folgte dem Durchgangsverkehr und warf einen Seitenblick auf die Glückspilze, die nach links in die Hügel einbogen, weg vom Hafen in die offene Weite.

Ich bremste an der einzigen Ampel hinter St. John's Square, kurvte dann um den Weihnachtsbaum und am Supermarkt vorbei, wo ich nach der Fahrstunde arbeiten mußte. Weiter oben, vor dem Golfclub an der Abzweigung zur Paßstraße, übte ich das Wagenwenden.

Auf dem Rückweg schlug Ramraider mit der flachen Hand aufs Armaturenbrett, und ich legte eine gute Vollbremsung hin, ohne das Pedal bis zum Anschlag durchzutreten, sondern mehrmals leicht und mit Gefühl, wie ich's gelernt hatte. Ramraider nickte und lächelte. Ich auch.

Hinter der Schule die Vorfahrt beachten, am Mantrap rechts blinken, am Kale Onion links. Unterhalb des runden Pavillons am Hang anfahren, dann durch die Burnbank Terrace, wo ich wohnte, meine Fenster unter den Dachluken, wo Sein Leichnam lag. Die Telefonzelle, das Phoenix, das Bayview, und weiter die

Uferstraße entlang zum Parkplatz vor der Bahnhofsuhr, wo schon jemand anders auf seine Fahrstunde wartete. Aber Ramraider hatte es nicht eilig und stellte mir wie üblich noch einige von seinen kniffligen Theoriefragen, die stets auch eine zum Fahren auf der Autobahn mit einschlossen, obwohl es hier auf hundert Meilen im Umkreis gar keine Autobahn gab.

Am liebsten mochte ich es, wenn er mich über Verkehrsschilder abfragte, die hatte ich nämlich 1A drauf, weil ich die Seiten der Straßenverkehrsordnung, wo sie abgebildet waren, abends im Bett gern wie Comics las. Am besten gefiel mir das für Achtung Uferkante:

Im Job war alles wie immer. Lanna erzählte uns, daß Shadow, unser Stapelspezialist, das Video mit dem Lehrfilm zum Thema sexuelle Übergriffe aus dem Büro des Oberschnüfflers geklaut hatte, um es zu Hause mit seinem kleinen Bruder anzuschauen, weil die Szenen mit dem ganzen Rumgetatsche ihn so aufgeilten.

Am Neujahrsabend war ich schon frühzeitig am Cale onian Hotel. Eigentlich hieß es ja Caledonian Hotel, aber das d war irgendwann mal aus den Neonlettern über dem Eingang rausgefallen, und keiner hatte sich je die Mühe gemacht, es zu ersetzen.

Ich zahlte mit einem Zwanziger, nachdem ich mir meine Patentmischung bestellt hatte, Apfelmost mit Lagerbier und einem Schuß Pernod und etwas Cassis-Soda zum Aufschäumen. Das Wechselgeld reichte dann genau für den Zigarettenautomaten, die Jukebox, das Formel-1-Rennen. Ich stellte meinen rötlichen, prickelnden Drink oben auf der Bildschirmkante ab, warf ein paar Silbermünzen ein und schaffte es, in zwei von drei Rennen zu gewinnen, was mir immerhin ein Freispiel einbrachte, doch diesmal erwischte ich eine Öllache und wurde bloß fünfte. Die übrigen Münzen versenkte ich in der Sammelbüchse, um das kleine Rettungsboot aus dem Blechhäuschen rauskommen zu sehen, dann hockte ich eine ganze Weile an einem leeren Tisch und tippte die Asche von meiner Silk Cut in den Aschenbecher.

Wenn neue Leute zur Tür hereingestoben kamen, sah man sie durch den Silk-Cut- und Embassyqualm gleich automatisch den Song mitsingen, der gerade lief, noch ehe sie sich an der Bar was zu trinken bestellten.

Hiphearan kam mit einer Plastiktüte vom Supermarkt an. Als Schnorrer war er gewissermaßen eine Ortsgröße, denn die einzige Art, wie er sich etwas zu der Sozialhilfe dazuverdiente, waren Kopfsprünge vom Eisenbahnpier in voller Bekleidung, inklusive ausgelatschte Rockerstiefel, wenn das Touristenvolk dafür einen Fünfer rausrückte. Im Sommer sah man ihn oft mit einer regelrechten Pfütze um die Füße am Tresen irgendeiner Hafenkneipe stehen; in der Lighthouse Bar hatten sie sogar ein Foto von ihm, wie er versuchte, den Arm um eine Robbe zu legen.

Der Commander kam herein und salutierte mit der Hand an der Mütze. Er war einer der schnellsten Weihnachtsbriefträger, aber jetzt ließen sie ihn den Job nicht mehr machen. Als die leerstehenden Bruchbuden in der Scourie Street abgerissen wurden, fand man die Weihnachtspost von vier Jahren hinter einer Tür gestapelt. Der Commander setzte sich neben Hiphearan.

Red Hanna kam mit Coll und SPD im Schlepptau und rief zu mir herüber: Wie war die Fahrstunde?

Ich schob die Lippen vor und nickte.

Soll ich dir was bestellen, wollte er wissen. Ich schüttelte nur den Kopf und zeigte auf den Drink vor mir. Die drei fingen dann gleich an, sich zu streiten, wer die erste Runde zahlen durfte. Als sie rüberkamen, nickte Coll zu dem freien Ecktisch neben dem einarmigen Banditen hin. Was trinkst'n da für 'n abartiges Gesöff, Morvern? Komm, setz dich doch zu uns gebildeten Herrschaften, oder sind wir schon zu alt für dich? Coll holte einen Filzstift und eine Rolle Klebstreifen aus der Jackentasche und krakelte eine Notiz, damit die jungen Hüpfer ihm nicht mit dem Geklingel am Spielautomaten auf die Nerven fielen:

AUSSER BETRIEB

Ich setzte mich also zu ihnen und hörte mir ihr Gequassel an. Im Fernsehen lief der Fußball-Jahresrückblick, und kaum schob sich ein Werbeblock dazwischen, drehten die Männer sich alle gleichzeitig von der Mattscheibe weg und fingen an zu fachsimpeln.

Lanna kam mit den Mädchen von der Bäckerei angesegelt. Als ich sie zur Begrüßung umarmte, flüsterte ich ihr ins Ohr: Ich zahl dir heute die Drinks, hab reichlich Kohle dabei, aber Runden schmeiß ich keine.

Als ich mit den Gläsern zurückkam, erzählte Red Hanna gerade die Geschichte vom Commander, der neben mir gestanden hatte, während ich bestellte. Die Mädchen aus der Bäckerei lachten sich scheckig. Am Weihnachtsabend, sagte Red Hanna, hat die Polizei ihn am Strand aufgegriffen, wo er mit der Taschenlampe aufs Meer rausleuchtete, und auf die Frage, was er da täte, meinte der Commander, er schicke Signale an feindliche Unterseeboote, um sie in die Irre zu leiten. Alle am Tisch lachten los, und ein paar schauten zu dem armen alten Spinner hinüber.

Panatine kam hereingestapft und stellte sich an die Bar. Seine rechte Hand war mit einem dicken, schmutzigen Verband umwickelt, aus dem ein Finger als steifer Wattebausch rausstand; er verschüttete sein Bier mit der linken, die ohnehin immer zuckte, seit er sich in der Zeit, wo er als Metzger arbeitete, mal einen Nerv im Arm durchtrennt hatte. Etwas wackelig auf den Beinen baute er sich in unserer Ecke auf und sagte, nä, nä, Leute, also unser Hafen, das ist doch das schönste Fleckchen auf der ganzen Erde, ich könnt hier nie weg, das würde mir glatt das Herz brechen. Nä, nä, Leute, ich sag euch, ich hab mich gerade selbst aus der Klinik entlassen. Die wollten mich dabehalten, aber Neujahr auf der Krankenstation? Nä, nä, Leute, is nich drin.

Jetzt schau dich doch an, wie du beieinander bist, Mann, sagte SPD.

Panatine kippte einen ordentlichen Schluck Lagerbier und knurrte: Seht ihr den Taxifahrer da, diesen Skiabhanach, oder wie der heißt, den Kerl kauf ich mir heut noch, der ist fällig. Dem hau ich die Rübe ein, daß er durch die Rippen guckt wie der Affe durchs Gitter.

Was hat er denn verbrochen? fragte Lanna.

Verstümmelt hat er mich, der Sauhund! Vorletzte Nacht hab ich mit diesem Fischer da rumgehangen, dem Mockit, der immer seinen Kutter verpaßt und dann durch die ganze Gegend hetzen muß, um ihn am nächsten Hafen abzupassen, nä, kennt ihr den?

Ach, ja, dieser Berserker, ganz schön durchgeknallt, der Bursche, meinte SPD.

Nä, nä, der Wahnsinn, Leute, fuhr Panatine fort. Also, irgendwie kam's dann soweit, da haben wir uns gegenseitig Whisky in die Schläfen gespritzt, wollten mal sehen, wie's wirkt, zwölf Jahre alter Macallan, natürlich. Geht doch nichts über dies weiche Raucharoma. Nä, in zehn Sekunden waren wir beide total beduselt. Hab dem Mockit noch die ganze Stirn mit der Spritze zerkratzt beim Versuch, ihm den guten Stoff direkt ins Hirn zu blasen. Danach haben wir uns mit der Pipette flüssiges LSD auf die

Pupillen geträufelt. Das geht durch die Augen direkt in den Blutkreislauf und gibt ganz unglaubliche Bilder auf der Netzhaut. Wir haben bis fünf Uhr morgends nur noch Farben gesehen, nä, und dann hatte ich langsam 'n mächtigen Bierdurst. Aber der einzige Ort, wo man um die Zeit noch Bier kriegen konnte, war die Fähre, also bin ich zum Hafen runter und hab vier Rückfahrkarten zur Insel gekauft. Bin den ganzen Tag hin und her gefahren, bis der Käptn mich zum Schluß vom Schiff tragen ließ. Hab 'ne Weile gebraucht, nä, bis ich zum Wohnkomplex zurückgefunden hatte, und dann hatte ich meine Schlüssel verloren und konnte mich nicht mehr an den Namen meiner Frau erinnern, ich schwör's euch, der war mir glatt entfallen, also hab ich kräftig Rabatz an der Haustür gemacht, mit den Fäusten getrommelt und so. Meine Frau dachte, die Bullen haben mal wieder 'ne Razzia vor, und hat einen Eimer heißes Wasser nach dem anderen aus dem Badezimmerfenster runtergekippt. Ich hab dann halt Anlauf genommen, nä, und krachbumm die Tür eingerannt, die kam aber zurückgeflogen, mir voll in die Fresse, und von da an weiß ich nur noch, daß ich dann im Krankenhaus aufgewacht bin, gerade vorhin erst. Nä, was passiert war, die Frau kam die Treppe runter, und die ganze Flurwand war voller Blutspritzer, und ich bewußtlos auf der Matte gelegen. Also hat sie tatsächlich die Bullen gerufen, sie dachte, ich wär in 'ne Messerstecherei geraten wegen all dem Blut. Natürlich ist das Haus bis obenhin voll mit Haschpflanzen und so, nä, aber was soll man machen, die Bullen waren gleich mit der Ambulanz da, brachten mich weg, und zwanzig Minuten später ruft der Chirurg aus der Klinik an und fragt höflich an, ob sie vielleicht meinen Finger bei der Tür finden kann. Und was soll ich euch sagen, da lag er wirklich noch neben der Matte, die Tür hatte ihn im Zurückschlagen glatt abgetrennt. Nä, und der Chirurg, der meint dann, die Frau soll machen, daß sie damit herkommt, damit er ihn wieder annähen kann. Also ruft sie ’n Taxi, und als das Taxi vorfährt, stopft sie den Finger in ’ne leere Chipstüte, aber was macht dieser Sauhund von Skiabhanach? Fängt an, um den Fahrpreis zu feilschen, nä, ob ihr’s glaubt oder nicht. Behauptet, so ein Transport wäre gegen die Hygienevorschriften. Meine Frau erklärt ihm händeringend, daß es sich um einen Notfall handelt. Also klatscht er die Chipstüte schließlich ins Handschuhfach und fährt los. Nä, aber jetzt kommt der Hammer. Auf dem Weg zur Klinik wurde er von glaubwürdigen Zeugen dabei gesehen, wie er ’ne Fuhre Leute aufgelesen und zum Back Settlement gebracht hat. Darum hat er ’ne geschlagene Dreiviertelstunde gebraucht, bis er den Finger im OP abgeliefert hat, nä, aber bis dahin war’s endgültig zu spät, um ihn noch anzunähen. Und während ich da mehr oder weniger im Koma lag, sind die Bullen zurückgekommen, haben die Frau festgenommen und sämtliche Haschpflanzen kassiert.

Du mußt ja total am Boden zerstört sein, meinte Coll.

Was, wegen dem Hasch? wunderte sich Panatine.

Nein, wegen dem Finger, Mann.

Panatine hielt beide Hände mit gespreitzten Fingern hoch und krähte: Einer futsch, neun noch dran! Er trank sein Bier in zwei großen Schlucken aus.

Nur eins noch, sagte Red Hanna, was für ’ne Sorte Chips warn das in der Tüte? Alle fingen an zu lachen, besonders Panatine, der mit seiner verbundenen Hand herumwedelte.

Coll sagte, mir ist letzte Nacht auch ’n Ding passiert. Komm ich doch voll wie ’ne Haubitze nach Hause und häng meinen Mantel unten an den Knauf vom Treppengeländer, mit der Mütze obendrauf. Ich hatte so geladen, daß ich erst mal ’n Kniefall vorm Klo machen mußte. Als ich aus’m Bad komm, seh ich da ’n Kerl an der Treppe. Ich also gleich runter und gebrüllt, he, was machst du da in meinem Haus, und vorsichtshalber gleich mal einen reingedroschen, au Mann, was hab ich mir da die Knöchel an der Holzkante angehauen!

Alle prusteten wieder los, aber nicht mehr so herzhaft, wie sie über die Mißgeschicke von Panatine gelacht hatten.

Lanna machte mir ein Zeichen, und wir verkrümelten uns zur Toilette. Auf der Notiz am Spielautomaten hatte jemand inzwischen mit Filstift dazugeschrieben:

AUSSER BETRIEB: SERVICE AN DER BAR

Lanna öffnete ihre Schachtel Regal. Drinnen staken fünf Zigaretten und zwei fertig gerollte Joints.

Wo hast du die denn her? wollte ich wissen.

Och, die hat mir wer gegeben. Magst du einen?

Nein, da krieg ich nur böse Träume von, sagte ich.

Hä? Guck mal, da hab ich noch was, meinte Lanna und klappte ihre Tasche auf. Untendrin lagen ein paar Trips.

Ah, nein danke, Lanna.

Was'n los mit dir? Das sind diese Videos, die du dir dauernd reinzieht, davon kriegst du böse Träume. Na, wer nicht will, der hat schon, sagte sie und warf eine der Pillen ein, kletterte dann auf den Spülkasten in der Klokabine. Ich folgte ihr und hockte mich auf den Brillenrand, während sie den Joint rauchte und den Rauch aus dem Fenster blies.

Kommst du trotzdem nachher mit, das Video angucken? fragte ich.

Na klar, hab ich doch gesagt, oder?

Ich dachte, du wolltest vielleicht doch lieber die Runde durch die Gemeinde drehen.

Nä. Wen knutschst du denn da ab, wenn die Glocken läuten? fragte Lanna.

Hab ich mir noch nicht überlegt, sagte ich.

Lanna kletterte herunter und zog eine Postkarte aus ihrer Schultertasche. Die Nachnamen von dem John und dem Paul und irgendeine Adresse standen auf dem frankierten Umschlag.

Woher hast du denn ihre Adresse? wollte ich wissen.

Sie haben sie mir gegeben. Ich dachte, wir könnten ihnen doch 'ne Neujahrskarte schicken, hier, schreib mal. Lanna drückte mir den schwarzen Filzstift in die Hand.

Ich überlegte ein paar Sekunden und schrieb:

GRÜSSE AN DEN STOSSTRUPP

MORVY & LANNA

X X X X X X X

Lanna lachte und klebte den Umschlag zu. Ich gab ihr den Filzstift zurück, und sie krakelte ein Graffito auf die versperrte Klotür:

MORVERN CALLAR STEHT AUF BRUTALOSEX

Frechheit, knurrte ich und schnappte ihr den Filzstift weg. Ich knabberte ein bißchen am Ende und schrieb dann:

ALSO SPRACH LANNA PHIMISTER – SCHRÄGE SINGLES LASSEN SICH LIEBER VON HINTEN PIMPERN

Wir lachten, und dann hörten wir plötzlich die Glocken läuten und die Fischerboote draußen am Pier tuten. Lanna schrie auf und schmiß den Rest von ihrem Joint in die Kloschüssel. Ab dafür, rief sie, los, mischen wir uns unter die Meute!

Wir kamen in den Schankraum rausgeschossen, und ich wurde von ein paar Grauköpfen geküßt. Lanna fing an, den ganzen Verein abzuküssen, den Commander, Hiphearan, SPD, die Mädchen aus der Bäckerei, Coll, Panatine, den einbeinigen Cushion, und besonders Red Hanna, der sie gar nicht mehr loslassen wollte.

Frohes neues Jahr, Morvern, sagte Red Hanna und pflanzte mir einen Schmatz auf die Backe. Ich hoffe, es wird ein erfolgreiches Jahr für dich, meine Schöne. Ich nickte und setzte mich hin. Alle waren bedröhnt, schüttelten sich die Hände, fielen sich um den Hals und kippten Whisky. Ein paar machten sich auf den Weg, um die Silvesterbesuchsrunde zu starten, aber auf unserem Tisch standen schon wieder volle Gläser, also fing ich an zu süffeln und steckte mir eine Silk Cut nach der anderen an.

Lanna saß neben Panatine, der sich zum einbeinigen Cushion rüberbeugte: Weißt du noch, wie ich dir diese Pille da gegeben habe, bevor du in die Lighthouse Bar reingesegelt bist? Beide lachten, und Panatine sagte: armer alter Cushion.

Hab mich noch nie im Leben so beschissen gefühlt, die blasen einem ja das Hirn aus dem Schädel, diese Drogen, schnaufte der Alte.

Nä, du wolltest ja unbedingt wissen, was ich da für Medizin hab, grinste Panatine.

Hach, ich dachte, das würd mir gegen meine Erkältung helfen!

Panatine verschluckte sich vor Lachen fast an seinem Bier. Nä, so high, wie ich war, wurd's mir zu Hause zu eng, und ich dachte, geh ich halt mal den Hügel runter auf 'n Drink in die Lighthouse Bar. Und wie ich da so voll Stoff über die Wiese geeiert komme, seh ich dieses komische Kriechtier vor mir aus dem Dunkeln auftauchen, ich wunder mich noch, was das sein mag, aber im Näherkommen sieht es immer wie ein Mann mit einem fehlenden Bein aus, der da auf den Händen den Bürgersteig langkraucht; und das war's dann auch, der arme alte Cushion, der sich heimwärts schleppte!

Jawoll. Das Zeug hat mich so wirr im Kopf gemacht, daß ich aus der Kneipe raus bin, um auf der Promenade 'n bißchen Luft zu schnappen. Die Sache war nämlich die, ich dachte, ich könnte wieder richtig gehen, darum hab ich mein Holzbein abgeschnallt und es ins Wasser geschmissen. Ich seh's noch vor mir, wie es durch die Luft wirbelte, mit meinem Schuh dran; und ausgerechnet an dem Abend hatte ich meine besten Schuhe an, sagte Cushion.

Alle brachen in schallendes Gelächter aus.

Erzähl den Kids hier doch mal, wie du deine Frau umgebracht hast, grölte Panatine.

Cushion sagte, Lacht wie Wasser, so hat sie geheißen, Mädels. Ich war damals Trapper in Übersee. Lacht wie Wasser. Die beste Squaw, die ich je hatte. Wir hatten gerade unser Lager aufgeschlagen, als plötzlich ein riesiger Bär über die Lichtung getrabt kam. Ich natürlich gleich die Flinte gezückt, nehm den Bär ins Visier und folg ihm so mit dem Lauf, den Finger am Abzug, und wie ich abdrücke, peng, hab ich Lacht wie Wasser volles Rohr in den Kopf getroffen. Hab ihr den Kopf richtig weggepustet, ich seh heut noch die rote Fontäne vor mir, wie sie quer über die Lichtung in den Schnee sprüht. Ich mußte zwei Tage lang buddeln, um sie in dem gefrorenen Boden zu begraben, und in der dritten Nacht haben sie die Wölfe geholt.

Lanna war beim Zuhören ganz fahl geworden. Der Commander kam herüber an unseren Tisch.

Na, was tut sich so, rief Red Hanna, stand auf und schüttelte ihm die Hand.

Och, nicht viel, nicht viel, Mr. Callar, danke der Nachfrage. Ich wollte euch allen nur ein schönes neues Jahr wünschen. Kann leider nicht lang bleiben, erwarte in der Früh zwei Kutter von der Insel mit je hundert Stück Rentieren, und da muß ich den Pier noch freigeräumt kriegen.

Er schlurfte davon, und alle bogen sich wieder vor Lachen, bis er am Fenster vorbeikam.

Ist doch wirklich 'n Jammer um die gute Seele, sagte ich zu Red Hanna.

Find ich auch. Sag mal, hast du denn schon einen Termin für deine Fahrprüfung?

Ich nickte lächelnd. Red Hanna sah zu Lanna hin, die sich über den Tisch beugte. He, he, zwinkerte er, aus deiner Lanna ist aber ein blitzsauberes Mädel geworden, was?

Ich nickte wieder.

Echt wahr, Leute, räsonnierte Coll, diese neue Fähre da, 'ne totale Fehlkonstruktion, die von der ausländischen Reederei haben den Rumpf aus viel zu dickem Stahl gebaut, und als sie hier angekommen ist, war sie so instabil, daß man sie erst mal aufschneiden und in der Mitte einen zehn Meter breiten Streifen aus dünnerem Stahl dazwischenschweißen mußte, sonst wäre der Kahn gesunken wie 'ne Bleiente.

Hiphearan kam mit zwei vollen Whiskygläsern an unseren Tisch. Unter dem Arm hielt er eine Plastiktüte aus dem Supermarkt geklemmt, und man konnte einen dicken frischen Fisch mit offenem Maul und Glubschauge von innen dagegengepreßt sehen.

Tja, Hiphearan, wird noch 'n Weilchen dauern bis zur Hauptsaison, sagte Coll.

Allerdings. Hiphearan nahm einen Schluck. Sein Gesicht war schon hochrot von all den Schlucken, die im Lauf des Abends so zusammengekommen waren. Vielleicht kriegen wir ja wieder 'ne Hitzewelle um Ostern rum, meinte er.

Es war wohl schon längst Sperrstunde, denn jetzt kamen die Bullen reinmarschiert und fingen an, die Leute an die Luft zu befördern. Ein Wachtmeister baute sich vor unserem Tisch auf und sagte: Bitte das Lokal zu verlassen, Herrschaften.

Die Leute versuchten, ihre Gläser mit rauszuschmuggeln, aber eine Polizistin knöpfte sie ihnen an der Tür ab.

O Mann, jetzt laßt doch mal fünfe gerade sein, ist doch nicht alle Tage Neujahr, maulte Panatine.

Hiphearan hatte drei Gläser Whisky vor sich stehen und legte sich mit dem Wachtmeister an, der ihm befahl, alles stehenzulassen und sich hinauszubegeben. Man konnte es dem Hiphearan deutlich ansehen, wie schwer es ihm fiel, sich von seinem Whisky zu trennen. Plötzlich zog er den dicken Fisch aus der Plastiktüte und kippte blitzschnell alle drei Gläser in das Fischmaul. Dann schwankte er unter allgemeinem Beifallsjohlen mit dem Fisch im Arm an den Polizisten vorbei nach draußen; vor der Tür stemmte er den Fisch triumphierend wie einen Siegerpokal an die Lippen und schüttete den ganzen Whisky aus dem Maul in sich hinein.

Panatine steuerte auf ein Taxi zu, kletterte auf das Autodach und fing an, darauf herumzutrampeln, und schließlich kickte er das Taxischild in hohem Bogen über die Balustrade ins Wasser. Und tatsächlich hockte der Skiabhanach die ganze Zeit mucksmäuschenstill im Taxi drin.

Als die Bullen gerade einschreiten wollten, fuhr das Taxi mit quietschenden Reifen los. Panatine hatte die Geistesgegenwart, sich auf den Bauch zu werfen und am Dach festzuhalten, während das Taxi in Richtung Mantrap abdüste, mit den Polizisten wie im Slapstick hinterdrein. Wir alle standen auf der Straße und lachten Tränen. Unten am Nordpier schleuderte der Wagen dann mit einer Vollbremsung um die Kurve, und man sah den Panatine in die Gegenrichtung auf die Straße fliegen. Im gleichen Moment kübelte ein Wolkenbruch los. Im Cale onian schenkten sie jetzt wieder aus, aber Lanna zog mich und die Mädchen von der Bäckerei in Richtung Mantrap weg.

Panatine wurde vor dem Mantrap in eine Ambulanz verladen, und alle hatten aufgehört zu tanzen und waren vor die Tür gekommen, um Maulaffen feilzuhalten. Panatine lachte immer noch, und einer der Sanitäter schüttelte den Kopf und sagte zu den Polizisten, ach, der schon wieder.

Der Regen trieb die Leute wieder ins Mantrap zurück. Die Mädchen von der Bäckerei gingen gleich weiter auf die Silvesterrunde durch die Stadt, aber Lanna und ich hasteten am Videoshop, am St. John's, am Phoenix und am Bayview vorbei, bis wir in der Straße, unter den Fenstern und den Dachluken meiner Wohnung ankamen.

Im Flur schaute ich unwillkürlich zu der Speicherklappe hoch, die ich mit einem Vorhängeschloß gesichert hatte. Lanna ging gleich ins Wohnzimmer durch und sagte, o Mann, hier bin ich ja ewig nicht mehr gewesen. Du hast ja noch Seine ganzen Sachen da! Gott, hab ich jetzt einen Brummschädel von dieser blöden Pille.

Ich sperrte die Tür ab und knipste das Flurlicht aus, um die lästigen Silvesterbesucher nicht noch zu ermutigen. Dann zündete ich eine weitere Weihrauchkerze an und sagte: Du bist ja ganz durchgeweicht. Komm, wir lassen uns ein Bad einlaufen. Ich warf den Boiler und den Heizstrahler an. Als ich die Lichter am Weihnachtsbaum auf die mittlere Flackerstufe einstellte, hielt Lanna sich die Hände vor die Augen, also drehte ich sie auf die niedrigste Stufe runter. Sie ließ den Blick über Sein Bücherbord schweifen.

Was ist denn das da? fragte Lanna.

Ich schaute rüber und sagte, eine Enzyklopädie, da steht alles drin, was man sowieso nicht wissen will. Was für 'ne Musik soll ich auflegen?

Irgendwas von Ihm.

Kein Bock auf Hardcore, DJ-Sound?

Nä. Leg eine von Seinen komischen Oldtimerplatten auf, sagte Lanna.

Ich weiß nicht, ich würd jetzt lieber diese DJ-Kassette hören, sagte ich und schob sie ein.

Morvy!

Nein, Lanna, echt, ich hab meine Gründe.

Ach so, natürlich, du armes Ding, entschuldige, erinnert dich Seine Musik zu sehr an Ihn?

Nä, das ist es nicht. Seine Platten sind bestimmt das einzige von all Seinem Zeug, was ich nie zur Versteigerung geben werde. Das Band fing an zu spielen, Moog-Synthesizer-Geschwurbel, mit asthmatischen Piepsern durchsetzt, das einen satten Groove vorgab, dann langsam mit schweren Baß-Drum-Beats zu einem trancehaften Darkside-Sound anschwoll, von dunkel pulsierenden Gitarrenriffs untermalt, dann ein zweiter, nervös wühlender Baß, als rauhes Fundament für die hellen, geisterhaften Mädchenstimmen, die sich jetzt mit der Melodieschleife einblendeten: *I Feel So Happy For No Reason At All.* Lanna stand mit leicht gespreizten Beinen da, wedelte mit dem Handrücken über ihre Wimpern und wippte in den Hüften, daß ihre Perlenschnüre nur so durcheinanderklickten, bis ich die Arme um sie schlang und kicherte, nä, nä, Lanna, schau doch mal, was ich hier hab.

Aus der Schreibtischschublade zog ich den Prospekt vom Reisebüro hervor.

»Was'n das? fragte Lanna.

Das ist für dich und mich.

Ja, aber was?

Deshalb hab ich diese Kassette eingelegt. Das ist *unser* Ding. Wir müssen den Oberschnüffler dazu bringen, unseren Urlaub zusammenzulegen. Ich hab uns nämlich im Juli zwei Wochen am Mittelmeer gebucht. Im Youth-Med-Feriencamp. Geld spielt keine Rolle. Er hat mir ein bißchen was hinterlassen, als Er sich abgeseilt hat, und das war's, was ich dir schon die ganze Zeit sagen wollte, deshalb hab ich dich mit hergebracht. Aber da ist noch was, Lanna.

Was? wisperte sie.

Du kannst hier bei mir einziehen, wenn du magst. Nicht sofort, natürlich, ich muß erst noch 'ne Menge alten Krempel loswerden, aber sagen wir mal, dann, wenn wir aus dem Urlaub zurückkommen.

Morvern.

Was? Ich legte ihr die Hand auf die Schulter.

Ich weiß nicht, du bist so lieb zu mir, ich meine, warum das alles, das ist doch viel zu großzügig.

Red kein Blech, du Dussel.

Hat Er dir wirklich Geld hinterlassen?

Jaja, sagte ich, das reicht schon 'ne Weile. Komm jetzt, ab ins Bad.

Wir ließen die Klamotten fallen, und Lanna stieg als erste in die Wanne. Uii, quietsche sie, irre, wie diese Schaumblasen glitzern.

Immer noch auf'm Trip, was, sagte ich.

Und wie. Immer heftiger, kommt's mir vor.

Na, macht nichts, hier kannst du dich entspannen.

Du solltest auch noch einen einwerfen, dann wären wir auf der gleichen Wellenlänge, und nachher könnten wir uns deine ganzen gruseligen Horrorfilme reinziehen.

Ist das Wasser zu heiß? fragte ich.

Ich merk nix.

Vorsichtig tauchte ich den Fuß ein und sagte, Lanna, das ist ja noch viel zu kalt. Das mußt du doch merken, beweg mal die Zehen.

Ich ließ brühheißes Wasser dazu. Besser so?

Jaja, reicht schon, meinte Lanna.

Ich stieg mit in die Wanne und mußte erst mal den Stöpsel ziehen, damit sie nicht überlief.

Nachdem wir uns abgetrocknet hatten, saßen wir im Wohnzimmer, und Lanna schob mein Knie so lange unter der Lampe hin und her, bis sie alles Geglitzer runtergeschrubbelt hatte. Dann hielt ich ihren Fuß im Schoß und probierte mein Pediküreset daran aus. Ich schob die Schaumstoffröllchen zwischen ihre Zehen, dann lackierte ich ihr die Fußnägel seegrün, mit je einer silbernen Schlangenlinie in der Mitte. Es sah wundervoll nixenhaft aus, aber sie sagte bloß, hey, laß uns doch auf den Speicher gehen und mit der Modelleisenbahn spielen.

Ich blickte auf. Nä, kein Bock.

Ach, komm schon, das wär doch 'n Supertrip.

Ich lächelte. Bist du echt so neben der Kappe?

Klar doch. Wär total scharf, die Züge da so durch die Gegend sausen zu sehen.

Tut mir leid, hab schon alles abgebaut, um's zu verkaufen, sagte ich.

Na gut, dann backen wir uns jetzt eben was, meinte Lanna.

Hä? lachte ich.

Na komm schon, jetzt hat die Stunde des Bäckers geschlagen, rief Lanna, stürmte los und riß alle Küchenschränke auf.

An deiner Stelle würd ich mir erst mal was anziehen. Ich hätte ja gedacht, du mußt im Job eh schon genug backen.

Wo ist das Mehl, hast du auch ausreichend Butter? rief Lanna, ganz aufgedreht, und ging vor dem Herd in die Hocke, so daß ihre schmalen Hüften auf einmal hausfraulich rundlich wirkten. Sie schaltete den Ofen an.

Ich holte das Mehl vom Regal, und im Kühlschrank fand ich ein unangebrochenes Paket Butter.

Ist das auch ganz normales Mehl ohne Zusätze? erkundigte Lanna sich besorgt. Weil diese Backpulvermischungen, die plustern sich immer so auf, und dann werden sie gleich zu fest. Hast du auch Streuzucker da?

Sie wog alles auf der alten Küchenwaage ab und ließ mich die Mengen ablesen: ein Kilo Mehl, ein halbes Pfund Butter und dazu einen gehäuften Teelöffel Streuzucker. Das Ganze wurde in eine große Keramikschüssel geschüttet, und Lanna fing an, die Masse energisch durchzuwalken. Der zähe Teig krümelte ihr durch die Finger, und je mehr sie knetete, desto mehr stäubte ihr das Mahl die Arme hoch. Jedesmal, wenn sie sich das Haar aus dem Gesicht strich, blieben ihr weiße Mehlspuren an der Nase oder den Wangen hängen. Sie sah einfach zum Schreien aus, wie ein hyperaktiver Clown.

Siehst du, genauso muß man das machen, dozierte Lanna, bloß nicht an der Butter sparen, sonst wird der Teig nicht cremig genug, aber die richtige Konsistenz, nicht wahr, das ist das ganze Geheimnis.

Ich träufelte noch ein paar Handvoll Wasser darauf, bis Lanna sagte, so, das reicht jetzt.

Sie stäubte Mehl über den Resopaltisch und klatschte den Teigklumpen drauf. Sie stäubte das Nudelholz mit Mehl ein und warf das, was sie zuviel in der Hand hatte, nach mir. Ich kreischte los, grabschte mir eine Handvoll Mehl und schmiß es ihr ins Gesicht. Prompt entspann sich eine wüste Mehlschlacht, bis wir beide von Kopf bis Fuß weiß bestäubt dastanden.

Und beide sahen wir jetzt so fahl aus wie Er dort oben in der Dunkelheit, von der dünnen Decke aus Pulverschnee überzogen.

Lanna rollten den Teig erst längs, dann quer aus, bis er immer lappiger wurde, und fragte, hast du eine Springform da?

Nein, sagte ich, was soll denn das werden?

Neujahrsglückskuchen für Morvern Callar und mich, sagte Lanna.

Wir lachten, ihr Mund wie eine dunkle Höhle in dem weiß bemehlten Gesicht.

Sie schnitt kleine runde Bögen, Deckel und Ränder aus und

formte sie auf einem Backblech zu Törtchen, die sie mit Marmelade füllte. Ich half ihr, die Törtchen mit Eigelb zu bepinseln.

Schau mal, wie deine Hand zittert, sagte Lanna.

Ich schaute hin: tatsächlich.

Wir schoben das Blech in den Backofen. Lanna klatschte in die Hände, daß das Mehl nach allen Seiten stäubte.

Los, komm, jetzt tanzen wir, sagte ich.

Lanna suchte eine Seiner Platten aus. Es war Prince mit *The Future*. Unsere ausgestreckten Finger zeichneten die Melodielinie nach, wedelten über die Höhen und Tiefen und faßten dann noch einmal kreisend das ganze geballte Feeling zusammen, während wir in den Knien den pulsierenden Rhythmus abfederten, und die Füße je nach Laune dem Stakkato der Wortkaskaden oder den Percussion-Schüben folgten. Dann probierten Lanna und ich einen albernen kleinen Walzer zur Orchester-Einlage, die sich in schamlosen Melodiefetzen durch den zähen Beat schmuggelte, und während der Takt mehr und mehr in synkopisches Schlingern geriet, verfielen wir, Auge in Auge, in einen improvisierten Tangoschritt.

Lanna segelte zum Plattenspieler und legte meine PM-Dawn-Platte *Of The Heart, Of The Soul And Of The Cross: The Uropian Experience* mit der Nummer *Set Adrift On Memory Bliss* auf. Lanna summte ganz versunken dum dada da da mit, während wir fast auf der Stelle tanzten, und dann sagte sie, ich glaub, jetzt klapp ich mal langsam die Couch aus.

Ich holte ihr frisches Bettzeug aus dem Wäscheschrank. Inzwischen stellte sie die Musik leiser.

Als sie eingemummelt dalag, sagte ich, alles klar, ich hab den Backofen abgeschaltet.

Den Kuchen können wir zum Frühstück essen, meinte Lanna.

Na, denn gute Nacht, sagte ich.

Ich ging ins Schlafzimmer und kroch in mein Bett, während

PM-Dawn leise *The Beautiful* spielte. Nach einer Weile tauchte Lanna in der Tür auf. Morvy, mir dreht sich alles, wisperte sie und schlüpfte zu mir unter die Daunendecke.

Mmm, so ist es viel gemütlicher, murmelte ich. Ich schlaf nicht gern allein.

Mmm, echote sie, mir geht's genauso. Sie schmiegte sich an mich und hauchte mir ihren warmen Atem ans Schlüsselbein. Sie schlang mir die Arme um die Schultern, und ich lag entspannt auf dem Rücken, den Mund in ihrer zarten Halsbeuge, die süß nach Kuchenmehl roch.

Lanna, wisperte ich.

Was?

Frohes neues Jahr.

Sie stützte sich im Dunkeln auf den Ellbogen auf und sagte ernst: Ja, das wünsch ich dir auch, Liebes, ein ganz, ganz glückliches neues Jahr.

Nach einer Weile hauchte sie noch: Danke, Morvern, kuschelte sich wieder an meine Seite und steckte die Finger einer Hand in den Mund, so, wie sie immer einschlief, was sie dann auch wohl sehr bald tat.

Alles lief wie üblich weiter, bis die Zeit der offenen Dachluken kam, die dann schon bald in eine regelrechte Hitzewelle ausartete. Am Tag meiner Fahrprüfung bekam ich wieder meine Periode. Die Hochsaison hatte begonnen, und im Wohnkomplex, wo jetzt alle Fenster offenstanden, bauschten die Gardinen sich in der warmen Brise. Kleine Kinder pritschelten mit ihren Wassereimerchen auf den Gehsteigen. Selbst wenn man sich weit oberhalb der Siedlung in der dunstigen Hügellandschaft aufhielt, hörte man unten zwischen den Häuserblocks noch den Eiswagen tuten. Und wenn man bis zur Paßhöhe hinaufstieg, konnte man weit übers Meer hinausschauen, das tiefblau schimmerte und draußen im Sund um die Insel herum in hypnotischem Aquamaringrün.

Unter der Woche hatte ich mir für die Mittagspause immer eine Badetasche mit dem orangefarbenen Sommerkleid und der Sonnenbrille mitgenommen. In dem ferienhaften Aufzug spazierte ich dann den Kai entlang, lutschte ein Eis am Stiel, oder mümmelte geklautes Obst aus dem Supermarkt. Andere Verkäuferinnen, die sonst nichts hatten, wo sie sich umziehen konnten, mußten extra zum Wohnkomplex hochlaufen, um sich in ihre Sommerfähnchen zu werfen, und drifteten dann in Horden über die Promenade, während die Mechanikerlehrlinge und Bürojungen sich in Hemdsärmeln entlang der Kaimauer lümmelten und Softdrinks aus Blechdosen schlürften. Natürlich wurden die einheimischen Ladenmädchen, ebenso wie die gelegentlichen Touristinnen, von der männlichen Jugend gnadenlos beäugt und kommentiert, es sei denn, jemandes Schwester kam vorbei, was alle sofort mundtot machte. Die Jungs versuchten ständig, die Mädchen zu einem Rendezvous an den Klippenstufen zu bewegen, wo die Liebespaare traditionsgemäß auf den Bänken knutschten. Die höchste Bank war immer ein Streitobjekt, weil man von da aus die ganze Bucht überblicken konnte, wogegen man von der untersten nichts als den Schornstein der Brauerei sah. Ich war im Lauf der Jahre auf jeder Stufe mal zugange gewesen, und auch mir war die oberste weitaus am liebsten, wo einen schwüle Hopfendünste umhüllten, während mehr oder weniger zaghafte Hände sich einem unter den Rock stahlen.

Nach Ladenschluß, wenn die Sonne nicht mehr wärmte, gingen die Mädchen, die zur Mittagszeit noch so aufreizend die Promenade entlangstolziert waren, in ihren unscheinbaren Mänteln zum Wohnkomplex hinauf, ihre bunten Sommerkleider in Plastiktüten unterm Arm.

Obwohl ich meine Periode hatte, trug ich ein Minikleid mit

Nylonstrümpfen zur Fahrprüfung, weil ich es diesmal ja nicht mit Ramraider zu tun hatte. Um vor Aufregung bloß keine glänzende Nase zu kriegen, hatte ich extra ein mattierendes Make-up mit einem Hauch Puder aufgetragen.

Ich traf mich mit dem Fahrprüfer vor dem Rathaus.

Na, dann wollen wir mal, sagte er.

Im Wagen stellte er meine Sehtüchtigkeit auf die Probe, indem er mich andere Nummernschilder ablesen ließ. Alles, was er sagte, klang wie aus einem Lehrbuch.

Ich legte den ersten Gang ein, schaltete dann in den zweiten und schaute ostentativ in den Rückspiegel, während ich in den Bahnhofsplatz einbog. Auch beim Überholen vergaß ich nicht, einen Blick in den Spiegel zu werfen, während ich mir heimlich über die Lippen leckte, um den Lippenstift schön glänzend zu halten.

Die gewohnte Strecke am Meer entlang bis zum Supermarkt, wo ich den Nachmittag freigenommen hatte, ging alles glatt. Am Golfclub dann das übliche Wendemanöver, und auf dem Rückweg rief der Prüfer, wie vorhergesehen, auf einmal: Achtung! und schlug mit der flachen Hand aufs Armaturenbrett. Ich stieg sacht auf die Bremse und trat ein paarmal nach, bis wir ohne jedes Schleudern zum Stehen kamen.

Dann kam das Vorfahrtsschild, und die Abzweigung – rechts blinken! – zum Mantrap, danach gleich links rüber zum Cale onian, runterschalten in der Kurve, und dann, wie gehabt, unter dem runden Pavillon am Hang anfahren.

Oben an der Klippe, genau auf der Höhe von Jacob's Ladder, mußte ich plötzlich scharf abbremsen. Zwei Hunde paarten sich mitten auf der Straße.

Umfahren Sie bitte das… Hindernis, sagte er.

Aber zum Ausweichen war kein Platz, und die ineinander verkeilten Köter rührten sich nicht von der Stelle.

So hupen Sie doch, wenn Sie nicht vorbeikommen, knurrte er.

Ich drückte auf die Hupe, und die Hunde rückten unbeholfen zur Seite. Ich gab Gas und schaltete in den zweiten Gang. Während wir nach rechts in die Straße von Couris Jeans Haus einbogen, linste ich aus dem Augenwinkel zu dem Typ hinüber. Er sah mich schmunzelnd an. Man merkte ihm deutlich an, daß er sich genau wie ich nur mühsam das Lachen verbiß, und er sagte ruhig, nur weiter so. Sie machen das wirklich sehr gut.

Ein Fahrprüfer sollte so was natürlich nicht sagen, denn so wußte ich, daß ich meinen Führerschein praktisch schon in der Tasche hatte und für immer aus dem Hafen davonbrausen konnte. Und obwohl ich ihn nicht direkt ansah, merkte ich doch, wie er heimlich zu meinen Schenkeln in den dünnen schwarzen Strümpfen hinschielte, also lief alles bestens nach Plan.

Wir umrundeten die Kurve in die Burnbank Terrace, und am anderen Ende sah man schon die Telefonzelle gegenüber von meinen Fenstern und den offenen Dachluken unter einem wolkenlosen Frühlingshimmel.

Sein Clipboard schlug hart ans Armaturenbrett, als ich plötzlich auf die Bremse stieg und unter heftigem Reifenquietschen den Motor abwürgte, während mein Rock mir bis zu den Hüften hochrutschte.

Männer in orangen Arbeiterjacken kraxelten auf dem Dach über meinen Fenstern herum.

Ich machte den Gurt los, stieg aus dem Wagen und zog mir den verkrumpelten Rock herunter. Hinter uns ertönte aufgebrachtes Hupen. Der Fahrprüfer lehnte sich rüber und schaltete das Warnblinklicht ein; er starrte mich verständnislos an.

Tja, jetzt bin ich wohl durchgefallen, wie? Tut mir echt leid, mir ist auf einmal so schlecht, ich fürchte, ich bin autokrank, sagte ich. Ich rannte über die Straße zu meiner Haustür. Der Typ stieg aus und rief, he, warten Sie doch!

Ich raste die Treppe hoch, sperrte in fliegender Hast die Tür auf und mußte drinnen ein paar kostbare Sekunden aufs Abschließen verschwenden, weil der Fahrprüfer einer von der Sorte war, die einem womöglich noch die Treppe rauf folgten, um nachzuschauen, was los war.

Ich zog einen Küchenschemel unter die Falltür, sprang hinauf, fummelte das Vorhängeschloß auf, zog die Klappe mit dem Haken herunter und kickte den Schemel zur Seite. Ich spürte, wie meine Strümpfe zerrissen, als ich mir beim Raufkraxeln die Schienbeine an den Leitersprossen anschlug. Es stank dort oben. Eilig kurbelte ich das Brett mit der Modelleisenbahn herunter, und leise ruckelnd senkte Sein Körper sich auf der Unterlage von den offenen Dachluken weg, durch die das strahlende Sonnenlicht in den dämmrigen Speicher fiel. Ich zerrte mir das hautenge Kleid über den Kopf, zog und riß schnaufend vor Ungeduld an dem widerspenstigen Fetzen, bis ich Ihn endlich losbekam. Ich sprang auf die Brettkante, und auf die Zehenspitzen gehißt, so, wie ich mich früher recken mußte, um Ihn auf die Stirn zu küssen, konnte ich gerade aus der Luke spähen. Die Männer in den orangefarbenen Arbeitsjacken waren dabei, die Schieferplatten um den Schornstein herum zu erneuern. Sicher waren sie nie auch nur in die Nähe meiner Dachluken gekommen. Ich sprang herab und holte ein paar Laken aus dem Schlafzimmer, kletterte wieder die Leiter rauf und breitete die Laken über Ihn; dann sank ich auf die Knie und fing an zu flennen, vor Enttäuschung über die verratzte Fahrprüfung. Die Türsprechanlage schnarrte ein paarmal, aber ich kniete weiter dort oben und flennte mir das Herz aus dem Leib, bis es Nachmittag war und ich mich umzog, um in die Stadt zu gehen: zur Eisenwarenhandlung.

Ich spülte die Tablette mit einem Glas Remy Martin und einem Schluck Heineken runter. Die Menstruationskrämpfe ließen langsam nach, als ich nackt aus dem Dunkel ins gleißende Neonlicht des Badezimmers trat. Ich hielt das nagelneue Fleischermesser und die Gärtnersäge in der Hand, kniete mich zu Ihm vor die Wanne, legte die Geräte ab und streifte die Gummihandschuhe über.

Allzuviel konnte ich nicht sehen. Meine Haare hatte ich unter eine enganliegende fleischfarbene Badekappe geschoben, und dazu eine rotgetönte Schwimmbrille aufgesetzt, und eine Nasenklammer an einer pinkfarbenen Plastikschnur. Um den nackten Bauch hatte ich mir meinen breiten Nietengürtel geschlungen und den Walkman daran befestigt, und die Kopfhörerstöpsel mit Leukoplast an die Ohren geklebt.

Ich hatte mir extra eine passende Kassette aufgenommen:

A-SEITE	B-SEITE
Last-Exit: *Straw Dog.*	Ronald Shannon Jackson
You Got Me Rockin'.	and the Decoding Society:
Take Cover.	*Undressing.*
Ma Rainey.	Luciano Berio: *Visage.*
Crack Butter.	Miles Davis: *Pharao's Dance.*
Panzer Be Bop.	Ronald Shannon Jackson:
Miles Davis: *Great*	*Taboo.*
Expectations.	Challenge To Manhood.
Sonny Sharrock: *Dick Dogs.*	Bill Laswell: *Assassin.*

Ich schnitt die immer noch herabhängende Hand ab, versenkte die Klinge dann in den ersten Arm. Die farbige Brille half mir sehr, die ganze Sache nicht so kraß mitzukriegen, und mit der Nasenklammer roch man überhaupt nichts mehr; später, im Urlaub, würde Lanna sie sicher auch noch gut gebrauchen können.

Man mußte die einzelnen Körperteile vom Rumpf trennen und jedes für sich in mehrere Müllsäcke einwickeln und die Packen dann mit dickem Klebeband fest zusammenschnüren. Viel Blut kam nicht mehr heraus, bis ich irgendwann mal auf eine Vene traf, die von außen ganz harmlos aussah, und mir ein dicker Strahl über den Busen bis auf die Schenkel spritzte. Ich hatte mir gar nicht erst die Mühe gemacht, ein Tampax zu nehmen, und jetzt rann mein eigenes Blut mir zusammen mit Seinem die Beine runter und tropfte auf die ausgelegten Zeitungsblätter, während ich weiterwerkelte.

Der Kopf und die Gliedmaßen machten keinerlei Schwierigkeiten, schlimm wurde es erst, als die inneren Organe anfingen, sich aus dem blutdurchtränkten Rumpf herauszustülpen. Die Rumpfpakete brauchten doppelt soviel Verpackung, aber schließlich schaffte ich es, auch sie in handliche Brocken zu verschnüren, und dann stapelte ich all die Plastikpakete wieder im Speicher. Nachdem ich alles saubergeschrubbt hatte und selbst in der Wanne gewesen war, nahm ich mir Seinen Schreibtisch vor. Ich zog die Schublade auf und holte die Diskette heraus, schaltete den Computer an und schob sie ins Laufwerk A.

Ha, mein Vater ist gestorben! Entschuldige, Schnurzi, aber ich hab mich entschlossen, mir diesen Streich zu spielen: Meine ureigene Art, mich auf Zack zu halten. Ich war glücklich mit Dir, Morvern, aber dieses Leben wurde langsam zu gemütlich für einen alten Freibeuter wie mich. Ich habe mich immer nach Frieden gesehnt. Aber nun, wo er in Sicht ist, nimm Du ihn an meiner Statt. Alles ist geregelt. Halt einfach noch ein paar Monate hier aus.

Mein Roman ist auf dieser Diskette gespeichert. Druck ihn aus und schick ihn an den ersten der Verlage, die ich hier aufgelistet habe. Wenn der ihn nicht nimmt, versuch's beim nächsten. Ich bitte Dich nur, dafür zu sorgen, dass mein Buch veröffentlicht wird. Ich will mich gern mit posthumem Ruhm begnügen, Hauptsache, ich gerate nicht gänzlich in Vergessenheit.

Ich liebe Dich, Morvern; fühl meine Liebe jeden Abend in den Winkeln aller Räume, in denen Du Dich aufhältst, halt dein Gewissen rein und führ das unbeschwerte Leben, das Leute wie ich Dir bisher versagt haben. Vergiss nicht, Du bist besser als wir.

Ich möchte dieses Leben nicht verlassen, das ich so sehr liebe. Ich liebe diese Welt so sehr, dass ich mich mit aller Kraft an diesem Stuhl festklammern muss.

Jetzt schick den Roman ab und bereu mir ja nichts. Sei tapfer.

Nun denn, ans Werk!

xxxxx

Nach einer ganzen Weile fing ich an, den weiteren Text auf der Diskette in Augenschein zu nehmen. Seite um Seite reihten sich die Wörter aneinander, dann kam eine Nummer, und wieder seitenweise Wörter. Man mußte es lesen, um zum Ende zu kommen; es war nur nicht einzusehen, warum man das alles lesen sollte, bloß damit irgendwann Schluß war.

Ich sparte mir also die Mühe, ging zum Videorecorder und legte *The Thing* ein. Nach der Hälfte drückte ich die Pausentaste, stand auf und lief irgendwie ruhelos im Zimmer umher. Ich schniefte ein paarmal auf und schaute nach der Uhrzeit auf dem Videogerät. Dann setzte ich mich wieder an den Tisch, und der farbige Lichtschein vom Computerbildschirm fiel auf meine Hände am Keyboard.

Ganz oben auf der ersten Textseite stand Sein Name, und darunter eine kurze Zeile, wahrscheinlich der Name des Romans:

der Titel. Und die Nummern zwischen den Textblöcken zeigten wohl die Kapitel an.

Ich hob die Augen, starrte auf die Farben am Bildschirm, dann auf Seinen Namen.

Meine Finger legten sich wie von selbst auf die Tasten, und ich tippte eine Reihe Buchstaben über Seinen Namen.

Ich stellte den Laserdrucker an und tippte den Befehl:

SHIFT-F7, FI I

Aus dem Schrank mußte ich erst noch einen Stapel Papierbögen holen, um den Drucker zu laden.

Dann kamen die Seiten eine nach der anderen herausgeschnurrt.

Ich ließ *The Thing* weiterlaufen und drehte den Kopf hin und her, als wollte ich meine Nackenmuskeln lockern.

Als *The Thing* zu Ende war und das Video sich zurückspulte, packte ich den Papierstoß mit beiden Händen und stupfte ihn auf der Schreibtischkante in Form. Ich legte den Stapel auf den Küchentisch, und auf der ersten Seite sah man klar und deutlich die Worte, die ich über Seinen Namen getippt hatte:

MORVERN CALLAR.

- 4 -

Ich hockte auf den Fersen am Fluß und schöpfte mit den Händen kaltes Wasser, das ich mir ins Gesicht klatschte. Ich knirschte mit den Zähnen, weil es so eisig kalt war, obwohl die Hitzewelle noch unvermindert anhielt und die Sonne einem auf den Schädel brannte.

Nachdem ich mich so lange auf einem trockenen Felsen gewärmt hatte, bis die Gänsehaut weg war, rasierte ich mir die Beine mit Schaumspray und Patentklinge. Ich legte die Rasierklinge auf den Felsen und stieg ins flache Wasser, um den Schaum abzuspülen. Nach kurzer Zeit schon biß mir die Kälte in die Zehen. Wieder auf dem Felsen, trocknete ich mir die Beine ab und rieb mich mit Feuchtigkeitscreme ein. Bald aber wurde es fast wieder zu warm in der Sonne, und ich japste auf, als ich noch mal mit der Seife ins Wasser tauchte, um mich zwischen den Beinen zu waschen. Ich rubbelte einen ordentlichen Schaum zusammen, duckte mich kurz aufplatschend ins glasklare Wasser und sah zu, wie die Schaumflocken in der Strömung um die Felsen davontrieben. Während ich dann mit dem feuchten Handtuch unterm Arm durch steinige Gumpen und Rinnsale platschte, versuchte ich so gut es eben ging, die glitschigen Stellen zu meiden, und ich ließ mich, heil am sandigen Flußufer angekommen, auf die niedrige Grasböschung fallen.

Ich streckte die Beine in die Sonne und packte mein Pediküreset aus. Die Schaumstoffröllchen zwischen die Zehen geschoben, trug ich eine neue Schicht kirschsaftroten Lack auf, der sich schön grell vom Gras abhob. Als die Zehennägel trocken waren, zog ich die Ledersandalen an, klaubte meine abgeschnittene Jeans von den Birkenzweigen und schlüpfte hinein. Den Nagellack und die Schaumstoffröllchen stopfte ich zurück in die Pediküretasche, aber die übrigen Toilettensachen ließ ich gleich für den nächsten Morgen auf dem Felsen liegen. Ich hängte das Handtuch zum Trocknen über die Zweige und streifte mir das T-Shirt über. Dann wanderte ich stromaufwärts an der Klomulde vorbei, die ich am Ufer gegraben hatte, so daß man immer etwas Sand hineinstreuen konnte, wenn man dem Platz einen Besuch abstattete.

Ich kniete mich an den kleinen Pool, den ich mit drei Steinen aufgestaut hatte, um meine Flaschen im fließenden Wasser zu kühlen. Ich fischte die Plastikflasche mit der Milch heraus, und dazu noch zwei hartgekochte Eier vom Vorabend.

Das grüne T-Shirt hatte vorn zwei kleine Taschen, in denen die harten Eier bei jedem Schritt gegen meine Brust schlugen, während ich mit der Milchflasche in der einen Hand, die andere auf meinen nackten Schenkel gestützt, den steilen Grashang zum Zelt hinaufstieg.

Ich trank sparsam von der Milch und schlug die Eier an den Steinen auf, die ich vom Fluß hochgeschleppt hatte, um eine Feuerstelle anzulegen. Ein rußgeschwärzter Stein hatte einen Sprung bekommen, ein anderer war mit verkokeltem Moos überzogen. Ich hatte in der vorigen Nacht ein kräftiges Feuer geschürt, um die Mücken in Schach zu halten.

Mit dem Goldfeuerzeug steckte ich mir eine Silk Cut an und spähte zum Beinn Mheadhonach hinüber. Der Morgendunst hob sich allmählich und verwandelte sich in reine Gluthitze, aber zugleich kam auch eine fächelnde Brise auf, die oben auf dem Hügelkamm noch stärker wehen würde. Auf der anderen Flußseite waren die ersten Hänge schon lilagestreift mit aufblühendem Heidekraut.

Ich stippte die Eierschalen in die Asche und kroch ins Zelt, um Salz zu holen. Drinnen war es wie im Backofen, also holte ich auch gleich noch den Walkman mit heraus.

Ich hatte eine Kassette zusammengestellt, die genau zu einem Campingwochenende in so einer Hitzewelle paßte.

A-SEITE
Salif Keita: *Nyanafin.*
Les Têtes Brulées et
Zanzibar: *Essingan.*
This Mortal Coil:
Another Day.
The Ink Spots:
Up A Lazy River.
The Cocteau Twins.
Blue Bell Knoll.
Material: *Disappearing.*

B-SEITE
The Can: *Future Days.*
Holger Czukay: *Persian Love.*
The Can/Ege Bamyasi
Okraschoten:
Pinch.
Sing Swan Song.
Vitamin C.
Soup,
I'm So Green.
Spoon.

Ich stellte den Walkman an und vertauschte die Sandalen mit Socken und Wanderstiefeln, setzte die verspiegelte Sonnenbrille auf, machte den Reißverschluß am Zelt zu und rannte dann quer über den Grashang hinunter, um die Milchflasche wieder in den Pool zu stecken.

Ich trat an den Ginsterbusch und langte hinter die pieksigen Zweige mit ihren samthäutigen gelben Blüten. Der große Plastikrucksack war noch da, den ich dort letzte Woche abgestellt hatte, mit einem Stein und einer Maurerkelle obendrauf.

Ich hüpfte von Stein zu Stein über den Fluß, ohne mir die Stiefel naß zu machen. Auf der anderen Seite stieg ich einen steilen Schäferpfad hinauf, mitten hinein in ein dichtes, hellgrünes Farngebüsch, das mir fast bis zum Bauch reichte. Sofort umschwirrte mich eine Wolke von lästigen kleinen Fliegen: Ich hielt das Goldfeuerzeug an eine Silk Cut, paffte in schnellen Zügen und blies die Rauchschwaden um mich herum. Ich spähte ins Tal zurück, aber die Straße unten war durch die flirrenden Birkenkronen nicht zu sehen.

Mit der Maurerkelle scharrte ich die würzig duftende Erde auf. Von anderen Gerüchen war nichts zu merken. Als ich ein kratzendes Geräusch vernahm, lupfte ich den verbuddelten Pappkarton aus der Grube, aber er war feucht geworden und zerriß mir unter den Händen. Ich beugte mich vor und hob das rundliche, mit festem Klebstreifen verschnürte Mülltütenpaket heraus. Ich stopfte es in den Plastikrucksack, stand auf und schob die ausgegrabene Erde und die Kartonfetzen mit dem Fuß in die flache Grube zurück. Dann warf ich auch noch die Kelle in den Rucksack, hievte ihn mir auf die Schultern und ruckelte ihn ein paarmal hin und her, bis er mir halbwegs bequem saß. Meine Fingernägel waren wieder mal voller Erde, genau wie im Job. Ein wenig ratlos rubbelte ich mir die Hände am Hinterteil meiner Jeans ab.

Mit dem aufmunternden Sound von Salif Keita in den Ohren wanderte ich um den weiten Ausläufer von Beinn Mheadhonach herum, langsam und stetig den immer steileren Hang hinauf, stützte mich schnaufend auf meinen braungebrannten Beinen ab, und die Sonne schien mir heiß auf den Kopf, während Sein abgetrennter Kopf mir bei jedem Schritt ins Kreuz schlug.

Meine Stiefel traten die weichen rötlichen Mooskissen platt, und die zarten Hochmoorblümchen neigten sich unter jedem Windhauch. Ich starrte im Gehen auf das Moos und das gelbbraune Stoppelgras und paßte auf, daß ich die Stiefel nicht auf die gelegentlichen Steinbrechblüten setzte.

Jedesmal, wenn das Herz mir so richtig im Hals klopfte, legte ich eine Verschnaufpause ein und fühlte den Schweiß unter dem Rucksack prickeln. Ich kletterte und kletterte, bis ich an eine

Hochebene kam, von der aus man zurückschauend die ganze Landschaft im Hitzedunst unter sich hingebreitet sah.

Salif Keita klang so gut in der strahlenden Mittagssonne, daß ich die Arme ausstreckte und mich langsam um mich selbst drehte, und wie ich zur Sonne aufblinzelte, schien sie da oben am Himmel zu tanzen, und ich spürte sie warm im Gesicht. Als ich stehenblieb, war mir schwindlig. Weit unten sah man über die welligen Hänge hinweg winzig klein das Zelt in die Wiese geduckt. Mit den Augen folgte ich dem Flußlauf hinab zu den Staustufen und Schleusen, wo er sich in das Loch ergoß. Das ausgewaschene Grasufer ragte mit wildwuchernden Birkenschößlingen über die weißschäumenden Stromschnellen. Ich war schon dabei, mich hinzusetzen, aber das Moos gluckste vor Nässe, und ich sprang hastig wieder auf.

Mit Blue Bell Knoll in den Ohren umrundete ich den Hang, bis ich zu einer Stelle kam, von wo aus man einen guten Blick auf den Gipfel hatte. Dort holte ich den Kopf heraus und legte Ihn ein ganzes Stück weiter weg. Ich gab acht, daß Er auch sicher lag, und lachte laut auf bei der Vorstellung, wie Er mir den Hang runterkugeln und ich hinterdreinjagen würde. Ich drückte Ihn fest ins Heidekraut, damit Er sich nur ja nicht selbständig machte.

Ich nahm die Sonnenbrille ab und stach und schabte mit der Kelle an dem zähen Gras und den Moospolstern herum, bis ich ein bißchen Erde herausgeschaufelt hatte. Hier in den Bergen stieß man verdammt schnell auf steinigen Grund, darum hatte ich mir extra eine Senke ausgesucht, wo man mit Torfboden rechnen konnte. Die Grube füllte sich augenblicklich mit schwarzem Wasser, das mir bis zu den Ellbogen hochspritzte.

Ich verstaute den Kopf wieder im Rucksack und versenkte Ihn in der Grube, klatschte noch ein paar Handvoll schwarzen Matsch obendrauf und drückte den Packen, so tief es ging. Man hörte es gluckern, als der Rucksack sich unten mit Wasser füllte.

Ich deckte die Grasklumpen wieder drüber und trat alles kräftig mit den Stiefeln fest. Dann streckte ich die Arme von mir, um den Matsch trocknen zu lassen, und kletterte weiter hinauf, schwenkte die Kelle im Takt von *I'm So Green*, bis ich an eine Gruppe von riesigen, moosbewachsenen Felsen kam. Ich kraxelte auf einen hinauf, hielt das Goldfeuerzeug an eine Silk Cut und schaltete den Walkman aus.

Von hier oben konnte man die ganze Gegend überblicken; vom Back Settlement westwärts, wo die Bahnlinie sich durch den Paß fädelte, die Straße entlang zum Kraftwerk, und zum Dörfchen dahinter, wo der Paß sich jenseits des Wassers wieder ausweitete, bis zum Konzessionsgebiet hinüber. Birken wucherten in lichten Sträußen, wo die ausgetrockneten Bachbetten in Flußläufe mündeten. Um den Bergahorn an der Betonbrücke leuchtete ein gelber See von Schlüsselblumen. Das Loch glitzerte tiefblau, und der gigantische Sommerhimmel über den dick bewachsenen Hügeln war von gleißendem Dunst erfüllt. Man konnte die Wasserfälle in der Talenge rauschen hören. Sie besprühten dort ständig die Farnbüschel an den Ufern, und von allen Blattspitzen perlten silbrige Tropfen ab. Ohne jede Hast nahm ich die weite Landschaft in mich auf, gänzlich frei in meiner Entscheidung, wohin ich mich wenden wollte. Ich gähnte herzhaft. Zwei Arme und ein Bein waren an der Klippe über dem Bergahorn begraben, und weiter oben halfen das andere Bein und der Rumpf, die blitzblauen Seen von Glockenblumen am Fuß der triefenden Felsen zu schönster Blüte zu bringen. Über die ganze Landschaft verstreut lagen Stücke von Ihm begraben.

Ich stand auf und streckte mich und schaltete den Walkman wieder ein. Ich blickte mich um, als wollte ich nachschauen, was jetzt als nächstes anstand. Ich sprang von dem Felsen und lief mit langen Schritten geradewegs den Hang hinunter, immer auf der Hut vor plötzlichen Steilklippen.

Federleicht rannte ich dahin, fast wie im Flug, und die kleinen Köpfe der Moorblumen peitschten mir über die Knöchel. Auf den tiefer gelegenen Hängen kam ich vor lauter Geschwindigkeitsrausch ins Kichern und hackte mit meiner Maurerkelle auf die Farnkräuter ein, die mir gegen die Schenkel schlugen.

Ich war ganz außer Atem, als ich schließlich in zahmeren Schritt verfiel. Im sanften Schatten der Birken strich die laue Brise durch die Blätter und kehrte ihre silbrigen Unterseiten nach oben, und die durchsickernden Sonnenstrahlen betupften mir neckisch das Gesicht.

Als ich am Fluß ankam, warf ich mich auf den Bauch und hängte die Arme ins Wasser. Der angetrocknete Matsch weichte auf und wurde weggespült. Die Haare auf meinen Armen richteten sich in der Kälte auf.

Am anderen Ufer stieg ich zum Zelt hoch und ließ die Kelle fallen, die ich in der Klomulde verbuddeln würde, wenn ich sie am Ende zuschüttete.

Mit dem orangefarbenen Kleid überm Arm ging ich zum Fluß hinunter, zog das T-Shirt und die Fransenjeans aus und das Kleid an. Ich tauchte die schlammbespritzten Klamotten ins Wasser, wrang sie aus und hängte sie an den Zweigen auf. Das trockene Handtuch nahm ich mit zu meinem Badeplatz.

Ich hüpfte von einem Stein zum anderen, zwischendurch immer wieder kurz auf einem Fuß ausbalancierend. Der Fluß verbreiterte sich hier in einer Kehre, um sich dann über etliche Stromschnellen ins Loch zu stürzen. Ich blieb stehen. Der Stein unter mir war ein bißchen wacklig, also sprang ich auf den nächsten. Vor mir lag ein Felsen schräg ans Ufer gekippt, das zu einem losen Sandhaufen voller Geröll abgerutscht war. Ein Damm, der mir bis über den Kopf reichte, hatte sich zwischen dem Uferbruch und dem Felsen aufgehäuft und das Wasser an einer hohen Steilwand zu einer breiten, bernsteinfarbenen Gumpe angestaut, aus der die Strömung sich in einem tosenden Katarakt auf die tiefer liegende Felsstufe ergoß.

Ich kletterte hinüber ans sandige Ufer, hangelte mich unter ein paar Birkenstämmen durch und warf das Handtuch auf einen flachen Stein an der Gumpe. Ich nahm den Walkman ab, legte ihn hin, faltete das Handtuch darüber und zog mir dann das Kleid über den Kopf. Ich schnürte die Stiefel auf und stieg in die Gumpe. Bibbernd watete ich tiefer, japste auf, als das eisige Wasser mir an die Brust platschte, tauchte dann unter, kam wieder hoch und schüttelte mir die nassen Haarsträhnen aus dem Gesicht, schwamm mit ein, zwei Zügen ins Tiefe. Irgendwas knirschte mir zwischen den Zähnen.

Lange konnte man aber nicht schwimmen, bevor man sich gezwungen sah, im Kreis zu paddeln. Eine Weile trat ich Wasser, und meine Beine sahen froschgrün aus, nach unten hin dann immer bräunlicher. Mein Atem ging stoßweise, und die Wassertropfen perlten mir von den Schultern. Ich schwamm zu den glattpolierten Ästen hinüber, die an der Stelle, wo das Wasser in einem glasklaren Schwall über die Felsen schoß, eingekeilt waren. Dort hielt ich mich fest, und eine dicke, hektische Libelle schwirrte über meinen Kopf hinweg. Ein paar schwarze Beeren kreiselten hinter dem Felsen in einem Strudel, also plitschte ich sie herüber ins fließende Wasser, damit sie weiterkamen. Ich schwamm zu dem flachen Felsen zurück und tastete mich vorsichtig ans Ufer, um mir die Zehen nicht an irgendwelchen Steinkanten anzuschlagen. Ich beugte mich vor und wrang mir die Haare aus. Das Wasser pritschelte über die staubige Felsplatte. Ich setzte mich hin und streckte die Beine in die Sonne. Es war knallheiß auf dem Stein, und man sah die Fußstapfen und Wasserspritzer im Nu trocknen. Ich schaute auf die Tropfen an meinen Beinen und blinzelte dann hinauf, als ein Windstoß in den Bäumen über der Gumpe raschelte. Ich steckte mir eine Silk

Cut an, streckte mich auf dem Rücken aus und schloß die Augen. So blieb ich liegen, bis der Felsen mich durch das Handtuch zu sehr drückte, dann drehte ich mich auf den Bauch. Ich döste ein bißchen in der Hitze, stützte mich dann auf den Ellbogen auf und stellte den Walkman an, lehnte mich zurück und starrte Löcher in die Luft. Auf einem wedelnden Birkenblatt konnte man einen frischen Vogelschiß sehen. Ich rauchte noch eine Silk Cut zu Ende und versuchte, die Asche abzuklopfen, ohne sie kaputtzumachen. Die kleinen Ascheröllchen kullerten umher und zerkrümelten unter dem nächsten Windstoß auf den Steinen.

Die Sonne war inzwischen ein ganzes Stück über den Himmel gewandert, und die Luft hatte sich hier am Wasser schon etwas abgekühlt, als ich aufstand. Vom Rumliegen auf dem Felsen hatte ich lange rote Druckstellen am Bauch. Ich reckte mich, und schon bescherte der fächelnde Wind mir eine Gänsehaut. Ich zog mir das Kleid über und rubbelte mir den Kies von den Füßen. Gähnend band ich mir die Schnürsenkel zu und wanderte dann Brennholz sammelnd stromaufwärts zurück.

Am Zelt angekommen, warf ich die dunkelglänzenden Zweige in die Asche. Der Himmel begann sich rot zu färben. Ich riß trockene Zweige und Zapfen von einem großen Holzhaufen, den ich voriges Wochenende zusammengetragen hatte. Man brauchte nur das Feuerzeug dranzuhalten, und schon brannten sie wie Zunder. Dann noch ein paar dünne Äste quer darübergelegt, um das Feuer richtig in Gang zu bringen. Ich sah helles, saftiges Harz aus dem abgebrochenen Aststück herausquellen, dann stiegen ein paar Rauchkringel empor wie aus einer Friedenspfeife, ehe das Astende aufflammte und das Harz in die rote Glut hinabtropfte. Die nachgeschichteten Zweige glommen einer nach dem anderen knisternd auf, bis sie zu weißlichen Ascheröhren verkokelten und einbrachen. Der Rauch stieg senkrecht in den immer noch hellen Himmel auf. Als das Feuer ordentlich flackerte, zerrte ich den dicksten Ast herüber, den ich noch aufgespart hatte, und schob ihn so weit über die Glut, daß die dünnen, heraussstehenden Zweigspitzen direkt in die Flammen ragten. Eine Wolke von brandroten Funken sprühte zischend empor.

Unten am Fluß ließ ich den Feldkessel vollaufen. Wie ich da so über dem Wasser kniete, erstrahlte alles um mich her im Abendrot. An seinem Eisenhenkel trug ich den platschenden Kessel wieder den Abhang hoch, den anderen Arm ausgestreckt, um das Gleichgewicht zu halten. Ich hörte das Feuer schon lebhaft knistern, noch ehe ich die Grasböschung erklommen hatte. Oben angelangt, hängte ich den Kessel so an die Zweige, daß er genau über den züngelnden Flammen baumelte.

Wieder unten am Fluß konnte man den Rauch in meinen Haaren riechen, während ich die Margarine und die Milch aus dem Kühlbecken holte. Mit dem sanften Zwielicht von oben und den pechschwarzen Bäumen vor mir fühlte ich mich, während ich den Hang hochkletterte, wie in der Kuhle eines großen lila Samthandschuhs.

Die Mücken fingen jetzt an zu sirren, also ging ich weg vom Feuer und rupfte dicke Büschel Farnkraut aus, wobei ich aufpassen mußte, mich nicht an den scharfen Stielen zu schneiden. Mit einem Stock angelte ich den Kessel vom Feuer, hielt das Ende mit beiden Händen gepackt und schwankte ein bißchen unter dem Gewicht. Der Zweig über der Glut war heruntergebrannt, und so kickte ich den Rest des Astes mitten in die Glut und sprang zurück, als die Funken aufsprühten. Dann schichtete ich die Farnkräuter übers Feuer, das im Niederbrennen einen öligschwarzen Qualm abgab.

Als ich vom Kaffeeschlürfen aufblickte, blinkten die ersten zittrigen Sterne am Himmel. Die Nudeln mußten jetzt gar sein, also hielt ich den Feldkessel mit dem Handtuch am Rand fest, kippte ihn zur Seite, ließ das stärkeweiße Kochwasser durch den Siebeinsatz ablaufen und strich einen Batzen Margarine hinein. Das runtergebrannte Feuer war gerade richtig, um die Soße darauf zu bereiten. Ich briet kleingehackte Zwiebeln an und kippte Dosentomaten, Kidneybohnen und Bolognesemix dazu. Meine Wangen brannten so von der Hitze am Feuer, daß die Abendluft sich kühl anfühlte, wenn ich mich umdrehte. Ich leerte den Feldkessel über dem Topf aus, und die Nudeln glitschten in die blubbernde Soße. Ich aß gleich aus dem Topf und pustete jedesmal, was das Zeug hielt, wenn ich wieder einen besonders heißen Happen aufgegabelt hatte. Ab und zu nahm ich einen Schluck aus der Milchflasche. Der Himmel war tiefschwarz und mit Sternen übersäht.

Ich entzündete eine Silk Cut an der Glut und starrte in das langsam verlöschende Feuer, das allmählich immer schwächere Schatten um das Zelt warf. Rings umher zeichnete sich die dunkle Silhouette der Berge ab. Die Kippe meiner Silk Cut glomm noch einmal in der Asche auf. Ein letzter Schatten flackerte über die Zeltwand. Ich gähnte, und die Stille summte mir in den Ohren. Ich öffnete den Reißverschluß am Zelt und kroch hinein.

Die Vögel zwitscherten, und ich schob die Zeltplane zur Seite. Es duftete nach taufeuchtem Gras und Tagesanbruch. Eine käsige, dunstverhangene Sonne stemmte sich über dem Loch empor. Der wolkenlose Himmel versprach wieder die gleiche Hitze wie gestern. Ich krabbelte aus dem Zelt und reckte mich genüßlich. Dann schlüpfte ich in die Sandalen und ging in meinen Pyjamashorts zum Fluß hinunter.

Ich platschte mir Wasser ins Gesicht und trocknete mich nicht ab, obwohl die kalten Tropfen mir in die Halsbeuge rannen. Beim Zähneputzen blinzelte ich zum Bergkamm hinüber, wo ich am Wochenende drei Rehe gesehen hatte. Drei Rehe, die wie Scherenschnitte dastanden und genau zu mir hinschauten.

Ich trug das Kochgeschirr zum Wasser runter und spülte den Kessel aus. Ein paar blasse Muschelnudeln trieben mit der Strömung um die Felsen herum davon. Ich wusch auch die leeren Dosen aus und schrubbte den Topf mit Grasbüscheln, ehe ich ihn ins Wasser tunkte.

Ich ließ den Feldkessel vollaufen und stieg wieder den Hang hinauf, den Kochtopf mit den Dosen drin am ausgestreckten Arm, und warf dann ein paar Zweige in die staubige Asche, um ein Feuer zu entzünden.

Ich trank schnell zwei Becher Kaffee und machte gleich noch einen, kruschtelte ein bißchen im Zelt herum, und bis ich schließlich mit meinen Zigaretten und dem Goldfeuerzeug unten am Fluß auf einem Felsen hockte, war es fast Mittag, wie man am Sonnenstand sehen konnte. Ich rauchte zwei Silk Cuts, hüpfte dann über die Steine zu meinen Toilettensachen und holte die Shampooflasche raus. Ich hüpfte wieder zurück, schnappte mir das Handtuch von den Zweigen und schüttelte es aus. Und gerade, als ich mich flußabwärts über die Steine zu meiner Badestelle aufmachte, hörte ich es.

Ich warf den Kopf herum und holte tief Luft. Patschend vor Eile lief ich zum Ufer zurück, wo man es wieder hören konnte, so deutlich vom Wasserrauschen und Blättergeraschel abgesetzt, wie man im Hafen den Mondschein vom Straßenlicht unterscheiden konnte.

Ich hastete den Hang hinauf und kam keuchend am Zelt an, wo ich den Wasserkessel aufs Feuer kippte, daß es nur so zischte und eine dicke Rauchsäule aufstieg. Ich zog mir ein T-Shirt über und angelte mir meinen Jeansrock aus dem Zelt. Seufzend kroch ich wieder hervor. Ich konnte sogar die Worte erkennen, die da so unverfroren das Tal hinaufschallten.

JU-HUU, MORVERN, JU-HUU, JU-HUU, MORVERN...

Unwillig trabte ich los in Richtung Straße. Durch den Hitzedunst über dem schmalen Asphaltstreifen wirkten alle Farben seltsam verwischt. Es sah aus, als ob sie auf der Stelle strampelte: Sie fuhr mit dem Fahrrad bergauf.

Kopfschüttelnd ging ich zum Zelt zurück. Lanna fuhr auf den Pedalen stehend über die Betonbrücke, die Schenkelmuskeln straff gespannt. Dann ließ sie sich in den Sattel zurückfallen und kam mit lautem Kreischen geradewegs durchs Farnkraut die Böschung runtergeholpert. In voller Fahrt sprang sie vom Rad, das rasselnd umkippte, und hätte mich fast umgerannt, wenn ich nicht schnell einen Schritt zurückgewichen wäre.

Hab ich dich endlich gefunden, du alte Einsiedlerin. Ich hab deinen Rauch gesehen. Wahnsinn, hey, wie braun du bist! Ganz schön heiß hier oben, was?

Wie hast du mich gefunden?

Sag ich doch, dein Rauch da ist meilenweit sichtbar. Bin vor sieben Uhr schon am Hafen los; es war so 'n herrlicher Morgen. Red Hanna ist heute bei VD, also dachte ich, fahr ich halt 'n bißchen ins Blaue. Schau mal, er hat mir sogar eine Landkarte aufgemalt:

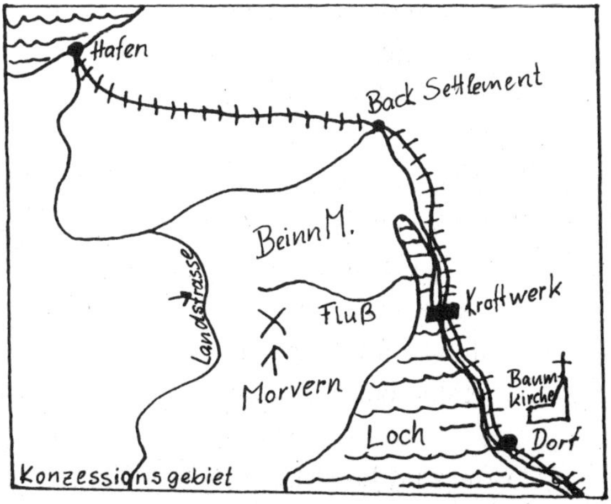

Wir gingen zusammen zum Zelt.

Mann, tut mir mein Hintern weh; ich bin bestimmt sieben Meilen geradelt. Hast du denn gar keine Angst hier so ganz allein? fragte Lanna und schaute zum Beinn Mheadhonach hin.

Wovor denn?

Was weiß ich, daß irgendwelche Männer dich vergewaltigen.

Was denn für Männer? Seit Freitagabend sind hier genau zwei Autos die Straße langgefahren.

Aber gruselst du dich nicht in der Einsamkeit?

Nä, nie.

Was gibt's da zu grinsen? fragte Lanna.

Kommt mir komisch vor, meine Stimme zu hören, sagte ich.

Lanna schaute sich wieder um und meinte: Also, ich würd mich tierisch gruseln. Die Hügel haben Augen, hat Oma Couris Jean immer gesagt.

Wie geht's ihr?

Hab sie neulich besucht, und sie hat nach dir gefragt. Ich hab ihr erzählt, daß du jedes Wochenende alleine in der Pampa zelten gehst und daß wir zusammen in Urlaub fahren.

Kommst mit schwimmen? fragte ich. Wollte mir nämlich gerade die Haare waschen.

Gibt's da auch keine Fische, die beißen, oder Blutegel?

Nä, echt nicht, lachte ich und schnappte mir das Handtuch.

Mit den Fingern grub ich warmen Modder aus dem Moorloch und schmierte ihn über Lannas Wangenknochen. Ihre Augen schauten irre weiß aus der schwarzen Maske hervor. Ich strich noch eine Handvoll auf ihre Stirn und verrieb sie bis an die Haarwurzeln.

Ich hab gleich gesehen, daß das Zeug eine prima Gesichtspackung hergibt, als ich meine Klomulde da hinter der Kurve ausgebuddelt habe, erklärte ich, während Lanna mir noch mehr feuchten Matsch auf meine angetrocknete Maske schmierte und mir dann ein paar Ebereschenbeeren und Heidekräuter auf die Stirn drückte, wo sie kleben blieben. Ich pappte ein paar Beeren auf Lannas Backen.

Los, jetzt kommt der Fruchtbarkeitstanz, rief Lanna.

Wir sprangen auf und drehten uns, humba-humba grunzend, vornübergebeugt im Kreis. Lanna hatte ihr Hemd ausgezogen, und schwarzbrauner Matsch rann ihr über den Busen.

Keine Chance für schädliche Strahlen mit diesem fabelhaften Schutzfaktor, sagte Lanna und plinkerte mit den Wimpern.

Ich lachte, und das Echo hallte von der Klippe zurück.

Wir liefen stromabwärts bis zur Sandbank, wo das Grasufer abgerutscht war.

Jetzt paß aber auf, wo du hintrittst, auf den Felsen hier kann man sich in Null Komma nichts die Beine brechen, sagte ich.

Wir sprangen von Stein zu Stein. Ich ließ ihr den Vortritt und sah ihr zu, wie sie jedesmal ausbalancierte, ehe sie den nächsten Fuß vorsetzte. Wenn sie quietschend die Arme hochriß und wie Windmühlenflügel schwenkte, um das Gleichgewicht nicht zu verlieren, spannten sich ihre Brüste fast völlig flach über den Rippen. Ich landete auf dem Stein neben ihr, und wir lachten uns mit schlammbepackten Gesichtern an. Lanna hielt sich mit einer Hand an mir fest und hüpfte dann weiter.

An der großen Gumpe angekommen, warf ich das Handtuch auf den hinteren Felsen rüber.

Hey, ist ja echt super hier, meinte Lanna.

Ja, und richtig tief in der Mitte, sagte ich. Guck mal, wenn du deine Pumps anbehältst, kannst du von da hinten direkt ins Tiefe springen.

Na gut, wenn du's mir vormachst.

Nä, nä, komm, beide zusammen, du bist genauso voll Matsch wie ich.

Wir zogen uns bis auf die Schuhe aus, kraxelten den Felsen runter und paddelten Hand in Hand durchs mitteltiefe Wasser ans andere Ufer. Ich zog sie die Böschung hoch ins lange Gras, das einen an den Schienbeinen kitzelte.

Ich muß mal, sagte Lanna und hockte sich zwischen die wilden Veilchen, ihr spitzer, kleiner Po auf einmal rund und deutlich abgezeichnet über dem leuchtendgrünen, dann feucht glitzernden Gras.

Sie schaute zu mir auf und sagte, ich hab unterwegs am Glue Pot angehalten, um 'ne Limonade zu trinken.

Ich nickte.

Wir stiegen auf den vorspringenden Felsblock. Lanna lehnte ihr schwärzliches Gesicht an meine Schulter, und eine Beere rollte ihr von der Backe. Du zuerst, sagte sie.

Kommt nicht in Frage. Beide zusammen.

Wir faßten uns bei den Händen und schauten uns an. Also, denk dran, sagte ich, voll rein in die Mitte, und keine Arschbombe machen, sonst kommst du vielleicht auf 'n Felsen auf, einfach die Beine locker ausgestreckt, so, o. k...? Damit du dich gleich wieder abstoßen kannst. Das Wasser bremst ja auch ein bißchen, aber krieg keinen Schreck, es ist echt saukalt. Bist du bereit?

Lanna nickte.

Wir nahmen unseren ganzen Mut zusammen, und ich sagte: Eins, zwei, drei.

Wir kreischten beide aus vollem Hals. Im Sprung fühlte ich die Luft vorbeiwischen, drehte den Kopf zur Seite und sah, wie Lanna sich mit der anderen Hand die Nase zuhielt.

Wir klatschten ins Wasser. Die Kälte traf mich wie ein Schlag in die Brust, und es wummerte mir in den Ohren. Lanna zog ihre Hand weg. Ich öffnete die Augen.

Luftblasen perlten durch das kupferbraune Wasser, und breite Sonnenstrahlen leuchteten bis auf den Grund.

Ich tauchte neben Lanna auf. Das Wasser plitschte gegen die Felswand, und die Champagnerblasen prickelten mir die Schenkel hinauf.

Noch mal, noch mal, schrie Lanna.

Uff, ist das kalt. Ich keuchte und schwamm hastig zu den warmen Felsen rüber. Mit gesenktem Kopf hievte ich mich an der Kante hoch, und schwärzliche Tropfen fielen mir auf die Brust. Blut, dachte ich sofort und tupfte den Finger hinein. Es war der Moorschlamm, der mir vom Gesicht rann.

Lanna paddelte wie ein Hündchen durch die Gumpe, den Kopf komisch starr aus dem Wasser gereckt, mit verlaufenen Schlammringen unter den Augen.

Bei ihrem Anblick mußte ich so lachen, daß mir der aufgelöste Modder in den Mund lief.

Ich kniete mich hin und schöpfte mir Wasser übers Gesicht, bis die ganze Moorpackung abgespült war.

Komm, noch mal, rief Lanna von der anderen Seite herüber, wo sie sich an einem Ast festhielt und die Zehen aus dem Wasser streckte.

Nä, mir reicht's, winkte ich ab.

Och, nu komm schon, Angsthase, Angsthase, schrie sie, um mich anzustacheln.

Ich saß gemütlich im Trockenen, rauchte eine Silk Cut und sah zu, wie Lannas blasser Körper aus dem Schattenspiel der Birkenzweige oben auf dem vorspringenden Felsen auftauchte. Ihre Sommersprossen wirkten wie ein Echo der Sonnentupfer, die hinter ihr durch die Blätter rieselten. Ihr rötliches Haar, das so patschnaß fast schwarz aussah, klebte ihr als zusammengezwirbelter Strang im Rücken. Sie lächelte auf mich herab und sprang.

Den abgewinkelten Arm, mit dem sie sich die Nase zuhielt, hatte sie fest an die Brust gepreßt. Die Mokassins zierlich abgespreizt, schoß sie mit einem Platsch ins Wasser und tauchte mit einem kehligen Lachen wieder auf. Sie krabbelte prustend aus dem Becken, und das Wasser, das an ihr hinabtriefte, zischte auf dem staubigen Fels.

Eine ganze Weile rauchten wir nur schweigend vor uns hin. Ich kletterte ans Ufer und fing an, mir Shampoo ins Haar zu massieren. Lanna schaute wortlos zu.

Ich wrang mir die Haare aus und legte mich dann bäuchlings auf einen flachen Stein. Lanna hockte im Schatten neben dem Felsblock und rauchte meine Silk Cuts.

Ich spürte, wie die Hitze mir wohlig auf der Haut brannte und rings um mich her von dem Stein abstrahlte.

Hin und wieder summte ein Insekt vorbei.

Das Wasser rauschte einschläfernd.

Die schwache Brise raschelte in den Blättern.

Vögel zwitscherten.

Ich krümmte die Finger auf der rauhen Steinfläche.

Mit träger Stimme sagte Lanna, hast du schon gehört, daß Shadow, unser Regalräumer, geflogen ist? Wahrscheinlich hatte Creeping Jesus endgültig die Schnauze voll von seinem Galgenvogelgesicht und seiner Klauerei; ich hab ihn noch nie ausstehen können, diesen schleimigen Perversling.

Und was macht er jetzt? murmelte ich im Halbschlaf.

Nix. So spät im Jahr kommt er nirgendwo mehr unter. Er hat gemeint, er könnte vielleicht bei 'ner Baggerkolonne Arbeit finden, aber die stellen auch keinen mehr ein.

Red mir bloß nicht von Arbeit, Lanna, mir wird schon ganz mulmig bei dem Gedanken, daß ich da morgen wieder antreten muß.

Gleich zur Frühschicht, oder?

Leider, leider, sagte ich und hustete.

Wir schwiegen wieder. Man hörte Wasserplätschern, und als

ich aufblickte, sah ich, daß sie Kiesel in die Gumpe warf. Ich ließ den Kopf auf den Stein zurücksinken.

Gestern im Mantrap hast du echt was verpaßt, fing Lanna wieder an. Die haben da so 'ne richtig mistige Band auftreten lassen, und Panatine hat sie die ganze Zeit angepflaumt, bis er plötzlich im Vollrausch vornübergefallen ist, und keiner konnte ihn mehr von der Stelle bewegen. Er war auf diesen Verstärkerpedalen da direkt vor dem Gitarristen zu Boden gegangen, und das Gejaule von der Rückkopplung ließ sich einfach nicht abstellen, weil er da wie ein gestrandetes Walroß drauflag. Ein Krach war das, irre, sag ich dir. Lanna lachte und hustete und war dann still.

Ich schob langsam die Beine auseinander und spürte die Sonne auf der Innenseite meiner Schenkel.

Du bist echt schon nahtlos braun, was? sagte Lanna.

Bin ich.

Ich hab Freitag meinen Paß abgeholt, du solltest mal mein Foto sehen.

Scht, machte ich.

Lanna schnaufte ein bißchen gekränkt.

Das Wasser rauschte.

Nach einer Weile sagte ich, tja, einfach hierbleiben, das wär's. In der freien Natur, total weg vom Job und von Creeping Jesus und der Welt. Dieser Ort hier, den kümmert das alles nicht, der ist einfach *da*. Es hilft schon zu wissen, daß dies hier in nur ein paar Gehstunden jederzeit zu erreichen ist. Diese ganze Schönheit. Eigentlich ist es ja nichts als Stille, nicht?

Mhm, ist schon herrlich bei diesem Wetter. Aber den Rest des Jahres gibt's hier auch nur noch Wildwasser, da tut sich nix mehr mit Baden und so, meinte Lanna und ließ einen flachen Kiesel über die Wasserfläche bis an meine Füße titschen.

Morvern?

Was?

Ich muß dir mal was sagen.

Was?

Es wird dich aber schrecklich ärgern.

Ich stützte mich auf den Ellbogen und blinzelte zu ihr rüber. Also was?

Lanna seufzte. Du weißt doch, daß wir echte Freunde waren?

Wer, wir? fragte ich.

Na, ich mein jetzt, ich und Er.

Er?

Ja.

Ah ja, sagte ich.

Na ja, also wir waren mehr als gute Freunde.

Was?

Du wirst bestimmt furchtbar sauer auf mich sein.

Eine lange Weile sagten wir nichts mehr, und oben am Himmel hörte man Vogelzwitschern in Richtung Berge leiser werden.

Du wußtest nichts davon? frage Lanna und sah zu mir herüber.

Es war nicht leicht zu sprechen, wenn man so aufgestützt lag. Du bist also mit Ihm gegangen, sagte ich.

Aber es war nichts Ernstes, Morvern, ehrlich, bloß eine dumme Geschichte, nichts weiter.

Ich setzte mich auf, aber so, daß ich von ihr abgewandt war. Die Hände auf den Knien, atmete ich tief durch. Ein heftiges, reißendes Gefühl fuhr mir bis in die Eingeweide.

Wann war das? fragte ich.

An dem letzten Nachmittag, als du vor Weihnachten noch auf der Arbeit warst.

Am Tag vor der Party mit den Jungs? fragte ich.

Ja, sagte Lanna, und dann: Es war völlig blödsinnig.

Sei still. Kein Wort mehr. Bitte, sagte ich.

Wir schwiegen lange, lange, dann sagte Lanna kaum hörbar: Was wirst du jetzt mit mir machen?

Ich schüttelte den Kopf und murmelte: Nachdem ich mir schon so sicher war, daß mich nichts mehr erschüttern kann, findet sich doch noch ein Weg, auch das Letzte kaputtzumachen… Nach allem, was wir gemeinsam hatten… Jetzt schau dich bloß an. Ich drehte mich um und starrte sie an. Lanna starrte stumm zurück.

Ich wandte mich wieder ab und fing an zu schluchzen, wischte mir über die Nase und schüttelte den Schnodder vom Handrücken.

Wein doch nicht, sagte Lanna. Sie stand auf, wagte sich aber nicht zu mir vor.

Ich drehte den Kopf zu ihr herum und sagte: So, und jetzt will ich genau wissen, was zwischen euch gelaufen ist. Jede Einzelheit. Ist das klar?

Sie war drauf und dran zu heulen.

Ob das klar ist?

Lanna nickte.

Also was?

Sie ging in die Knie und flennte los.

WAS HABT IHR GEMACHT, schrie ich sie an.

Bloß das übliche, Morvern.

Also alles?

Ja.

Absolut alles?

Ja, ja, heulte sie. Aber es war Blödsinn, wirklich, es hatte gar nichts zu bedeuten.

SAG MIR ALLES.

Mehrmals, auch von hinten, gestand sie, hinter vorgehaltener Hand.

Wieviel Gummis habt ihr benutzt?

Ehm, bloß eins, sozusagen.

Eine Weile hörte man sie nur noch vor sich hinschluchzen.

Was soll das heißen, sozusagen, hast du's mit dem Mund gemacht?

Nicht direkt.

WAS WILLST DU DAMIT SAGEN, LANNA, RAUS MIT DER SPRACHE!

Sie sagte, wir haben's viele Male ohne gemacht, aber beim ersten Mal hat Er eins benutzt, und danach hab ich Ihn angeschaut, hab Ihm das Dings abgenommen und den Kopf zurückgelegt, so, und alles geschluckt, wie Hiphearan es an Neujahr mit dem Fisch gemacht hatte. Sie fing wieder an zu flennen. Ich wollt's dir ja sagen, schluchzte sie, ich wollt's dir ja sagen, aber als du mir dann bei Couris Jeans gesagt hast, daß Er weg ist, hab ich dich lieber schlafen lassen und bin durch den Schnee zu eurer Wohnung gelaufen.

Du warst bei der Wohnung?

Sie nickte. Ich wollte Ihn doch so gern noch mal sehen, aber Er war nicht mehr da. Ich hab mir fast die Finger wundgeklingelt. Mit dem Hintern zu mir, fing sie an, sich anzuziehen.

Mach, daß du wegkommst, sagte ich. Hau ab und laß dich nie wieder in meiner Nähe blicken.

Sie nickte wortlos, und mit den Schuhen in der Hand hangelte sie sich um die Felsen herum und verschwand außer Sichtweite.

Nach den ersten vier Meilen zu Fuß die Paßstraße hinunter wurde ich an der Kreuzung, wo sie in die Durchgangsstraße einmündete, von einem Laster angehupt. Der staubig-stinkige Heißluftschwall wirbelte mir die Haare über die Schultern. Ich wanderte weiter den holperigen Straßenrand entlang.

Man hörte die Autos von hinten heranbrausen. Ich wechselte auf die sichere Straßenseite hinüber. Ein paar Autos hatten schon die Schweinwerfer an, und die Lichtkegel warfen scharf gezeichnete Schatten auf das Gras zu meinen Füßen. Das Motorenbrummen hinter mir nahm zu, wieder zischte ein Auto vorbei, und das abklingende Geräusch hinterließ nur noch das leise Scheppern des Feldkessels, der von meinem Rucksack herabhing.

Ich kam an dem Ortsschild vorbei, auf dem zu lesen stand:

BACK SETTLEMENT

Kurz danach dann das Tempo-30-Schild. Ein paar Halbwüchsige, die vor dem Hotel rumhingen, glotzten mich blöd an und riefen mir irgendwelche Schweinigeleien nach, als ich in die Straße zum Bahnhof einbog.

Ich blieb stehen und machte Miene umzukehren, aber da stoben sie schon auseinander, und ich ging weiter, überquerte die bucklige Eisenbahnbrücke. Gleich rechts dahinter lag Vanessa Depressas Bungalow.

Red Hanna werkelte mit dem Spaten im Gemüsegärtchen.

Hat Lanna dich gefunden? rief er.

Ich nickte.

Hier, stell dein Gepäck im Schuppen ab. Toller Tag heute, was?

Ja.

VD rauchte in der Tür auf und legte gleich los, ojemine, Morvern, du hast bestimmt 'n Sonnenstich abgekriegt. Mein Heuschnupfen macht mich ganz fertig, wart mal, ich hol dir 'n Glas Saft.

Red Hanna rammte den Spaten in die Erde und kam heran. Soso, hm, Lanna hat dich also tatsächlich gefunden?

Ja.

Ja-ha, dacht ich's mir doch, daß du da irgendwo oberhalb vom Kraftwerk campierst. Sie war schon um acht Uhr morgens hier, ich lag noch im Bett.

Vanessa war natürlich stocksauer, kannste dir ja vorstellen, sagte er und nickte zur offenen Küchentür hin.

Kannst du irgendwie rauskriegen, ob der Zug heute pünktlich ist? wollte ich wissen.

Nu man immer sachte mit de junge Gäule, brauchst ja bloß die paar Meter den Weg runtergehen und am Schalter fragen.

Ach, ist ja auch nicht so wichtig.

Weißte, die Lanna, die hat sich ja zu einem ganz schön knackigen Rotschopf gemausert, meinte Red Hanna.

Wie du nicht müde wirst zu beteuern, sagte ich, schnallte den Feldkessel vom Rucksack und klappte die Lasche auf. Ich zog die Schultertasche mit meiner schmutzigen Wäsche hervor, dann das zusammengeknüllte Zelt, das ich kräftig ausschüttelte.

Alles soweit klar bei dir? fragte Red Hanna.

Ich stellte den Rucksack in den Schuppen zurück und breitete die Zeltplane über dem Busch an der Wegkehre aus.

Den Feldkessel trug ich in die Küche, um ihn auszuwaschen, aber VD nahm ihn mir sofort ab und drückte mir ein Glas Saft in die Hand. An der Türschwelle rief ich, sorry, ich bin im Urlaub, wenn du deine Pensionierung feierst.

Ach, das wird eh keine große Sache, Morvern, antwortete Red Hanna.

Was hast du vor? fragte ich.

Nix, nur 'n kleinen Umtrunk im Cale onian an meinem letzten Arbeitstag. Und ausgerechnet da hab ich Spätschicht, kannst du dir so was vorstellen?

Typisch, sagte ich, und kippte den verdünnten Orangensaft in zwei Schlucken.

Ich schniefte kurz auf und sagte, so, dann geh ich jetzt wohl besser.

Hast du denn gar keine Jacke oder so was dabei, Kindchen? tat VD ganz besorgt.

Nu bleib doch ruhig noch 'n bißchen, sagte Red Hanna; ist doch erst zwanzig vor.

Die beiden wechselten einen Blick.

Also wirklich, Morvern, seit Weihnachten haben wir dich kaum zu Gesicht gekriegt, und nun bist du wieder so lange weg. Wir hatten gedacht, wir könnten dir vielleicht noch mit dem Wagen aushelfen, um Lannas Sachen in deine Wohnung zu schaffen, ich kann euch ja fahren, sagte VD.

Lanna zieht nicht bei mir ein.

Was 'n los, wunderte sich Red Hanna, habt ihr zwei euch etwa gestritten?

Das geht euch überhaupt nichts an, murmelte ich, ohne aufzuschauen.

Morvern, Mädchen, du mußt wirklich nicht immer gleich so grantig werden, sagte VD.

Ach, laß sie doch in Ruhe, winkte Red Hanna ab.

Genau, geh doch wen anders deprimieren, sagte ich.

Morvern…, setzte Red Hanna noch mal an.

Wir sehen uns dann am Sechzehnten auf der Bahn, sagte ich, drehte mich um und ging.

Ich stieg über den niedrigen Gartenzaun, lief die Straße über die Brücke zurück und bog in den Pfad neben den Gleisen ein, der zu dieser Jahreszeit dicht mit Unkraut überwachsen war.

Am Bahnsteig standen ein paar Oldies aus dem Dorf herum, nur um den Zug durchfahren zu sehen und mitzukriegen, wer dort ausstieg. Die alten Weiblein starrten mich neugierig an. Ich kehrte ihnen den Rücken zu, kramte die Feuchtigkeitscreme aus der Tasche und schmierte mir was davon in die Visage.

Mir wurde langsam etwas kühl in meinem kurzen Kleid. Vom Paß her hörte man die Diesellok heranschnaufen. Es pfiff, also saß SPD im Führerhaus, denn er sandte im Vorbeifahren immer ein Grußsignal zur Turbines Bar hinüber, mit deren Kellnerin er befreundet war. Um so besser, so konnte ich mit ihm auf der Lok fahren.

Zurück in der Wohnung, klangen allein schon die wenigen Geräusche, die ich da so ganz allein machte, wie ein trostloser Kommentar zur Lage der Dinge. Ein Brief mit einem Londoner Poststempel erwartete mich.

Sie wollten meinen Roman veröffentlichen und mir alle Spesen bezahlen, wenn ich sie auf ein Gespräch im Verlag besuchte. Sie boten mir 1875 Pfund bei Unterzeichnung des Vertrags und nochmal 625 Pfund, wenn das Buch herauskam. Ich schaute eine Zeitlang reglos zu Boden, und dann lachte ich lange aus tiefstem Herzen.

In der Wohnung herrschte ziemliches Chaos, aber ich suchte so lange, bis ich alles beisammen hatte, was ich zum Briefschreiben brauchte:

Lieber Tom Bonnington,

Hier der Vertrag, den ich eben unterschrieben habe. Könnten Sie mir den Scheck wohl so bald wie möglich zuschicken, ich fahre am 16. dieses Monats in Urlaub. Zwei Wochen mit Youth-Med-Tours in den sonnigen Süden, wär gut, wenn ich das Geld *sehr* schnell hergeschickt kriegen, das würde die Urlaubskasse angenehm aufbessern.

Ich freu mich schon auf das Treffen in London.

Morvern Callar

Ich hielt das Goldfeuerzeug an eine Silk Cut, während ich den Brief noch mal durchlas, dann unterschrieb ich ihn, las ihn noch mal durch, steckte ihn in einen Umschlag, leckte die Lasche an und pappte ihn zu.

Ich mußte um halb sechs aufstehen, um zu Schichtbeginn um sieben im Job zu sein, also legte ich die CD *This Is How It Feels* von den Golden Palominos auf und ging mit einem kurzen Umweg übers Badezimmer ins Bett.

Beim sechsten Stück auf der Platte schlief ich ein, es kann aber auch erst beim siebten gewesen sein.

- 5 -

Wie immer, wenn ich den Zug am Hafen nehme, ließ der Lokführer mich vorn mitfahren, wie ein Maskottchen. Den 12.25 fuhr Red Hanna, und er trug mir meine Reisetasche bis in den Führerstand rauf. In der röhrenden Diesellok ging es hinter dem Wohnkomplex vorbei stetig bergauf gen Osten, in Richtung Back Settlement, mit Blick auf Beinn Mheadhonach in der Ferne. Dann in weitem Bogen westwärts durch den Bergpaß, in schwindelnder Höhe über den Wasserfällen an der Turbines Bar und dem Kraftwerk vorbei auf das Dörfchen zu. Überhängende Äste wischten an meinem Fenster vorbei. Während wir über die kurvige Küstenstrecke ratterten und mein Pflegevater den Blick starr nach vorn gerichtet hielt, trat ich hinter ihm auf die andere Seite und schaute zur Kabinentür hinaus. Die Spur verlief jetzt wieder ganz gerade, und man konnte oben an der Treppe das Hotel mit den spitzen Türmchen sehen, und dann noch weiter oberhalb, zum Friedhof hin, die Kiefern, hinter denen die Baumkirche verborgen lag.

An der Kehrschleife trug Red Hanna mir meine Tasche nach hinten in ein Abteil. Er küßte mich auf die Backe und versuchte, mir einen Zwanziger zuzustecken, aber ich ließ ihn nicht.

Und weiter ging's in Richtung Süden, bis der Zug in einen großen Bahnhof einfuhr. Beim Aussteigen sah ich, wie Lanna gerade mit ihrer Tasche und ihrem Globetrotter aus dem letzten Wagen stieg. Ich nahm mir ein Taxi.

Das Taxi raste mit hundertvierzig Sachen über die Autobahn,

und man bekam eine ganze Menge neuer Verkehrsschilder zu sehen.

Im Terminal flimmerte die Flugnummer schon auf einem Bildschirm: sechseinhalb Stunden Verspätung. Man gab seine Tasche am Schalter ab und durfte sich dann an einem richtigen Flugzeugmodell einen Sitz aussuchen. Ich wählte extra einen Nichtraucherplatz über dem Flügel, um nicht in Lannas Nähe zu sein. Die Person hinterm Schalter heftete die Bordkarte an meinen Flugschein und gab mir ein paar Verzehrbons wegen der Verzögerung.

Ich fuhr mit der Rolltreppe zur Aerogrill Bar hinauf. Lanna hockte dort schon am Tresen, den Ghettoblaster zu ihren Füßen abgestellt. Ich machte auf dem Absatz kehrt und fuhr wieder nach unten, wo ich prompt noch eine andere Bar fand, die sogar einen Spielautomaten mit Formel-1-Rennen hatte. Ich wartete, bis er frei war, stellte dann mein Glas Southern Comfort mit Limo oben auf dem Bildschirm ab und zoomte ein paar Runden durch. Ich kriegte allerdings kein einziges Freispiel raus, also gab ich's irgendwann frustriert auf, schnappte mir meinen Drink und setzte mich an die Bar. Mein Flug hat sechseinhalb Stunden Verspätung; ich muß mir hier die ganze Nacht um die Ohren schlagen und werd erst gegen zehn Uhr morgens ankommen, beklagte ich mich bei der Kellnerin.

Dann sieh aber zu, daß du in der Abflughalle bist, bevor der Duty-Free-Shop schließt, riet sie mir; die haben da auch 'ne ganz gute Bar.

Ach so? fragte ich.

Ich süffelte noch einen Southern Comfort mit Limo, nahm die Tasche über die Schulter und schlenderte zur Abflughalle.

Die Frau vom Sicherheitsdienst erklärte mir, ich könne dann aber nicht wieder raus, doch ich sagte, geht schon in Ordnung. Der Metalldetektor piepste, als ich durch die Schleuse ging, und ich war wohl schon ziemlich beduselt, weil ich allen Ernstes annahm, es müßte an den Glitzerteilchen in meinem Knie liegen.

Die Sicherheitstussi tastete mich ab, strich mir mit flinken Fingern über die Schultern und den BH und tippte an den flachen Plastikbeutel, den ich um den Hals trug.

Was ist das?

Ach, das ist eigentlich fürs Schwimmengehen, damit man Geld und Schlüssel und so was nicht am Strand liegenlassen muß, sagte ich.

Und was ist da drin?

Bloß mein Wohnungsschlüssel.

Das wird's wohl gewesen sein. Könnten Sie noch mal ohne Schlüssel durchgehen? fragte sie.

Ich zog mir die glänzende Plastikstrippe über den Kopf, reichte ihr den Beutel und ging wieder zurück. Die Maschine blieb stumm. Die Sicherheitstussi kniete sich vor mich hin, faßte zu beiden Seiten an meinen Rocksaum, drückte mir den Stoff gegen die Schenkel und schob die Hände bis über meinen Po hoch. Dann sprang sie auf und sagte, *o. k.*, danke, und gab mir den Schlüsselbeutel zurück. Meine Tasche war schon am Ende des Fließbands, also griff ich sie mir und steuerte auf den Duty-Free-Shop zu.

In einer der hell erleuchteten Regalreihen blieb ich stehen und überprüfte für alle Fälle noch mal das Taschengeld, das der Roman mir eingebracht hatte. Ich hatte 350 Pfund in bar umgetauscht und außerdem einen Umschlag mit Travellerschecks im Wert von 2000 Pfund dabei.

Ich kaufte eine Stange Silk Cuts, eine Flasche Southern Comfort und eine wasserdichte Uhr, zahlte mit einem Travellerscheck über 200 Pfund. Lächelnd ging ich zur Bar hinüber.

Ein Chaos, bitte.

Ein *was*?

Ein Chaos, Southern Comfort mit Baileys; so nennt man das doch, sagte ich.

Ach, wirklich? lachte der Barkeeper.

Ein T-Shirt-Typ am Tresen, der auf den Barkeeper eingelabert hatte, lachte auch.

Ich trank mein Chaos und bestellte gleich noch eins.

Magst was trinken? fragte ich den Typ im T-Shirt.

Wir alberten ein bißchen rum, und ich gab dem Typ noch ein paar Bier aus. Er war ganz witzig mit seinem Flachlandakzent.

Setzen wir uns doch mal auf die Bank da rüber, schlug ich vor, als er die nächste Runde spendierte. Dort würde Lanna uns gleich sehen, sobald sie reinkam.

Ich hörte ihm kopfnickend zu, wie er von seiner Stammkneipe erzählte. Alle, die da verkehrten, waren so arm, daß man sich nicht traute, mehr als eine Pfundnote auf einmal über den Tresen zu schieben, denn selbst wenn man auch nur einen Fünfer zückte, wurde man den ganzen Abend lang angeschnorrt. Man konnte da ungestört vierzig Pfund auf den Kopf hauen, vorausgesetzt, man zahlte nach und nach in kleinen Scheinen, aber wehe dem, der einen Zehner aus der Tasche zog. Ich lehnte mich zu ihm rüber und fing an, ihn spaßeshalber ein bißchen abzuknutschen. Er schlang die Arme um mich, und im stillen gab ich ihm sieben von zehn möglichen Punkten auf der Knutschskala. Immerhin.

Gibt's hier nicht irgendwo 'n Platz, wo wir uns 'ne Weile hinlegen könnten? Ich meine, eher zum Kuscheln, weißt du, ich bin so was von groggy, und der Flieger geht erst gegen halb sechs, sagte ich.

Du willst dich mit mir hinlegen, wunderte er sich.

Klar, warum nicht?

Na, du bist mir vielleicht eine, lachte er.

Er faßte mich fester um die Schultern und kitzelte mich mit seinen Ponyfransen an der Nase. Ich zog den Kopf etwas zurück.

Nä, ich muß jetzt wirklich langsam los, sagte er.

Wieso denn?

Ich muß nach Hause, hab morgen wieder Schicht.

Wie meinst'n das, ich dachte, du hast denselben Flieger gebucht, sagte ich.

Was? Ich arbeite hier. Ich fahr den Putzwagen diese ganzen verfluchten Flure rauf und runter.

Ach, du grüne Neune, murmelte ich kopfschüttelnd.

Er stand auf und zauste mir mit der Hand durch die Haare. Mach's gut, sagte er, schönen Urlaub noch, und paß auf dich auf. Im Hinausgehen zwinkerte er dem Barkeeper zu.

Ich blickte mich um. Die Wartehalle hatte sich mittlerweile ziemlich gefüllt. Und gerade da sah ich Lanna hereinkommen, von zwei schnauzbärtigen Typen flankiert. Sie tat so, als ob sie mich nicht sähe, und setzte sich ganz ans andere Ende der Halle.

Ich beugte mich vor und holte die Flasche Southern Comfort aus der Duty-Free-Tasche, die den Aufdruck trug:

WAREN NUR INTAKT ZUM EXPORT ZUGELASSEN

Ich schraubte den Deckel auf und goß mir das Glas voll.

Ich lag mit angezogenen Beinen auf der Bank, den dünnen Rock so weit wie möglich über die Knie runtergezogen, weil es kalt war. Jemand schüttelte mich. Ich öffnete die Augen. Alle waren in Bewegung. Ich setzte mich auf und hielt das Goldfeuerzeug an eine Silk Cut. Lanna hockte drüben mit den beiden Typen, die an Bierdosen nuckelten. Der Flug war aufgerufen worden. Ich sah blinzelnd auf die Uhr: halb sechs. Ich nahm die Tasche über die Schulter. Überall lagen leere Dosen und Flaschen herum. Ich folgte der Menge durch einen langen Flur auf das Laufband, von dem aus eine Plastikröhre direkt in die Flugzeugtür mündete.

Die Stewardeß quasselte irgendwas zu mir hin und zeigte auf meinen Kopfhörer.

Ich schaltete den Walkman aus. Ich und der Kerl hinter mir mußten unsere Geräte bis nach dem Start abnehmen, weil die Musik vom Kopfhörer des Kapitäns aufgefangen werden könnte.

Hey, da is 'n guter Sound, ich wette, der steht drauf, lachte mein Hintermann.

Ich ging den Mittelgang entlang zur Nichtrauchersektion. Lanna hatte sich wohl dasselbe gedacht wie ich, denn sie saß mir genau gegenüber, mit irgendeinem Typ daneben. Unsere Blicke trafen sich, und beinah hätte ich losgelacht. Der Kerl mit dem Walkman setzte sich neben mich. Ich legte den Gurt an, und schon kam die unvermeidliche Frage: Was hast du für Kassetten dabei?

Ich sah mich hoffnungsvoll um, aber Drinks wurden vorerst keine serviert. Die Maschine setzte sich holpernd in Bewegung und schwang auf das hell erleuchtete Rollfeld hinaus. Ich spähte kurz zu dem jungen Typ neben Lanna hin. Das Flugzeug fing entsetzlich an zu rütteln und raste immer schneller über die Bahn. Ich spürte, wie mir die Hände feucht wurden, und konnte mich nicht mal an Lanna festhalten. Sie knutschte schon mit dem Typ neben ihr, obwohl wir noch kaum gestartet waren. Ich fragte den Kerl an meiner Seite nach seinem Reiseziel, und er nannte irgendeinen Ort, der mir nichts sagte.

Alles klar, nickte ich und griff entschlossen nach seiner Hand.

Böse Fallgefühle bei jedem Luftloch, wie auf der Achterbahn. Wolken über Wolken am Fenster. Eine Stewardeß schob einen Getränkewagen den abschüssigen Mittelgang entlang.

Was willst'n trinken? fragte ich den Kerl neben mir, aber als ich mich nach ihm umdrehte, war er eingenickt, meine Hand noch immer in der seinen. Ich bestellte drei Southern Comfort mit Limo und eine Dose Bier, falls mein Nebenmann aufwachte.

Die Eiswürfel vibrierten so heftig im Plastikbecher, daß ich den letzten Drink lieber gleich auf ex runterkippte. Die Southern Comforts wurden in winzigen Fläschchen gereicht, süß, aber nicht eben gehaltvoll. Die Dose Bier trank ich auch noch aus, dann stieg ich über meinen schlafenden Nachbarn in den Gang hinaus.

Lanna befand sich immer noch im Clinch mit Sitz 27B.

Ich ging auf die Toilette und blieb nachher noch eine Weile vor der Tür stehen, um eine zu rauchen. Sie hatten angefangen, das Essen zu servieren.

Zurück an meinem Platz, ratzte der Kerl ungerührt weiter, also aß ich mein ganzes Tablett leer, mit einem weiteren Bier dazu, und verputzte auch noch das Käseviertel und den Nachtisch meines Nebenmanns. Als die Tabletts dann abgeräumt waren, winkte ich beim Kaffee dankend ab. An der Rücklehne vor mir fand ich ein Faltblatt mit Dehnübungen für Langstreckenflüge, ich grinste vor mich hin und schlief ein.

Als ich aufwachte, spürte ich einen schmerzhaften Druck in den Ohren. Der Flieger setzte zur Landung an.

Man sah keine grünen Hügel. Nichts als bräunliche Felslandschaft, dann ein ausgetrocknetes Reservoir mit weißlichen Salzkrusten an den Rändern. Schließlich auch mehr und mehr Häuser, alle schneeweiß, und die kleinen blauen Rechtecke der Schwimmbecken. Wie hingetupfte grüne Punkte zogen Obstbäume unter dem Flügel vorbei, und wir überflogen eine Straße mit winzigen Ameisenautos, dann sah man immer deutlicher das ausgedörrte, stachelige Gras, als wir einen hohen Absperrzaun überflogen und das Asphaltband mit den dunklen Reifenspuren immer näher kam. Mit einem Ruck setzte das Flugzeug auf, und alles johlte und klatschte. Mein Nebenmann schreckte hoch, plinkerte verdutzt in die Runde und klatschte dann einfach mit.

Als wir aus dem Flugzeug ins Mittagslicht hinaustraten, war es schon so heiß, als bliese einem ein Haarfön ins Gesicht. Lanna hatte sich schneller rausgedrängelt und noch den ersten Bus zum Terminal erwischt. Ich stieg in den nächsten. Der Bus hatte keine Sitze; alle standen dicht zusammengedrängt, hielten sich schwitzend an den Schlaufen fest, die von der Decke baumelten, und schwankten wie eine kompakte Masse hin und her, als der Bus anfuhr.

Im Flughafengebäude war es kühler wegen der Klimaanlage. Man mußte seinen Paß an einem Schalter vorzeigen, hinter dem grün uniformierte Beamte saßen. Mich winkten sie gleich durch. Man konnte ihre fremdländisch-würzigen Zigaretten riechen: am liebsten hätte ich mir sofort ein Päckchen davon gekauft.

Lanna wartete schon hinten am Kofferkarussell. Ich steckte mir eine Silk Cut an und ging zur Toilette. Ich klatschte mir Wasser ins Gesicht und sprühte mir Deo unter die Achseln.

Als ich zurückkam, war meine Tasche eine der ersten, die in Sicht kamen. Ich schnappte sie mir und machte mich auf den Weg zum Ausgang. Lanna wartete immer noch. Ich passierte den Zoll, ohne aufgehalten zu werden, und trat dann durch die aufgleitende Glastür. An einer Sperrschranke lehnten in langer Reihe Leute mit Pappschildern, auf denen Namen standen. Ganz am Ende sah ich schon ein großes Schild:

YOUTH MED TOURS
HOTEL ROZINANTE BUS

So weit das Auge reichte, stand Jungvolk in Grüppchen herum, und alles schrie und lachte durcheinander. Ich trug meine Tasche in die Hitze hinaus.

In dem Taxi am Kopf der Schlange saß ein älterer Fahrer. Er stieg aus, lächelte mich an und verstaute meine Tasche im Kofferraum. Als ich die hintere Autotür zuschlug, klebten mir die Beine sofort am Sitz an. Ich rutschte an die Kante vor, so daß ich auf meinem Rock sitzen konnte, und kurbelte das Fenster herab. Der Fahrer stieg vorn links ein.

Ich nannte ihm den Urlaubsort und das Hotel Rozinante.

Er bewegte den Schalthebel, der am Lenkrad angebracht war. Es war ein alter Mercedes. Ich war noch nie in einem Mercedes gefahren.

Eine warme Brise wehte durchs Fenster herein. Man sah die sattgrünen, scharf gezackten Palmwedel hoch in dem gleißenden Licht aufragen. Wir fuhren über eine schnurgerade Straße aufs Meer zu. Die Markierungsstreifen auf der Straße waren gelb. Das Überholverbotsschild hatte das rote Auto auf der linken Seite. Meine Haut fühlte sich etwas kratzig an, und tatsächlich war ich von Kopf bis Fuß mit einem Staubschleier bedeckt.

Wir kamen in eine Stadt, einen Hafen mit lauter großen, ganz verschiedenartigen Yachten am Steg.

Hey, sagte ich und mimte in Zeichensprache, wie man ein Glas an die Lippen hebt.

Der Taxifahrer sagte irgendwelche Worte. Ich machte weiter mein Zeichen, und er deutete auf die Zähluhr. Ich zuckte die Schultern. Er kurvte durch ein paar Straßen, bis er einen Parkplatz fand. Ich schmunzelte auf dem Rücksitz vor mich hin. Ich stieg aus, aber er blieb sitzen. Ich schüttelte den Kopf und winkte ihm lächelnd mitzukommen. Er lachte und stieg aus dem Wagen. Er sagte ein paar von seinen unverständlichen Worten, und ich folgte ihm zur Küstenstraße. Dort gab es eine Kneipe mit einem gemalten Delphin über der Tür und einem langen dunklen Tresen im Innenraum.

Ein Bier und…? sagte ich.

Der Taxifahrer sagte irgendwas in seiner Sprache. Er bekam einen Likör hingestellt, und der Wirt schob uns ein paar Schälchen mit Oliven und Nüssen und so Zeugs zu. Ich zahlte und prostete dem Taxifahrer zu.

Mit dem Wechselgeld holte ich mir eine Schachtel Ducados aus dem Automaten.

Ich bot dem Taxifahrer eine an und gab ihm Feuer. Er schwatzte mit dem Wirt, der sich auf ein kariertes Küchenhandtuch stützte, das über dem Zapfhahn hing und den großen aufgeprägten Adler fast verdeckte. Man hörte nur das entspannte Gemurmel ihrer Sprache, und sie schauten nicht mal in meine Richtung, außer um sich zu bedanken, wenn ich noch ein kleines Bier bezahlte oder die Schachtel Ducados rumreichte. Sie schwiegen, als Fußball in dem großen Fernseher gezeigt wurde, und redeten dann weiter. Ich hörte schon gar nicht mehr auf den Klang der Worte, während ich da an den Tresen gelehnt saß.

Schließlich sprang ich vom Barhocker und ging zur Toilette. Als wir die Kneipe verließen, winkte der Wirt uns nach. Ich folgte dem Taxifahrer zu der Straße, wo wir geparkt hatten, und er hielt mir die Wagentür auf. Im Taxi war es stickig.

Während wir durch die Stadt fuhren, konnte man Häuserblocks wie unseren Wohnkomplex sehen, genauso schäbig, mit lauter verschiedenen Rolläden und Gardinen. Ein Stück weiter die Küste rauf änderte sich das Bild. Hier gab es propere weiße Villen, direkt in die Felsklippen über dem Meer gebaut. Manche waren richtige Luxuskästen mit Satellitenschüsseln und Sprinkleranlagen in den Gärten. Die feine Wohngegend erstreckte sich über Meilen bis kurz vor die Feriensiedlung.

Was die alle für Schwein haben, sagte ich laut; soviel Glück an einem einzigen Ort versammelt.

Der Taxifahrer setzte mich am Hotel Rozinante ab. Als Trinkgeld gab ich ihm noch mal die Hälfte vom Fahrpreis drauf. Er wollte mir was davon zurückgeben, aber ich schüttelte nur den

Kopf und schaute beim Überqueren der Straße an dem vielstöckigen Hotel empor. In der Halle kam ein Reiseleitertyp auf mich zu.

Ich bin von Youth Med, sagte ich.

Oha, sind die Busse schon da? fragte er.

Ich hatte 'ne private Mitfahrgelegenheit.

Wie, was, privat? Für eure Gruppe gibt's doch extra einen Bus, da kommt keiner privat angereist, regte er sich auf.

Kann ich meinen Zimmerschlüssel haben?

Wie heißt du?

Morvern Callar.

Wie schreibt sich das? fragte er und ging hinter den Empfang.

C-a-l-l-a-r, buchstabierte ich.

Callar, wiederholte er, sah zu mir herüber und sagte, Morvern, schon sehr viel ruhiger.

Ja, sagte ich.

Das ist ja ein Wort aus der Landessprache. Bist du von hier?

Nä.

Dein Zimmer ist die Nummer 1169 im elften Stock, zusammen mit einer Miß Phimister, sagte er und reichte mir den Schlüssel.

O. k., nickte ich.

Dumm gelaufen, das mit dem verspäteten Flug, aber darauf hat Youth Med natürlich keinen Einfluß. Also, heute abend gibt's erst mal ein lockeres Zusammentreffen in unserem Mehrzweckraum, zum Kennenlernen, mit einem Gläschen Gratisschampus für alle. Damit wir uns gleich auf die kommenden zwei Wochen einstimmen können, nicht wahr? Und morgen vormittag haben wir dann eine lustige Spielaktion am Schwimmbad, wir nennen das hier unseren Eisbrecher. Er keckerte sein routiniertes Lachen. Und am nächsten Tag geht's alle Mann hoch ins Aqualand. Die Abendgestaltung bleibt euch natürlich selbst überlassen, vorerst, aber am Freitag gibt's hier immer Disco.

Alles klar, sagte ich, nahm meine Tasche und zog los. Nach ein paar Schritten blieb ich stehen und schaute mich um.

Der Aufzug ist da hinten, sagte er.

Was bedeutet callar? fragte ich.

Callar? Er blickte von seiner Liste auf. Callar, äh, das heißt, äh, schweigen, sich ruhig verhalten, so ungefähr. Er starrte mich an.

Ich drehte mich wieder um, ging weiter und nahm den Aufzug zum elften Stock.

Ich stellte meine Tasche in den Schrank und behielt sicherheitshalber mein ganzes Geld am Leib. Eine Weile saß ich auf einem der Betten, das Gesicht in den Händen vergraben. Dann gab ich mir einen Ruck und nahm den Lift nach unten. Ich ließ den Schlüssel am Empfang und trat hinaus. Ich schaute nach links, dann nach rechts, setzte mich zögernd nach links in Bewegung, machte kehrt, ging in die andere Richtung los, blieb stehen, stampfte mit dem Fuß auf und ging weiter.

Unten auf der langen Strandpromenade machte ich am ersten Restaurant halt. Ich setzte mich an einen Tisch mit Blick aufs Meer. Jeder Quadratmeter Sand war mit Leuten belegt. Ich sah zu, wie die Körper an einer Seilwinde raufgezogen wurden, bis sie ins Wasser platschten.

Auf der Speisekarte gab es keine Worte, nur bunte Fotos der angebotenen Gerichte und eine Nummer daneben, die den Preis angab. Ich zeigte auf das Foto von dem Omelett vor blauem Hintergrund, dann auf das Foto von dem Brot vor grünem Hintergrund und auf das Foto von der Pepsi vor gelbem Hintergrund. Das Mädchen schrieb alles auf einen kleinen Block und ging.

Sie setzte das Essen vor mir auf dem Papiertischtuch ab, und ich gab ihr zwei Tausender, die bei uns daheim Fünfer waren. Ich aß und trank schnell. Ein paar Leute kamen jetzt vom Strand herauf. Das Mädchen brachte mir das Wechselgeld auf einer Untertasse. Ich stand auf, nahm die Scheine, stopfte sie in meinen Geldbeutel und schlenderte weiter die Promenade entlang. Ich kam an eine Bar, die Asparagus hieß, also steuerte ich direkt auf den Tresen zu und bestellte einen Southern Comfort mit Limo. Ich hißte mich auf einen Barhocker in der Nähe der offenen Tür.

Ich hatte meine verspiegelte Sonnenbrille auf und war mir sicher, daß ein Grüppchen von Trinkern mich anstarrte, aber wenn man die zwei Jungs und zwei Mädchen genauer in Augenschein nahm, merkte man, daß sie schon ziemliche Mühe hatten, die Dinge überhaupt noch halbwegs klar zu sehen, und nur deshalb wirkte es so, als ob sie alles scharf beobachteten.

Sie schienen etwa in meinem Alter zu sein, aber die Jungs sahen aus, als hätten sie einen Motorradunfall gehabt: Ihre Arme waren über und über mit Mullbinden bepflastert.

Eins der Mädchen kam an die Bar und bestellte vier Gläser Wasser. Sie drehte sich zu mir um und sagte, willste was kaufen, E-Teile, Gras oder so?

Ich nahm die Sonnenbrille ab und sagte, kein Bedarf.

Wir sind voll neben der Kappe, giggelte sie.

Ah so? sagte ich.

Komm, setz dich halt zu uns; wie heißt du? Ich bin die Andrea.

Ich lächelte und sagte: Morvern.

Ich ging hinüber und setzte mich an den Tisch, und Andrea sagte, hey, Leute, das ist Morvern. Die Typen waren krebsrot vor Sonnenbrand.

Hiya, Morvern, grinste der röteste, nett, dich kennenzulernen. Ich heiß Trevor, das hier sind Lucy und Andrea, und der Affenkopf da, das ist Dazzer.

Was ist denn mit euch passiert? fragte ich.

Er hat mit dem Darren hier gewettet, wer den schlimmeren Sonnenbrand abkriegt, erklärte Lucy.

Ja, gleich am ersten Tag, war echt 'n Superspaß, meinte Trevor.

Erst ham wa bloß Sonnenblumenöl genommen, ne, und dann ham wa Olivenöl von den Kneipentischen geklaut, griente Dazzer.

Und dann Alufolie draufgepappt, sagte Trevor und lupfte eine Ecke von dem Mullpflaster, unter dem man rohes, entzündetes Fleisch sehen konnte.

Uuuch, ächzte ich.

Ich hab's genauso gemacht, sagte Dazzer.

Ja, aber ich hab noch was Besseres gefunden: die Brille von irgend so 'nem Tattergreis, wirkt wie 'n Brennglas. Er streckte das Bein aus und hob einen anderen Verband an, der ein kleines schwarzes Loch in der Haut verdeckte.

Und wo stammt das da auf dem Arm her, wo was genäht ist? wollte ich wissen.

Sie lachten alle.

Wir sind schon sechs Nächte hier, und drei hintereinander mußte ich rauf zur Ambulanz; die Schmisse hier kriegt man im Waterloo verpaßt, erklärte Trevor.

Und Dazzer darauf: Wir haben schon gleich am ersten Abend fast unsere ganze Kohle für Stoff rausgeknallt, also besorgen wir uns jetzt immer Freibier im Waterloo, so nach dem Motto, in schweren Zeiten hilft nur noch sparen.

Komm halt mal mit, da geht's voll verschärft ab in dem Schuppen, meinte Andrea.

Klaro, sagte ich.

Also los, trinkt aus, Leute, nichts wie ins Waterloo, rief Trevor.

Hey, vergiß es, Mann, winkte Dazzer ab, erst muß ich noch zum Supermarkt, Klopapier anschaffen; das hier ist schon die dritte Kneipe, wo's keins gibt.

Und im Waterloo erst recht nicht, schrie Lucy, und alle lachten los.

Nä, nä, Leute, mir ist jetzt schon alles wurscht, und wenn ich mit gutem Geld für das verdammte Klopapier zahlen muß, ich greif mir 'ne Rolle aus'm Laden, und dann aber ab zur Sitzung ins Hotel, ich spür's schon, da is 'n Fax aus Übersee unterwegs.

Bring uns auch welches mit, sagte Lucy, das beknackte Zimmermädchen will keins mehr rausrücken, ich hatte heute morgen schon Ärger damit.

Trevor wandte sich zu mir und erläuterte: Jede Nacht, wenn wir von den Raves kommen, lassen wir die Rollen vom Balkon runterflattern, und die vom Hotelblock gegenüber machen's genauso; sieht scharf aus, die ganzen Girlanden vorn an der Hotelfront.

Ein erhebender Anblick, nickte Dazzer.

Komm mit, Schatz, die Andrea hier wird sich schon um dich kümmern; wir zeigen dir was, das du bestimmt nicht so bald vergißt.

Wir wechselten alle zur Asparagus Bar hinüber. Dazzer warf noch ein leeres Glas um, das in tausend Scherben zersplitterte. Sorry, rief er über die Schulter zurück.

Verstehst du, Schatz, sagte Trevor, wir können nicht ins Meer, wir können nicht in die Sonne, also was bleibt uns übrig, saufen wir halt. Er lachte und bekam einen Hustenanfall.

Hey, Dazzer, wie sagen die denn hier für Klopapier? rief Andrea.

Och, das weiß doch jeder, meinte Dazzer. Wir betraten den Supermarkt. Drei junge Dinger saßen an den Kassen. Dazzer marschierte auf sie zu und fing an zu mimen, was man mit Klopapier macht. Ähm, 'n paar Rollen, ähm, fürs Scheißhaus, Schätzchen, egal welche Marke, ähm, ähm.

Es wurde schon sehr spät im Waterloo. Dazzer war mit dem Klopapier ins Hotel zurückgegangen, und ich war blau wie eine Forelle.

Ein anderer Typ ging an der Bar vor Anker. Wir drehten uns alle nach ihm um.

Zwei Freibier, bitte, sagte der Typ. Im Nu hatte sich eine Gruppe Leute um ihn versammelt, um zuzuschauen. Der Typ legte den Arm auf den Tresen. Der Barkeeper nahm eine Säge aus einem Eiskübel. Also, ein halbes Glas, sagte der Barkeeper, während er die gezahnte Schneide ohne zusätzlichen Druck über den ausgestreckten Arm zog. Ein Glas, sagte er und schob sie vorwärts. Man sah die weiße Kratzspur auf der gebräunten Haut. Anderthalb Gläser, zwei Gläser. Beim letzten Drüberziehen der Säge sah man die Haut aufplatzen. Ein paar Leute johlten Beifall.

Pah, zwei Gläser, is ja läppisch, brummte Trevor und stand auf.

Nein, laß doch, ich schmeiß noch 'ne Runde, wehrte ich hastig ab.

Als ich die Gläser an den Tisch zurückbrachte, war Andrea auf der Bank eingeschlafen.

Dazzer kam mit einem Klüngel von Typen zur Tür reingestolpert.

Wie geht's? winkte ich ihn heran.

Hey, was läuft ab, irrer Schuppen, was? grinste Dazzer.

Das ist schierer Wahnsinn, die kriegen doch alle Aids, sagte ich.

Boaah-ey, ich bin so was von prall, schnaufte Dazzer und ließ sich auf die Bank fallen, direkt auf Andreas Haare. Hab zufällig diese Typen da getroffen, sind alte Fußballkumpel von mir, die ham mir so an die zehn Guinness gezahlt. Hey, schau dir mal diese Durchhänger hier an, wie kommt's, daß so 'ne hübsche Mieze wie du mit uns rumzieht, wo sind überhaupt deine Freunde und so, du solltest nicht allein unterwegs sein.

Ich bin keine Mieze, sagte ich.

Ja, schon klar, aber ist doch irgendwie komisch, oder?

Ich hab 'n Hotelzimmer mit meiner besten Freundin zusammen, aber wir sind gerade zerstritten. Ob du's glaubst oder nicht, ich bin heute quer über Europa geflogen und hab nicht mal neben ihr gesessen. Kannst du dir nicht vorstellen, was?

Dazzer setzte sich auf. Würd ich nicht sagen, laß mal die Story hören.

Ich erzählte Dazzer von unserem Streit, also eigentlich nur, daß alles so gekommen war, weil sie mit meinem Ex gebumst hatte. Während ich redete, nickte Dazzer mit seinem schütteren Haupt immer näher auf die Tischkante zu, also beeilte ich mich zum Ende der Geschichte zu kommen, wie ich meine Tasche im Zimmer abgestellt und den Schlüssel am Empfang gelassen hatte, bevor ich auf gut Glück losgezogen war. Am Ende sagte ich, ich mach mir 'n bißchen Sorgen um sie.

Komisch, hm, komische Welt ist das. Ich war eben noch im Victory, bloß vier Kneipen weiter von hier, da hing so 'ne vollgedröhnte Puppe mit demselben Akzent wie du am Tresen und hat mir genau die gleiche Story erzählt, lallte Dazzer und ließ den Kopf auf die Tischplatte fallen.

Was? Ich sprang auf. Plötzlich stank es grauenvoll. Es war Dazzer. All die vielen Guinness, und er hätte längst aufs Klo gehen sollen.

So, Trevor, jetzt bist du fällig, rief der Barkeeper, wie viele Biere auf dein Konto, Trev? und die Menge scharte sich um ihn.

Acht Bier, sechzehn Striche, dann schafft mich rauf zur Ambulanz, wenn ich das letzte intus hab, sagte Trevor.

Die Säge kam hinter der Bar hoch, Trevors Arm knallte auf den Tresen.

Aber nicht auf meine Tätowierungen, war das letzte, was ich ihn sagen hörte, ehe ich zur Tür hinaus und die Straße runter ins Victory hetzte.

Lanna stand gegen einen Typ gelehnt, und die beiden Schnauzbärte aus dem Aerogrill drängelten wie zwei Kraken auf sie ein. Ich ging direkt auf sie zu, und sie lächelte, schob sich durch die Typen durch und fiel mir in die Arme. Ich drückte sie fest an mich, und alle glotzten uns an. Ich zog sie an der Hand nach draußen. Wir taumelten zusammen davon.

Es war eine heiße Nacht. Schwankend standen wir unter einer hohen Straßenlampe, während ich versuchte, die Richtung zum Hotel rauszukriegen. Über uns surrten die Nachtfalter um den Glühfaden herum, und aus der Dunkelheit tönte echtes Kastagnettengeklapper; von den Grillen nämlich, die in allen Büschen um die Wette balzten. Wir wußten zwar nicht, wo es langging, aber wir tappten einfach weiter, und wenn wir ins Wanken gerieten, quietschten wir vor Lachen.

Irgendwann kamen wir dann schließlich ans Wasser, aber man konnte nicht sehen, an welchem Ende vom Strand man gelandet war. Man hörte die Wellen weit draußen gegen die Landzunge plätschern, aber dort gab es keine Straßenlampen mehr.

Wir duckten uns unter einem Seil durch und stolperten auf den Strand hinaus, bis wir das Wasser direkt vor uns hörten. Keuchend ließen wir uns in den Sand fallen. Der Sand fühlte sich irgendwie sonderbar an. Der Boden unter mir fing an zu vibrieren, und fahle Lichter flackerten in der Brandung. Ich stand auf und drehte mich um und sah helle Scheinwerfer auf uns zukommen, und zugleich hörte man Motorengeknatter. Dann zuckten Schatten um uns her, und ein riesiger Müllwagen kam in voller Fahrt auf uns zu und schwenkte kurz vor uns nach links weg. Lanna stand auf, und wir fingen an zu rennen, was aber schwierig war auf dem komisch wabbeligen Untergrund. Wir rannten über Plastiktüten und Zeitungen und Blechdosen. Es war eine Müllhalde, die sie mit Sand zuschütteten. So planierten sie über Nacht ein neues Stück Strand zurecht.

Wir kletterten wieder auf die Straße und machten uns auf den Weg zu den Hochhäusern, die man vage am Ende der Bucht sah.

Der Nachtportier wollte uns nicht zum Vordereingang des Hotels hereinlassen. Eigentlich kein Wunder, denn unsere Beine waren über und über mit rötlichem Schlamm bespritzt. Er machte uns die Küchentür auf, und während wir zwischen den Öfen und Edelstahlflächen durchgingen, schnappte Lanna sich eine Kuchenform und schob sie an ihrem Rock entlang unter ihre Jacke.

Die Bar war noch offen, und ohne mich zu fragen ging Lanna an den Tresen und bestellte zwei Lagerbier. Wir saßen nur da und starrten sie stumm an, dann stand Lanna auf. Ich ging vor ihr her zum Lift. Aber im ersten Stock stiegen wir wieder aus, weil jemand da reingekotzt hatte. Es dauerte lange, bis wir all die Treppen hochgestiegen waren. Ich hörte dauernd was glucksen, und als ich mich umdrehte, sah ich, daß Lanna sich die Biere in die Jackentaschen geschoben hatte, und bei jedem Schritt schwappten sie über.

Kaum waren wir in unserem Zimmer, sackte Lanna auf dem Bett zusammen. Ohne ein einziges Wort zu sagen, war sie fest eingeschlafen. Ich nahm die Biergläser aus ihren Taschen und holte die Kuchenform unter ihrer Bluse hervor. Ich zog sie aus, fegte die Krümel vom Bett, und vermied es, soweit es irgend ging, ihren Körper anzusehen.

Ich tappte auf den Balkon hinaus, weil ich sowieso nicht schlafen konnte. In der Dunkelheit sah man irgendwas Längliches am Balkongeländer entlangschlappen. Und tatsächlich hingen lauter Klopapierschlangen an den Hochhäusern hinunter, hier und da schwebten auch einzelne Klobürsten zu den Straßenlampen hinab. Von fern hörte man Gejohle.

Ich ging zurück ins Zimmer, zog mich aus und stellte mich unter die eiskalte Dusche. Ich rubbelte mich ab und schlüpfte in das orange Kleid aus meiner Tasche. Meine Haare ließ ich naß, und mein Geld schob ich ganz unten in die Tasche.

Ich setzte mich wieder auf den Balkon, und nach einer Weile hörte ich es plötzlich. Ich lehnte mich über die Brüstung, und es kam aus einem der Zimmer unter uns. Jemand weinte. Ein Mann. Ich strich mir die nassen Haare aus der Stirn.

Auf leisen Sohlen schlich ich den Flur entlang. Es war nicht schwer zu hören, aus welchem Zimmer es kam:

1022

Ich klopfte an die Tür. Der Typ machte sofort auf: Er war so etwa in meinem Alter, aber kleiner als ich, und sein Gesicht war rot verheult. Er sah mich fragend an.

Ich will ja nicht stören, aber ist alles o. k.? sagte ich.

Er ging ins Zimmer zurück und ließ die Tür halb offen. Also schob ich sie ganz auf und trat zögernd ein. Er hockte an der Bettkante neben dem Telefon. Es war ein Einzelzimmer. Seine Haut sah sehr glatt aus.

Meine Mutter ist gestorben. Ich hab ein ganzes Jahr lang auf diesen Urlaub gespart, und jetzt hat mein Bruder gerade angerufen, um mir mitzuteilen, daß sie gestorben ist, sagte er in seinem Flachlandakzent.

Ich stand noch an der Tür, die nicht zufiel, obwohl das bei Hoteltüren Vorschrift ist. Wahrscheinlich hatte jemand die Sprungfedern geklaut, weil sie, in Paketband gewickelt, gute Schlagwaffen für die Jungs ergeben.

Mußt du jetzt gleich wieder heim? fragte ich.

Mhm, zur Beerdigung, sagte er.

Ich rutschte an der Wand runter und streckte die Beine auf dem kühlen Steinboden rechtwinkling zum Bett aus.

Nett von dir, Anteil zu nehmen, sagte er.

Ich bin so fertig, daß ich nicht schlafen kann, antwortete ich.

Er nickte, schluchzte wieder auf und wischte sich mit dem Handrücken über die Nase.

Also, dann hör dir mal an, wie's bei der Beerdigung meiner Pflegemutter zuging, sagte ich und fing an zu erzählen.

Ich saß im Schneidersitz vor ihm, richtete mich dann auf und hob das Gesicht zur Decke; mein trockenes Haar war nach vorn auf seine unbehaarten Schenkel gefallen, wenn sie mir auf den Rücken fielen, wurde es gleich heiß darunter. Ich langte zwischen meine Beine, um seine Finger in der richtigen Weise zu bewegen, und ich lief da schon förmlich über. Eine Weile hatte ich, über ihn gebeugt, einen gleichmäßigen Rhythmus beibehalten, dann mit zurückgelegtem Kopf alles schnell runtergeschluckt, um mich dann wieder vorzulehnen, so daß mein Haar nach vorn fiel und mein Rücken sich wieder kühl anfühlte. Er atmete heftig.

Als er auf mir lag, bewegte er sich zu zielstrebig, zu hastig, um mich wirklich mitzureißen; das Ganze war eher athletisch als aufgeilend, aber knutschtechnisch brachte er es auf acht von zehn. Auf alle Fälle klammerte ich mich an ihn, als ginge es um mein Leben, so grimmig es auch sein mochte.

Hinterher tippte er mir mit den Fingerspitzen da und dorthin und sagte, schönes Haar, schöne Nase, schöner Mund, schöne Haut, *wunder*schönes Mädchen.

Danke, sagte ich.

Das war dann auch schon alles. Er war einer dieser Typen, die nach zwei Schuß erledigt sind.

Ich wachte auf. Irgendwas feuchtes, vielleicht blutiges an meiner Hand. Ich setzte mich auf; es war der gebrauchte Gummi von dem Typ. Ich stellte die Füße auf den kühlen Steinboden. Mit dem Gummi zwischen den Fingern ging ich auf den Balkon. Ich hielt ihn mir kurz vors Gesicht, holte weit aus und schleuderte ihn in den Nachthimmel. Für einen Sekundenbruchteil glitzerte etwas auf wie ein kleiner Kometenschweif, dann trudelte es langsam in die Dunkelheit hinab.

Ich sog die frische Luft tief ein, und von hier oben sah die Feriensiedlung wundervoll aus, wie eine perfekte Modellanlage. Es war vollkommen still, die Hochhäuser in der Morgenkühle mit ihren kirschroten Leuchtmasten auf den Dächern, und kein Lichtpunkt hatte genau die gleiche Farbe. Es war so überwältigend, daß ich mich unwillkürlich an die Balkonbrüstung klammerte. Ich setzte mich, lehnte mich in dem Plastikstuhl zurück und schaute zu, wie die Dämmerung über dem Meer aufstieg. Sie hatten den neuen Strand fertig, und weit draußen an der Landzunge konnte man den frisch geharkten Sand aus dem Dunkel auftauchen sehen, und als es heller wurde, gingen ein paar Leute schon hinunter, um sich ihren Platz an der Sonne zu sichern.

Die Tür zu Zimmer 1022 ließ sich nur von innen verschließen, also lehnte ich sie hinter mir an und tapste mit bloßen Füßen eine Etage höher.

Wo in aller Welt bist du denn abgeblieben? Lanna setzte sich auf.

Ich lächelte und zuckte die Schultern.

Lanna sagte, du bist hier gleich in der ersten Nacht mit 'nem Typ zusammengewesen, was, Morvy? Jetzt bin ich aber eifersüchtig, lachte sie und strampelte das Laken weg, unter dem sie geschlafen hatte.

Komm, wir enthaaren uns die Bikinizone, und dann nichts wie ab nach unten, sagte Lanna.

Alles drängte sich in Badehosen am Frühstücksbüffet und johlte, jetzt geht's los, jetzt geht's los. Der lange Tresen war mit Cornflakes übersät, dazwischen Milchpfützen. Ich füllte mir eine Schüssel und schüttete ordentlich Zucker drauf.

Lanna und ich gingen an einen Tisch hinüber und merkten erst dann, warum er noch frei war. Direkt daneben breitete sich eine Kotzlache aus. Also setzten wir uns ans Ende eines anderen Tisches, wo die Typen uns gleich mit einem Pfeifkonzert eindeckten.

Haun wir ab, sagte Lanna.

Wir hockten uns ans Schwimmbecken, wo alle Reiseleiter mit ihren Sonnenbrillen ausstaffiert herumsaßen, rauchten und Geld zählten. Auch hier wurde man keine Minute mit seinem Kater in Frieden gelassen, denn schon kam das ganze Volk aus dem Frühstücksraum über die krummen Steinplatten zum Pool heruntergepoltert, vorneweg ein vierschrötiger Reiseleiter mit Megaphon.

SO, JETZT STELLEN SICH MAL ALLE MÄDCHEN AUF DER EINEN SEITE VOM POOL AUF UND ALLE JUNGS AUF DER ANDEREN.

Lanna und ich versuchten erst, ihn zu ignorieren, aber da sich ausschließlich Youth-Med-Leute um den Pool versammelten, konnte man sich nicht einfach zwischen anderen Feriengästen verkrümeln, also blieb uns dann doch nichts übrig, als uns unter den ganzen Mädchen in Bikinis und Badeanzügen einzureihen. Über die von der Filterpumpe leicht gekräuselte Wasserfläche hinweg sahen wir uns einer langen Reihe von blassen, verkaterten Jungs gegenüber. Der Typ aus Zimmer 1022 war nicht dabei.

O.K., LEUTE, DANN WOLLEN WIR UNS JETZT ALLE MAL EIN BISSCHEN BESSER KENNENLERNEN. UND DASS MIR JETZT KEINER KNEIFT, DENN DAS HIER IST DIE ULTIMATIVE KUR FÜR DEN KATER, MEINE SEHR VEREHRTEN DAMEN UND HERREN. Er hielt einen großen schwarzen Leinensack hoch.

Die Spielregeln sind ganz einfach und fair. Wie Ihr seht, haben wir eine hübsche Menge von diesen Säcken. Ich werde jetzt einen Burschen und eine nette junge Dame auswählen und sie bitten, uns mal was vorzuführen, aber vorher noch einen Hinweis an alle Damen in Bikini. Alle zwei Wochen haben wir die eine oder andere Dame in Bikini da, die ihren Kolleginnen in Badeanzügen ein Schnippchen schlagen will. Aber das ist ganz und gar nicht das, was wir hier unter Spass verstehen, also haltet Euch bitte an die Regeln, sonst kommt Ihr zum Schluss in den Sonderwettbewerb für Spielverderber in Bikinis. Nun aber erst mal Freiwillige vor. Du da und Du da.

Alle lachten, während das Paar vortrat.

Rein mit Euch.

Das Paar stieg in den großen schwarzen Sack.

So, wie Ihr seht, befindet sich die nette Dame im grünen Bikini jetzt zusammen mit dem Herrn in der roten Badehose in dem Sack. Ich binde nur noch hier oben die Schnur zu. Alles o.k. da drinnen?

Aus dem Sack kamen gedämpfte Laute, und alles lachte, außer mir.

Jetzt werde ich unsere kleinen Kätzchen in dem Sack hier gleich in den Pool werfen, wenn sie nicht richtig mitmachen. Also, aufgepasst, ihr da drinnen: Tauscht Eure Badeanzüge!

Alle um den Pool herum fingen an zu kichern und sich gegenseitig zu mustern. Lanna und ich trugen Bikinis.

Kein Grund, sich zu genieren, meine Damen. So werdet Ihr auf jeden Fall schneller braun. Also, Ihr beiden, dann mal raus mit Euch.

Der Reiseleiter band den Sack auf, und das Paar drinnen stand auf. Brüllendes Gelächter, besonders auf der Jungenseite. Die anderen Reiseleiter saßen auf dem Sprungbrett und grinsten sich eins.

Das Paar stand mit dem Sack um die Füße da, und der Busen des Mädchens leuchtete schrecklich weiß in der Sonne. Sie hielt die weite Badehose krampfhaft am Bund fest, während ihr grellgrünes Bikinioberteil dem Typen lächerlich auf der behaarten Brust herumschlabberte.

Die Leute pfiffen und johlten. Was für ein absoluter Alptraum, stöhnte ich.

Ach, komm schon, Morvern, das ist doch lustig; ich bin nicht so genierlich, ich trag sowieso nie mein Oberteil am Strand, ich hoffe nur, ich erwische einen richtig süßen Typ und nicht irgendein Ekelpaket, sagte Lanna.

DAS NENNE ICH WAHREN SPORTSGEIST, BRAVO, JUNGE DAME. UND JETZT GLEICH NOCH ZWEI LÄNGEN IM POOL, WENN ICH BITTEN DARF.

Das Paar platschte ins Becken und fing an zu schwimmen. Das Mädchen mußte wie wild mit einem Arm rudern, um die Badehose mit dem anderen festzuhalten. Der dünne Stoff des Bikinihöschens klemmte dem Typen zwischen den Pobacken.

Ein Reiseleiter filmte die beiden vom Beckenrand aus mit einer Videokamera.

GUT, UND JETZT DAS NÄCHSTE PAAR, BITTE. DU DA UND DU DA.

Ich sah mich nach rechts und links um, aber der Kerl zeigte direkt auf mich.

Ich ging um den Pool herum.

LOS, LOS, NICHT SO MÜDE, LEUTCHEN. DAS VIDEO VON DIESEM SENSATIONELLEN SPORTEREIGNIS KANN MAN HEUTE ABEND IM FOYER FÜR NUR 5 PFUND 99 ERWERBEN.

Ich stieg mit irgendeinem Typen in den Sack. Der schwarze

Stoff wurde uns von zwei Reiseleitern über die Schultern gezogen. Wir setzten uns hin, und der Sack wurde oben zugebunden. Drinnen war es stockfinster. Draußen hörte man Geschrei und Geplansche.

Ähm, nett, dich kennenzulernen, sagte die Stimme neben mir im Dunkeln.

Hallo, sagte ich.

Wie heißt du? fragte der Typ.

Morvern.

Na, dann legen wir wohl besser mal los, was? meinte er.

Ich seufzte genervt und fing an, mich aus meiner Bikinihose zu schälen.

FERTIG? tönte es von draußen, und ich zuckte heftig zusammen.

Momentchen noch, sagte die Stimme neben mir.

SEHT ZU, DASS IHR IN ZEHN SEKUNDEN DA RAUS SEID, ODER IHR FINDET EUCH IM POOL WIEDER.

Nennt man so was nicht Mord? wisperte ich.

Schnell, beeil dich, zischte die Stimme, und der Stoff seiner Badehose wurde mir ins Gesicht gedrückt.

Man hörte, wie er sich mit Müh und Not in meine Bikinihose zwängte.

Nimmst du das Oberteil ab? fragte er.

Ich streckte mich nach hinten, hakte es auf und hielt es ihm hin.

Hey, ich krieg's nicht zu, flüsterte die Stimme.

Komm, ich helf dir, sagte ich und langte hinüber. Aber seine Brust war tatsächlich zu breit.

WAS IST LOS, TREIBT IHR ZWEI ES SCHON DA DRINNEN, ODER WAS? DAZU BLEIBT EUCH NOCH GENUG ZEIT AUF DER RÜCKREISE.

Du mußt es dir um den Hals binden, wisperte ich.

Nä, ich bind's mir um den Kopf, als Stirnband.

Als ich versuchte, die riesige Badehose zuzubinden, rutschte mir die ganze Kordel aus dem Bund.

Dann auf einmal blendendes Licht, das mir in den Augen weh tat. Ich stand hastig auf und versuchte, die Badehose hochzuhalten. Alles ringsum war in kunterbunter Bewegung. Blinzelnd sah ich die Leute zu mir hinstarren und die Kamera auf mich zuschwenken; ich hielt mir den Arm über den Busen und schaute auf meine Bikinihose hinab, die ihm so knapp saß, daß man alles sehen konnte.

GUT, JETZT AB IN DEN POOL MIT EUCH.

Ich bekam einen kräftigen Schubs verpaßt und landete mit offenem Mund im Wasser, und der Typ in meinem Bikini gleich auf mir drauf. Ich paddelte schlecht und recht zum anderen Ende vom Pool, und als ich umkehrte, sah ich mein nasses Bikinioberteil um die Stirn von dem Typen gewickelt, der mit mir im Sack gewesen war.

Wir müssen wieder rein, grinste er.

Ich hatte mich hingekauert, so daß mir das Wasser auch im Flachen bis über den Busen reichte, aber man konnte sehen, daß ihm trotzdem nichts verborgen blieb.

Morvy, schrie jemand. Ich riß den Kopf hoch, aber es war nur Lanna, mit bloßer Brust und einer Jungensbadehose an, die ihr bestens paßte. Sie winkte, bückte sich und wurde mit irgendwem in einen Sack gesperrt.

GUT, JETZT RAUS MIT EUCH UND WIEDER REIN HIER.

Ich stemmte mich mit einer Hand hoch und hielt die Hose mit der anderen fest, aber ich schaffte es nicht bis über den Rand, also streckte ich die Hand hinauf, und der Typ in meinem Bikini zog mich raus.

Das Wasser strömte an mir herunter. Vor uns etwa fünfzehn zugebundene Säcke, von denen jeder sich wie in Zeitlupe bewegte, ohne daß ein Geräusch herausdrang. Ich wurde mit dem Typ wieder zurück in die schwarze Hülle gesperrt.

Das ist ja echt die Hölle auf Erden hier, murmelte ich in die Dunkelheit. Wir atmeten beide schwer in der stickigfeuchten Enge voller Chlorgeruch. Eilig fingen wir an, uns aus dem klebrigen Badezeug zu pellen. Er wrang meinen Bikini aus, und man konnte den warmen nassen Fleck spüren. Dann hielt er mich plötzlich an den Oberarmen fest. Er versuchte, mich im Dunkeln zu küssen, aber ich wandte den Kopf zur Seite. Er schnuffelte zwischen meinen nassen Haaren herum und wisperte mir ins Ohr, ob ich nicht was mit ihm anstellen wollte.

Ich sagte ihm, was er mich könnte.

Och, komm, is doch nix dabei, hier so dicht mit 'ner nackten Frau zusammengesperrt zu sein, das läßt mich nicht ganz kalt, weißt du. Er lachte.

Mach's dir selbst.

Mach ich auch, wenn du nicht mitmachst, sagte er, und unverzüglich legte er mit einer rhythmischen Bewegung los.

Ich versuchte, mich umzudrehen, um ihm einen Tritt zu verpassen, aber er saß breit und bräsig auf dem größten Teil der Sackleinwand, so daß es unmöglich war, das Bein auszustrecken.

Er fuhr mit seinen irren, hastigen, verzweifelten Bewegungen fort, während ich mich völlig still verhielt. Dann japste er in der Dunkelheit auf.

Ich versuchte, mich auf die Beine zu stellen, aber das zugebundene Sackende schubste mich wieder runter, direkt auf ihn drauf, und er schlang lachend die Arme um mich. Wir überkugelten uns, dann schrie ich, du spinnst, hör auf, wir landen noch im Wasser und ertrinken.

Irgendwas kickte uns in die Seite, und er ließ mich los. Ich band mir schnell das Bikinioberteil um und wand mich in meine

Hose zurück. Oben wurde das Band aufgezogen, und der Geruch von draußen strömte herein.

Hiermit erkläre ich Euch zu Mann und Frau, posaunte der Reiseleiter durchs Megaphon. Ich tauchte in den Pool und schwamm quer durch. Beim Herausklettern warf ich einen Blick über die Schulter und sah, daß Lanna immer noch in ihrem Sack neben dem Sprungbrett steckte. Von außen war keine Bewegung darin zu erkennen.

Eine Reihe von Mädchen, die ihre Bikinioberteile bei der Tauschaktion nicht abgenommen hatten, standen auf der anderen Seite des Sprungbretts unter Bewachung. Der Reiseleiter mit der Videokamera hampelte zwischen ihnen herum und filmte sie in Großaufnahme.

Also diese Missetäterinnen sind für schuldig befunden, Ihre Oberteile anbehalten zu haben, darum müssen Sie sich jetzt unserem kleinen Talentwettbewerb für aufmüpfige Damen unterziehen. Man bringe die Folterwerkzeuge her.

Ein Reiseleiter kam feierlich mit einem Fensterledertuch anmarschiert, das er wie ein Tablett vor sich hertrug. Der Spielleiter baute sich mit einer Stoppuhr in der Hand vor dem ersten Mädchen auf. Als das Fensterleder zurückgeschlagen wurde, kam ein bläulich schimmernder, tropfender Eisblock zum Vorschein.

So, meine sehr verehrten Damen und Herren, wir legen jetzt diesen Eisblock an, und ich messe die genaue Zeit bis zur vollen Aufrichtung der Nippel, worauf dann die glückliche Besitzerin der empfindlichsten Nippel unter all diesen jungen Damen den ersten Preis gewinnt: Ein romantisches Dinner bei Kerzenschein mit mir. Applizieren wir nun also das Eis.

Kopfschüttelnd wandte ich mich ab. Ich lief den Steinplattenpfad zurück und nahm den Aufzug in den zehnten Stock. Ich stieß die Tür zum Zimmer 1022 auf. Das Bett war gemacht und der Koffer von dem Typ war weg. In meinem nassen Bikini legte ich mich auf das Bett.

Mein dünnes Top war so durchgeschwitzt, daß ich's genausogut hätte ausziehen können. Ich hielt inne und nahm einen tiefen Schluck Wasser aus meiner Zweiliterflasche. Lanna und die beiden Ravertypen hatten sich bis zu der Brücke vorgearbeitet, die zur Chill-out-Zone führte. Bis jetzt hatte der DJ uns durch den schärfsten Hardcore gepeitscht, und man konnte sehen, daß er es jetzt eine Weile mehr ambientemäßig angehen lassen würde, bevor er die Power von neuem aufbaute. Aber noch so 'ne Heavy-Runde wollte ich mir nicht unbedingt antun, also schaute ich nur langsam auspendelnd auf meine Finger hinab, über die das Licht der Laserstrahlen hinwegzuckte und von der Netzhaut zurückgeworfen wurde, wenn man den Kopf von einer Schulter zur anderen kreisen ließ.

Ich bin fix und foxy, sagte ich zu Lanna und ging über die Brücke nach oben. Lanna und der Typ in Shorts und Skimütze kamen mir nach, und dann auch der andere Typ mit den durchgeknallten Augen.

Puh, ich verglühe, sagte ich und schüttete mir was aus der Flasche über die Haare.

Und, wie geht's dir? meinte Lanna.

Soweit ganz passabel. Ich lehnte mich zurück und schüttelte meine nassen Haare.

Siehst klasse aus, Süße, sagte Lanna einschmeichelnd. Ich knirschte mit den Zähnen und sah zu den wibbligen Jungs rüber.

Wie ist denn die Szene hier so, die Küste runter? fragte Lanna den mit der Skimütze.

Die Küste *rauf*, nur da tut sich was, aber mehr in so kleinen Schuppen. Viel relaxter, würd ich sagen, Ambientsound, Kissen, und dopemäßig eher Joints als E-Teile. Die DJs kommen alle aus dem Norden runter, aus den kalten Ländern. Musik zum Haareschütteln oder Abhängen, wie man will, und die Mädchen ziehen sich aus. Nichts für ungut und so, aber die kommen echt auf dich zu und rammen dir einfach die Zunge in den Hals. Alles total cool, kein Streß von wegen Brandschutz oder so, die machen dann irgendwann alle Lichter aus und lassen nur noch die Musik laufen, und wenn man grad so drauf ist, treiben's alle durcheinander auf dem Boden.

Volles Love-in, hey, aber wie, warf der andere Typ ein.

Ja, man könnte sagen, die Raver-Szene ist hier schon ins nächste Stadium übergegangen, wie ein Virus, der sich anpaßt.

Los, ziehn wir doch weiter ins Reverberation, schlug der andere Typ vor.

Das Reverb hat rund um die Uhr offen, erklärte der Typ mit der Skimütze. Zwei Tanzflächen, die abwechselnd saubergemacht werden, während die andere in Betrieb ist. Unser Kumpel Shandy war zu Ostern für eine Woche angereist, und einen Monat später haben sie ihn im Reverb gefunden; er hatte da die ganze Zeit von Hamburgern und Orangensaft gelebt.

Lanna quietschte vor Lachen.

Ich geh ins Hotel zurück, sagte ich.

Findste die nicht süß? wisperte Lanna mir ins Ohr.

Ich sah sie nur wortlos an.

O Gott, jetzt komm mir bloß nicht so komisch, meinte Lanna.

Hast du vor, einen von denen nachher mitzubringen? wollte ich wissen.

Beide. Wenn nur einer mitkommt, reicht's ja immer noch für 'n flotten Dreier. Lanna legte den Kopf zurück und lachte.

Ich geh vielleicht noch woanders hin, sagte ich.

Gut, aber vergiß nicht, morgen um elf steht das Aqualand aufm Programm.

Also bis dann, sagte ich und gab ihr die Wasserflasche.

Hey, schieb die Betten zusammen und wärm sie schon mal an, rief Lanna mir nach.

Ich nickte den Türstehern zu und ging die breite Straße zum Hotel zurück. Erst wischte ich mir noch die Schweißtropfen ab, aber in der Hitze trockneten sie eh von selbst.

An einer Seitenstraße stand eine Palme, in der wohl eine einsame Grille hockte, denn aus den Blattwedeln sirrte es so hoch und durchdringend wie ein elektrischer Bohrer. Ein Typ ohne Hemd schrie von einem Balkon, halts Maul, du blödes Biest, das raubt einem ja den letzten Nerv. Er schmiß eine leere Bierflasche in den Baum, und sie kegelte durch die Blätter, um dann auf dem Mäuerchen eines Blumenbeets zu zerschellen.

Weiter vorn schafften sich ein paar Typen an den Babypalmen im Parkrondell ab. Erst sah es aus, als seien da irgendwelche Gemeindegärtner am Werk, aber beim Näherkommen merkte man, daß sie Sonnenbrillen und bunte Trägerhemden trugen. Sie rissen die Bäume einen nach den anderen aus und warfen sie mitten auf den Asphalt. Einer von ihnen rief mir zu, hey, Schnucki, willste fifty-fifty in 'n Bankert investieren?

Ich läutete an der Tür, und der Nachtportier ließ mich ein. Oben in Lannas und meinem Zimmer nahm ich eine Dusche und ließ die Sonnenbrille an. Ich bestäubte mich hier und da mit Körperpuder und putzte mir die Zähne. Das Zimmer stank kraß nach dem Insektengift, das Lanna immer versprühte. Ich legte mich aufs Bett und setzte mich dann wieder auf, das Gesicht in den Händen. Ich ließ mich zurückfallen und fing an zu flennen, aber nur ganz kurz. Ich stand auf und zog mich an, fuhr mit dem Aufzug nach unten und ließ den Schlüssel beim Nachtportier am Empfang zurück. Er schaute mir verdutzt nach, als ich mich umdrehte und die Treppe raufging. Ich stieg die Stufen ganz langsam hoch und gönnte mir im fünften Stock erst mal eine Atempause.

Im zehnten Stock angekommen, schlich ich den Flur entlang und schob vorsichtig die Tür zum Zimmer 1022 auf. Ich knipste das Licht an, und als ich sah, daß die Luft rein war, sperrte ich hinter mir ab und legte mich aufs Bett, wo ich augenblicklich einschlief.

Ein neuer heißer Tag begann, und in der Ferne hörte man die Preßlufthämmer auf den Straßen dröhnen. Ich stieg zu unserem Zimmer hinauf und klopfte an die Tür.

Wer ist da? rief Lanna von drinnen.

Ich bin's.

Die Tür öffnete sich einen Spaltbreit und Lanna spähte hinaus. Sie hatte schwarze Ringe unter den Augen.

Wie spät ist es? fragte sie und machte die Tür weit auf.

Halb neun. Ich dachte, du wolltest ins Aqualand, sagte ich und trat ein.

Mit diesen ganzen E-Teilen verliert man jedes Zeitgefühl, meinte sie.

Hi, nickte ich dem Typ im Bett zu; es war der mit den durchgeknallten Augen.

Hiya, willste auch eins? fragte er und zeigte auf den Schrank.

Nä, winkte ich ab und zog meine Reisetasche hervor.

Wo warst du denn letzte Nacht? fragte Lanna.

Ich zuckte die Schultern.

Wo willst'n jetzt mit der Tasche hin?

Ich bring sie runter zum Portier, wenn du hier jede Nacht wildfremde Leute campieren läßt.

Entschuldige uns einen Moment, sagte Lanna, zu dem Typen gewandt, packte mich an dem Arm, mit dem ich die Tasche hielt, und zog mich auf den Flur hinaus.

Was ist denn los? zischte sie.

Der Bus fährt um zehn, sagte ich und ging los, doch dann drehte ich mich um und kniete mich vor die Tasche. Ich wühlte zwischen den Kleidern nach dem Umschlag und drückte Lanna den Rest meines Bargeldes in die Hand.

Was soll 'n das? wunderte sie sich.

Nimm's nur, ich hau ab.

Was?

Ich verzieh mich; nimm das ruhig, und viel Spaß damit, aber paß auf, das sind an die hundert Pfund.

Aber wo willst du denn hin; warum mußt du denn immer aus allem gleich ein Drama machen, Morvern?

Ich sah sie nur an.

Ich meine, bist du immer noch sauer wegen dieser Sache da mit Ihm, oder was ist jetzt wieder verkehrt? Ich dachte, du bist hier voll drauf, alles paletti, so wie früher, du warst doch immer die Wildeste von allen, keiner von uns konnte mit dir mithalten. Warum läßt du dich nicht einfach drauf ein, hier Spaß zu haben, statt dieser blöden Depresso-Nummer? Und wenn du schon wegfährst, kann ich dann nicht mitkommen? Ich meine, liegt es an mir, haßt du mich, oder was?

Ich hasse niemanden, Lanna.

Du weißt ja selber nicht, was in dir vorgeht, Morvern.

Ich nickte.

Ich ging die Treppe hinunter und lächelte vor mich hin. Ich überquerte die Straße vor dem Hotel und betrat die nächste Bank. Drinnen war es angenehm kühl, und die Leute hinter dem Schalter hatten Musik im Radio laufen.

Ich unterschrieb alle meine Travellerschecks und stopfte den dicken Packen rötlicher Geldscheine in meine Schultertasche.

An dem Platz mit dem Springbrunnen suchte ich mir ein Taxi mit einem weiblichen Chauffeur.

Die Küste rauf, nur weg von hier, sagte ich.
Die Fahrerin runzelte die Stirn und sagte, hä?
Ich zeigte nach vorn und sagte, nach Norden.

Den ganzen Vormittag fuhren wir die Küstenstraße entlang, an kleinen Häfen und Kirchen vorbei. Buntgestrichene Fischerboote lagen an steinigen Buchten, und wir fuhren durch Orangen- und Zitronenhaine mit dunkelgrünen Laubkronen.

Mittags machten wir an einem feinen Strandhotel Rast. Stofftischdecken und Silberbesteck. Die Taxifahrerin bestellte ein kleines Glas Weißwein und Fisch, und Kaffee hinterher. Ich sage, Champagner bitte, vom besten. Mein Omelett brachte der Koch mit hoher weißer Mütze persönlich an den Tisch. Die Taxifahrerin und ich konnten nicht miteinander sprechen, aber sie unterhielt sich dafür mit dem Kellner.

Als wir wieder losfuhren, setzte ich die Sonnenbrille auf. Ich hatte bar bezahlt, und zur Erinnerung hatte ich die schöne, bauchige, leere Champagnerfalsche mitgenommen.

Am Nachmittag kamen wir eine kurvige Straße zwischen Pinien herunter. Die Hügel ringsum waren mit weißen Villen übersät, und mittendrin lag eine Feriensiedlung, viel kleiner als die, in der ich bisher gewesen war. Als ich die Taxifahrerin bezahlte, küßte sie mich auf beide Backen und sagte in meiner Sprache bye-bye.

Ich nahm mir ein Zimmer im Hotel Mirabel nahe beim Hafen. Die Fensterläden waren hellblau und abgeblättert. Lichtreflexe vom Meer tanzten wie Silberschuppen an der Decke. Geschirrklirren und Stimmengemurmel klang von der Terrasse herauf. Ich stellte die Schampusflasche auf die Kommode.

Ich schlüpfte aus dem Kleid, zog den Bikini an und das Kleid wieder drüber, schnappte mir mein Handtuch und ging an den Strand.

Ich ließ das Kleid in den Sand fallen, legte es ordentlich zusammen und stieg drüber weg direkt ins Wasser. Vorne im Flachen war es lauwarm. Ich stand da und schaute und grub die Zehen in den körnigen Sand. Langsam ging ich tiefer hinein, bis das Wasser mir an den Bauchnabel reichte. Die lange, glatte Dünung schwappte mir sachte bis unter den Busen, ich hob die Arme, tauchte kopfüber ins Wasser, kam prustend wieder hoch, drehte mich auf den Rücken und strich mir das nasse Haar aus dem Gesicht. Bewegungslos ließ ich mich treiben und spürte die Sonne auf Stirn und Wangen. Als ich den Kopf zur Seite drehte, war das Wasser so klar, daß man die Riffel auf dem Sand unten sah: ein heller, gleichmäßig gewellter Meeresboden unter türkisblauem Wasser, genau wie in den Reiseprospekten.

Wassertretend schaute ich in Richtung Strand zurück. Wo man eine Hügellandschaft und einen runden Pavillon über dem Hafen erwartet hätte: nichts. Wo man Anlegekais mit einer Hafenmauer dazwischen und eine hotelgesäumte Esplanade erwartete hätte: nichts. Wo man steingraue, rings um eine hufeisenförmige Bucht geduckte Häuschen erwartet hätte mit dem häßlichen Wohnkomplex halb hinter einer Anhöhe verborgen: nichts. Die Feriensiedlung, zu der ich hinblickte, war wirklich ein vollkommen anderer Ort.

Ich schaute nach Norden: ein langgestrecktes Hochplateau mit dem Hafen am unteren Ende und Windmühlen entlang der Felskante. Die Straße wand sich in Haarnadelkurven zwischen den Sommerhäusern durch, die in Stufenterrassen über dem Hafen gebaut waren. Das Plateau, von dem grüne Wasseradern am Fuß der Klippen unterhalb des Leuchtturms herabliefen, streckte seine stumpfe Spitze bis weit ins Meer hinaus.

Das Hafenbecken lag hinter einem Damm aus mächtigen Zementblöcken, auf dem ein paar Angler saßen. An der geschützten Seite dümpelten Fischerboote.

Südlich vom Mirabel ging die steinige Küste in eine Sandbucht über und setzte sich dann bis zum Horizont in immer höheren Klippen fort. Um den Strand herum sah man die flachen Dächer von Bars und Restaurants, und hinter ihren Fernsehantennen das dunstige Graugrün der niedrigen Hügel mit den weißen Villen, die wie gebleichte Knochen über die ganze Gegend verstreut waren.

Ich sah zu den Appartementblocks der Feriensiedlung hinüber. Einer stand als öde Bauruine da, nur vier Stockwerke und Treppen, ohne Wände und Dach.

Ich schwamm zum Strand zurück und atmete auf, sobald ich wieder Boden unter den Füßen hatte. Zurück im Hotelzimmer, wusch ich mir das heiße Gesicht am Waschbecken und strich mir eine Gurkenmaske auf. Ich legte mich aufs Bett, um sie trocknen zu lassen.

Ich schaute einfach nur an die Decke und sah zu, wie das Licht sich langsam veränderte. Die Silberschuppen lösten sich in der Glut des Sonnenuntergangs auf. Schließlich stellte ich mich wieder vor den Spiegel und pellte mir die Maske von der Stirn aus ab, bis ich sie wie eine zweite Haut mit der Form meiner Nase und Wangen in der Hand hatte. Ich warf meine alte Schlangenhaut ins Klo und zog die Spülung.

Als ich in meinem tief ausgeschnittenen Top nach draußen ging, war die Nachtluft wunderbar klar. In der Ferne sah man den weißen Leuchtturm mit seinem kreisenden Lichtkegel, doch unten am Hafen flackerte noch ein anderes Licht durch die Orangenhaine hinter den Appartementblocks herüber. Es war das pulsierende Stroboskop von irgendeinem Musikschuppen, also steuerte ich darauf zu.

Man hörte die Musik schon das trockene Flußbett heraufschallen, ehe man dort anlangte. Bis auf den fahlen Widerschein der Lichtblitze, die hoch oben auf der Windmühle, um die der Club gebaut war, ihre verlockende Botschaft aussandten, war es hier so dunkel, daß alle Autos auf dem Parkplatz die gleiche Farbe zu haben schienen. Draußen gab ein Schild in Neonlettern bekannt, welche DJs Nacht für Nacht bis sechs Uhr morgens auflegten: heute war es DJ Sacaea und The Spook Factory Night. Das riesige Eisentor neben der Windmühle, das immer wieder von den Türstehern aufgeschoben wurde, sah aus wie der Eingang zu einer Lagerhalle. Ich schaute zu den Klippen hinüber, wo ein bleicher Mond hing, und betrat dann den Club.

Am Morgen lag ich nackt auf den Laken und beobachtete die Lichtschimmer an der Decke. Unterhalb der Fensterläden hörte man wieder Geschirrklappern und auch das Wellenplätschern am Strand. Ich streckte den Arm aus und drehte die wasserdichte Uhr zu mir. Ich schwang die Beine über die Bettkante und ließ sie eine Weile baumeln. Ich atmete tief durch.

Nach reichlich Salat und Fanta auf der Terrasse schlenderte ich gegen Abend die lange Straße hinauf, die von der Feriensiedlung zum Dorf führte. Zwischen den Lampenmasten waren bunte Wimpelketten und Banner aufgespannt.

Im Dorf waren die Gassen so schmal, daß man sich aus gegenüberliegenden Fenstern die Hand reichen konnte. Jeder Laut hallte geheimnisvoll um viele Ecken wider, so daß man nie wußte, woher all das Gewisper kam.

Ich schloß mich einer Prozession an, die sich vom Dorf aus die Straße landeinwärts auf die Kapelle von St. Michael in Excelsis zubewegte. Im Takt dumpfer Trommelschläge ging es einen steilen Hügel hoch, auf dessen Spitze das kleine weiße Kirchlein stand. Ich kletterte hinter den anderen her den Pfad zwischen scharfkantigen Steinbrocken und Olivenbäumen hinauf. Obwohl es jetzt bei Sonnenuntergang schon kühler wurde, kam ich ganz schön ins Schnaufen. Niemand sagte ein Wort, und man konnte immer mehr Leute vom Hafen aus die Straße hinaufströmen sehen.

Es war dunkel, und man roch den Rauch der brennenden Fackeln, die die Männer trugen. Kleine Mädchen in schwarzen Spitzenschleiern gingen Hand in Hand mit kleinen Mädchen in weißen Spitzenschleiern hinter den Männern mit den Fackeln her.

Die kräftigsten Fischerburschen verschwanden durch die Tür der Kapelle. Über den hölzernen Türflügeln standen die Worte ALLE HÜGEL SIND GOLGATHA in vielen verschiedenen Sprachen.

Auf einer Trage, die auf den Schultern der Fischer ruhte, schwebte nun langsam und feierlich die blasse Gestalt der Heiligen Jungfrau vorbei, in einem schweren Spitzengewand, mit klingelnden Glöckchen behängt. Sie war so groß wie ich. Ich starrte ihr Gesicht an.

Die Prozession folgte ihr den steinigen Pfad hinab. Die Fackelträger leuchteten den Weg aus, und die Trommler folgten.

Wir zogen durch die engen Gassen, wo junge Mädchen sich über Balkongeländer beugten, um die Jungfrau zu berühren. Als wir am Blindenheim vorbeikamen, sah man die alten Frauen ganz in Schwarz, die sich im Fackelschein an der Mauer entlangtasteten. Und man sah, wie diese Schattenwesen alle in der gleichen Weise den Kopf schräg hielten: sie horchten auf die Glöckchen des Spitzengewands.

Die Prozession erreichte den Hafen, und die Jungfrau wurde zu einem kraß modernistischen Gebäude getragen. Es war die Kirche der Fischer, deren Außenwände aus gewelltem Beton bestanden.

Drinnen machte die Prozession am Altar halt. Wenn man zur Decke aufblickte, sah man rings oben an den Wänden einen Streifen bläuliches Glas, und das durchscheinende Mondlicht verlieh allen Gesichtern etwas Geisterhaftes. Das Dach bestand aus lackierten Holzplanken, die hoch über unseren Köpfen spitz zusammenliefen, so daß es aussah wie ein Bootskiel. Das ganze Dach war der hölzerne Rumpf eines Fischerboots in dreißig Metern Höhe. Durch das bläulich hereinsickernde Licht kam es einem vor, als wäre man schon ertrunken, tief unten auf dem Meeresgrund, mit den Lebenden hoch droben.

Die Kirchenglocken fingen an zu läuten, als die Prozession herauskam. Noch mehr Leute säumten den Weg und hielten Fackeln hoch. Feuerwerksraketen stiegen über den Klippen auf, bunte Funkengarben vor dem Mond. Und immer ohrenbetäubender ballerten die Feuerwerkskörper auf den Fischerbooten los, die im Hafenbecken vor Anker lagen.

Das Gesicht der Jungfrau wurde von dem vielfarbigen Sterngeriesel erleuchtet. Sie wurde auf ein riesiges Floß gehoben, das über und über mit Flitterkram und Windlichtern geschmückt war. Das Floß hatte einen Motor mit Fernbedienung. Die Männer stiegen ins Wasser und geleiteten das Floß aus dem Hafen. Schnell und leicht glitt es mit der aufrechten Gestalt in der Mitte dahin.

Als es dann aufs Meer hinaustrieb, drückten die Männer auf einen Knopf. Plötzlich fing das Floß an zu qualmen, und Flammen züngelten an allen Seiten auf.

Es verbrannte sehr schnell. Die hochleckenden Flammen warfen einen langen Lichtstrahl übers Wasser zu den Leuten am Hafen hin. Eine Feuerspirale stieg von den Haaren der Jungfrau auf, dann kenterte das Floß und sank in einer Rauchwolke.

Ich begann ganz automatisch, auf den flackernden Scheinwerfer des Nachtclubs zuzugehen, aber dann drehte ich mich um und kehrte ins Hotel zurück.

Während der Nacht hörte man immer noch ab und zu einen Feuerwerkskörper hochgehen und endlos die Wellen am Strand.

Als ich in der Morgendämmerung hinausschwamm, waren da schon ein paar Mädchen mit Tauchermasken, die im Kreis herumpaddelten und versuchten, das verbrannte Gesicht der Jungfrau zu erspähen, wie es vom Meeresboden zu uns hochblickte.

- 6 -

Aus dem Hotelzimmer sah ich Zementmixer, die hoch über dunklen Baustellen an Kränen hingen, damit sie nicht geklaut wurden. Flugzeuge glitten tief über den Horizont.

Ich hatte noch nichts ausgepackt und hockte auf der Bettkante, als dieser Verlagsmensch Tom Bonnington an die Tür klopfe. Er hatte eine Frau dabei. Hey, sagte er, ist ja wunderbar, daß wir uns endlich treffen.

Hiya, sagte ich.

Wie ist das Zimmer, okay? erkundigte er sich.

Ja, besten Dank auch, sagte ich.

Gut. Und das hier ist Susan, von unserem Design-Team, die möchte sich gern mit dir über den Umschlag unterhalten.

Den Umschlag? Ich schaute wohl etwas ratlos.

Den Buchumschlag.

Ach so, ja.

Die Susan lächelte und sprudelte gleich los, ohne auch nur hallo zu sagen: Ich finde, du hast da einen ganz erstaunlichen ersten Roman geschrieben. Wirklich sehr beeindruckend. Ich hab ein paar Ideen für die Umschlagsgestaltung, über die wir uns nachher vielleicht mal austauschen könnten.

Und? Hattest du denn einen netten Urlaub? fragte Tom.

Ich schaute ihn an, nickte dann wortlos.

Susan meinte, ich versuch auch immer, alle paar Jahre mal wieder in den Süden zu fahren, um mitzukriegen, wie sich das da alles verändert, aber man muß halt auch die Zeit dazu finden, nicht?

Jaja, sagte ich bloß.

Warst du auch in der Alhambra? fragte Susan.

Was läuft'n da für Musik? fragte ich zurück.

Da gibt's keine Musik, sagte Susan.

Ah.

Es ist eine alte Maurenresidenz, erklärte Tom.

Nicht mein Ding, sagte ich, ich war bloß in der Rave-Szene unterwegs.

Dazu fiel ihnen erst mal nichts mehr ein. Dann boxte Tom sich aufmunternd in die Handfläche. Also, Morvern, was hältst du davon, wenn wir jetzt alle zusammen ein bißchen ausgehen, vielleicht später noch in irgend'nen Club, oder so?

Habt ihr 'n Auto dabei? fragte ich.

Nein, wir dachten, wir trinken ja vielleicht was.

Oh, verstehe, sagte ich und schniefte.

Oder würdest du lieber hierbleiben und über das Buch reden? erkundigte sich Tom.

Nein, nein, ich bin halt nur etwas knapp.

Knapp?

Bei Kasse.

Ach, du meinst, du hast kein Geld?

Ja, finanztechnisch ist zur Zeit Ebbe angesagt.

Tom lachte von seinem Posten an der Tür aus, und ich sah zu ihm hin, als er sagte: Na ja, ich glaube, die Verlagsbilanz kann ruhig noch die Kosten für eine Pizza und ein paar Drinks verkraften.

Ich hatte eigentlich gehofft, ich könnte mir vielleicht 'n Zwanziger borgen, bis ich heimkomme, und ihn dann zurücküberweisen? sagte ich.

Und was ist mit dem Fahrgeld? wollte Tom wissen.

Das ist kein Problem, mein Pflegevater arbeitet bei der Bahn.

Ich versteh nicht ganz...

Mein Pflegevater arbeitet bei der Bahn, darum kann ich als Familienmitglied umsonst fahren; er ist Lokführer.

Ach so, du hast einen Sonderstatus?

Keine Ahnung, auf jeden Fall ist es gratis.

Aber selbstverständlich kann ich dir einen Zwanziger leihen, sagte Tom

Oh, prima, danke, wirklich nett von dir, sagte ich.

In dem Supermarkt verdienst du sicher auch nicht gerade viel, meinte Susan.

Ganz recht, nickte Tom und zupfte mit spitzen Fingern zwei Zehner aus einer prallen Brieftasche voller bunter Kreditkarten.

Vielen Dank, Tom.

Tom sagte, ich weiß ja, daß der Vorschuß auf das Buch nicht eben üppig war, aber das kann sich immer noch ändern. Arbeitest du denn schon an einem neuen Stoff?

Wie bitte?

Hast du schon neuen Stoff in Arbeit?

Stoff?

Na, auf jeden Fall bekommst du das restliche Geld für das Buch, wenn es im Herbst erscheint, und dann kommen am Ende des Steuerjahrs ja noch die Tantiemen dazu.

Tantiemen?

Ja, sicher, und die Nebenrechte nicht zu vergessen; in Amerika sind das noch mal gute fünfundsiebzig Prozent, wenn sich da was tut.

Du kennst doch diesen alten Grundsatz? warf Susan ein.

Ich drehte mich zu ihr um und schaute fragend.

Sie sagte: Ob du gut bist, zeigt die Zeit, ob du Erfolg hast, zeigen die Tantiemen.

Tom und Susan lachten. Ich nickte. Bei all dem, was sie daherschwatzten, kapierte man letztlich weniger als bei den Einheimischen in dem Feriendorf, aber man hatte bald raus, daß ein gelegentliches Aha oder Mhm und zur Abwechslung vielleicht noch ab und zu ein Kopfnicken oder Kichern als Antwort vollkommen ausreichte.

Wir fuhren mit dem Aufzug zur Hotelbar hinunter, wo ich mir und Susan einen Southern Comfort mit Limo zahlte. Tom bestellte ein Bier, und die Flasche war mit Seidenpapier umwickelt, wahrscheinlich, um vornehmer auszusehen. Kleine Schälchen mit aufgespießten Cocktailkirschen und Schokoladenpastillen standen auf dem Tresen. Ich war so hungrig, daß ich einfach eine Kirsche nach der anderen einschob, bis nur noch ein Häufchen Cocktailsticks übrig war. Als ich aufblickte, sah ich, daß die beiden mich wie die Geier beobachteten. Ich winkte ihnen zu und kaute seelenruhig weiter, den ganzen Mund voll herrlich süßer Kirschen. Ich brachte ihnen ihre Drinks, ging mir dann meinen holen und nahm gleich noch eine Schale Schokopastillen mit.

Ihr solltet mal das Aquarium im Foyer sehen, sagte ich, und ob ihr's glaubt oder nicht, die haben hier sogar einen Maniküresalon. In dem Schweigen, das folgte, zerkaute ich die Schokopastille zu einem weichen Klümpchen, schob es mit der Zungenspitze heraus und klebte es zwischen zwei feste Pastillen, so daß ein winziges Schokosandwich daraus wurde. Die beiden gafften mich immer noch an, also sagte ich, ja, wißt ihr, ich schreib diese Bücher, weil mir einfach der Lebensstil taugt. Schriftsteller sitzen rum und rauchen und ziehen auf Inspirationssuche durch die Gegend, und so ein Leben macht mich viel mehr an als die öde Schufterei im Supermarkt, wo man jeden Morgen in die Kälte raus muß und sich sagt, das geht jetzt noch neununddreißig Jahre so weiter, bis man endlich pensioniert wird. Als Schriftsteller kann man einfach mal Pause machen, aus dem Fenster schauen, sich 'n Kaffee machen oder 'ne Dusche nehmen.

Sie beugten sich eifrig nickend zu mir vor. Ich hielt ihnen die

Zigaretten hin, aber sie rauchten nicht. Ich steckte mir eine Silk Cut an.

Wir zischten noch eine Runde und verließen das Hotel, gingen die Straße runter. Tom versuchte, ein Taxi herbeizuwinken. Ein Doppeldeckerbus kam vorbei, also stieg ich ein, weil ich noch nie in einem gefahren war. Sie mußten wohl oder übel mit, obwohl sie beide erklärten, sie würden nie den Bus nehmen, und mir diese Taxikarten zeigten, mit denen man ständig Taxi fahren konnte, ohne je bar zahlen zu müssen. Und prompt hatten sie auch kein Kleingeld dabei, nur Zehner, so daß ich ihnen die Fahrkarten zahlen mußte.

Am Nachtclub stiegen vor uns noch zwei Frauen aus, die wie Putzfrauen aussahen, und sie nickten dem Fahrer zu, aber indirekt, in dem runden Spiegel an der Tür, da er sie anders nicht sehen konnte. Susan sagte, danke für die Fahrt, und stieg vorsichtig die Stufen hinab. Ich nickte in den Spiegel.

Tom schleuste uns in den Club hinein, und die Musik war so herrlich laut, daß man sich jedes Gelaber abschminken konnte. Der DJ hatte Dreamfish laufen, mit anderen Sounds unterlegt, und ich wirbelte längst wie ein Derwisch über die Tanzfläche, ehe Susan auch nur ihren Hintern hochkriegte.

Die Arme an der Brust, die Hände zu Fäusten geballt, twistete ich seitwärts während der Drumbreaks, immer schneller im hämmernden Laserlicht. Als das *Earthworm* von Spiral Tribe Sound System lief, hob ich förmlich ab. Völlig ausgepumpt beugte ich mich über das Goldfeuerzeug und steckte mir eine Silk Cut an und schwankte dann langsam von einem Fuß auf den andern, bis die Zigarette fertig geraucht war. Ein Typ trat auf mich zu und sagte irgendwas, aber ich drehte mich einfach um. Ich ließ die Kippe fallen und winkelte wieder die Arme an.

Als ich mich an den Tisch setzte, war ich schweißüberströmt.

Es rann mir unter der Weste einfach die Arme hinab. Susan hatte eine Flasche Schampus bestellt, also lehnte ich mich vor und umarmte sie zum Dank. Tom hängte mir eine Schnur mit fünf glänzenden Pfeifen um den Hals: Man bekam eine für jeden Drink, den man zahlte, aber gleich fünf für eine Flasche Schampus. Die Musik war so laut, daß wir uns nur anlächeln, mit den Plastikbechern zuprosten und den Leuten auf der Tanzfläche zuschauen konnten.

Tom reichte Susan etwas rüber, und sie nickte zu den Toiletten hin.

Wir mußten eine Weile warten, bis eine Kabine frei wurde, und als die Tür dann aufging, kamen zwei giggelnde Mädchen heraus. Ich sperrte hinter uns ab, und wir schnupften das bißchen weißen Pulverstaub, das Susan dabeihatte. Ich hob mein Bein an, um ihr das Glitzerknie zu zeigen. Ich hielt das Goldfeuerzeug daran, so daß es richtig schön aufblitzte, während Susan nur stumm draufstarrte.

Als der Schampus ausgetrunken war, gingen wir noch in einen anderen Club. Dort gab es keine House-Musik, nur Remix von all diesen Vinylscheiben. Der Typ hinterm Tresen erzählte uns, daß die schwarze Marmorplatte der Bar von einem Friedhofssteinmetz stammte, und tatsächlich konnte man unter der Kante die Umrisse einer eingemeißelten Inschrift ertasten. So lehnte man denn mitten im Trubel an alten Grabsteinen.

Tom besorgte uns ein Taxi zu dem letzten Restaurant, das jetzt noch auf hatte. Hinten auf der Rückbank war mir inzwischen ziemlich schwummrig zumute. Immer wieder schien mein Gesicht plötzlich zu glühen, was zwar wieder wegging, wenn ich mich drauf konzentrierte, aber dafür wurde mir dann schwindlig. Meine Lippen fühlten sich taub an, und andauernd drehte ich mein braungebranntes Gesicht zum Rückspiegel hin; irgendwie war mir, als wäre ich nicht ganz da, wo ich meinem Spiegelbild nach eigentlich sein sollte. Und prompt kam auch schon die Hitzewallung wieder. Ich schüttelte den linken Arm und atmete tief durch.

Wir kletterten aus dem Taxi direkt neben einem Kriegerdenkmal. Ich las laut die Worte, die darauf eingraviert waren: Yser, Loos, Arras, Lille, Struma, Vimi, Hoole, Mons, Hill 60.

Klasse Spitznamen gebt ihr euren Leuten hier, sagte ich.

Wie bitte? fragte Tom.

Die Spitznamen dieser toten Soldaten da sind klasse, sagte ich.

Das sind doch keine Spitznamen, das sind die Namen von Schlachtfeldern, erklärte Tom.

Oh, ach so.

Das Lokal hieß Sunrise, und wir setzten uns an einem Tisch nahe der Tür. Die hatten da so eine komische Regel, daß man für jedes Pfund, das man für Getränke ausgab, für zwei Pfund zu essen bestellen mußte. An die zwanzig Teller kaltgewordene Pommes standen überall um uns herum auf dem Tisch, auf dem Boden und auf leeren Stühlen verteilt. Wir waren alle bedröhnt wie die Lurche. Tom brauchte nur mit der Kreditkarte zu wedeln, um immer neue Drinks anrollen zu lassen; die Pommes dazu reichte ich gleich an die Leute weiter, die zur Tür reinkamen.

Tom oder Susan stellten mir dauernd irgendwelche Fragen, und ich zuckte die Schultern mit der Bierflasche am Mund, worauf sie die Frage dann jedesmal selber beantworteten und in endloses Hickhack verfielen. Sie erzählten keine Stories, sie diskutierten immer bloß.

Als Susan schließlich sagte, Tom solle mit dem Gelaber aufhören, damit ich auch mal zu Wort käme, sprach ich einfach aus, was mir eben durch den Kopf ging: Alles, was ich weiß, ist, daß einem in dem Feriendorf da das Glücklichsein so leicht fiel wie der erste Atemzug am Morgen.

Der Morgen dämmerte schon über den Dächern, als wir aus dem Sunrise traten und zu Fuß weiterzogen. Wir waren jetzt wohl weiter weg vom Flughafen, weil die Flugzeuge höher flogen. Toms Schlips war verrutscht, und sein Sakko hing über Susans Schultern.

Wir kamen an eine Kirche. Ich legte den Finger an die Lippen, so: scht.

Drinnen war es dunkel mit Kerzenflämmchen am anderen Ende, wo tatsächlich gerade eine Frühmesse im Gang war.

Tom und Susan fingen plötzlich an zu knutschen. Toms Sakko glitt Susan von den Schultern und fiel auf die Steinfliesen. Sie lehnte mit dem Hintern am Weihwasserbecken. Ein altes Weiblein kam herein und warf den beiden einen bitterbösen Blick zu, während sie sich an ihnen vorbeidrückte, um ihre Finger einzutauchen und sich zu bekreuzigen. Sie zischte dem knutschenden Paar irgendwas in einer fremden Sprache zu.

Ich tunkte die Fingerspitzen ins Weihwasser, schlug ein Kreuz und blickte der alten Frau nach, um zu sehen, mit welchem Knie man vor dem Altar knickste. Ein hübscher schwarzer Priester war gerade im Begriff, die Kommunion auszuteilen. Das Kerzenlicht schimmerte auf seiner Haut.

Tom und Susan folgten mir den Mittelgang hinauf. Ich knickste vor dem Altar und rutschte dann seitwärts in eine Bank. Sie machten es mir nach und setzten sich neben mich. Als die Leute anfingen, nach vorn zu gehen, stand ich auch auf mit Susan hinter mir. Ich faßte sie bei der Hand.

Zwei ausländische Mädchen mit Brotbeuteln um knieten vor uns. Ich sah zu, wie sie die spitzen kleinen Zungen vorstreckten, um die Oblaten zu empfangen.

Ich kniete mich hin, und als der Priester mir mit seinen langen, schmalen Fingern den Scheitel berührte, schwankte ich, als würde ich gleich in Ohnmacht fallen. Ich kniff die Augen fest zu und nahm die Oblate mit ihrem seltsam faden Geschmack in den Mund. Tom und Susan machten es mir nach und folgten mir wieder nach hinten, wo ich mich auf die Kissenreihe in der Bank kniete. Ich schloß die Augen und sagte ein kleines Gebet.

Draußen war es jetzt schon fast Tag.

Oh, das war aber echt *heavy*, sagte Susan immer wieder. Sie hatte sich bei Tom eingehängt. Wir überquerten die Straße, und ich driftete ganz automatisch in eine U-Bahn-Station. Ich zog den Vorhang zur Seite, und wir quetschten uns gigelnd in eine Fotokabine. Tom steckte mir eine Pfundmünze nach der anderen zu, also mußte ich mich in meinem kurzen Rock hinkauern und versuchen, sie in den Schlitz zu stopfen. Auf einmal ging ein Blitzlichtgewitter los, und wir steckten wiehernd die Köpfe zusammen, um alle mit auf das Foto zu kommen. So ging das eine ganze Weile, bis ich vor Lachen den Schlitz verfehlte und die Münzen über den Boden rollten. Ich scharrte sie mit meinem Tennisschuh zusammen und schob dann die ganze Handvoll in den Schlitz. Wieder flackerte das Blitzlicht auf.

Susan streckte die Hand hinter meinem Rücken durch und faßte an mein Glitzerknie, und ich legte den Kopf zurück, während sie es streichelte, so daß meine Haare ihr ins Gesicht hingen, während sie auf Toms Schoß balancierte. Eine andere Hand tastete sich an der Innenseite meines Schenkels vor. Ich hatte noch immer den Geschmack der Oblate im Mund. Wieder knisterte ein Fotoblitz, ich riß die Arme hoch und stemmte mich an der Plastikverschalung der Deckenlampe ab. Mein Herz klopfte zum Zerspringen, und Susan flüsterte, ogottogott, ist das alles *heavy*.

Ich wollte gerade anfangen, von den Raves zu erzählen, die ich in der Spook Factory mitgemacht hatte, als ich sah, wie Susan käseweiß wurde. Und schon schoß ihr ein Kotzstrahl aus Mund und Nase voll über Toms Schuhe. Beim nächsten Blitzlicht versuchte ich, Susan ein bißchen hochzuhieven, aber nur soweit, daß die Kamera sie mitten beim Kotzen erwischte. Der nächste Schwall ergoß sich dann auch prompt über die ganze Fotoscheibe.

Tom hielt sie fest und murmelte beruhigend auf sie ein, aber die eklige Soße triefte trotzdem immer weiter von Susans Hemdbrust auf seine Hose hinab. Ich drängelte mich aus der Kabine: Eine Menge fertiger Fotostreifen lag kreuz und quer auf dem Betonboden. Ich hob sie auf, klaubte die geilsten heraus und schmiß die anderen wieder hin. Ich mußte den Frühzug nehmen, und meine Tasche war noch im Hotel.

Der Zug fuhr nach Nordwesten hinauf, dann durch den Abend weiter nach Osten. Bis zur großen Kehrschleife hatten wir einen Lokführer aus dem Flachland, den ich nicht kannte. Der 17.40 vom Hafen würde dann an der Kehre umrangiert und von einem unserer einheimischen Lokführer die Strecke an den Lochs entlang, durch die Hügel und den Bergpaß zum Hafen zurückgefahren werden.

Der Wagen direkt hinter der Lok, in dem ich saß, kam ruckartig zum Stehen. Bis auf ein leises Knirschen unter den Achsen und ein gluckerndes Bächlein neben den Gleisen war alles still.

Man hörte eine einsame Sirene pfeifen, dann immer lauter das Grollen eines mächtigen Dieselmotors. Sekundenlang tauchte Coll in seinem Führerstand neben mir auf, als der Zug vom Hafen am Bahnsteig gegenüber hielt.

Ich nahm meine Tasche, trat an die Wagentür und schob das Fenster herunter. Es fing gerade an zu nieseln. Coll kam den Bahnsteig entlang, mit seinem Hund Woofit, der vor ihm herlief und seine Schäferkreise drehte.

Coll!

Morvern. Morvern, die ganze Stadt redet von dir; wo in aller Welt bist du bloß abgeblieben? Kommst du denn jetzt mit?

Ich öffnete die Tür und stieg aus.

Hast du mal zu Hause angerufen? Hast du schon das mit Red Hanna gehört?

Was, daß er pensioniert worden ist?

O Morvern, du bist ja überhaupt nicht mehr auf dem laufenden, stell dir bloß vor, die großen weißen Häuptlinge haben ihn verarscht. Haben ihm glatt seine Abfindung gestrichen, als Strafmaßnahme.

Ich schaute Coll an. Ein flaues Gefühl durchfuhr mich. Wir standen an der Kabinentür der Lokomotive. Coll drückte die Klinke runter und stieß die Tür auf. Woofit sprang die Stufen hoch. Coll umfaßte die Haltestangen und schwang sich hinauf, ich folgte ihm und zog die Tür hinter mir zu. Coll setzte seine große lederne Umhängetasche auf dem öligen Boden neben dem Fahrersitz ab. Ich setzte mich auf den anderen Drehstuhl.

Diese Saukerle, knurrte Coll, haben ihm vorigen Freitag 'n Brief geschickt, in dem sie ihm ankreiden, daß er sich auf seiner letzten Schicht zwei Flaschen Shandy genehmigt hat.

Zwei Flaschen Shandy, pfff, was is'n das schon, sagte ich.

Eben. Ganz schön jämmerlich, was? Coll bückte sich und breitete die Mittelseiten seiner Zeitung über den Boden, auf denen Woofit sich gleich zusammenrollte.

Aber die von der Direktion müssen doch längst wissen, daß da zu Neujahr noch ganz andere Sachen abgehen, meinte ich.

Na sicher, Kleines, ich bin ja selbst schon hackedicht zur Lokomotive getragen worden, aber die lassen sich halt keine Gelegenheit entgehen, einem alten Kommunisten und Gewerkschaftsfunktionär eins auszuwischen. Und Red Hanna haben sie jetzt mal so richtig vorgeführt. Ist natürlich 'n kompletter Blödsinn, die Kerle von der Direktion drücken jederzeit 'n Auge zu, wenn's ihnen gerade paßt, sagte Coll, während er eine Dose Hundefutter über einer Schüssel auskratzte, die Woofit schleunigst leerschlappte. Dann holte Coll seine Tabaksdose vor und drehte sich eine. Ich hielt das Goldfeuerzeug an eine Silk Cut und beugte mich vor, um ihm Feuer zu geben.

Danke. Wie lange hast du denn jetzt eigentlich blau gemacht? fragte Coll.

Eine Woche und sechs Tage sind's morgen. Hast du was von meinem Job gehört?

Coll runzelte bedenklich die Stirn. Tja, sieht nicht gerade rosig aus, Morvern. Euer Oberschnüffler hat Red Hanna schon nach zwei Tagen angerufen.

Tss, machte ich bloß.

Wo zum Teufel warst du überhaupt? fragte Coll.

Ich zuckte die Schultern. Im Süden halt, tanzen und sonnenbaden, bis das Geld alle war, und dann noch eine Nacht in London.

Hast ja recht, lachte Coll, Hauptsache, du hast was von deiner Jugend. Er trat hinter meinen Sitz an die Tür, schob sie einen Spaltbreit auf und wartete auf das Signal zur Abfahrt. So, das sind wir jetzt, auf geht's, sagte er.

Er schlug die Tür zu und ließ sich auf den Fahrersitz fallen. Man sah ihn nach unten greifen; die Sirene dröhnte unter unseren Füßen. Er legte einen Hebel um, der zischend die Luft aus dem Ventil ließ, und rammte dann den anderen Hebel vor. Er drehte die große Kurbel ein Stück zurück, und der Motor wummerte hinter uns los. Der Lärm aus dem Maschinenraum war zu laut zum Reden, bis Coll den Motor schließlich auf der abschüssigen Strecke zur Landenge hinab drosselte. Ob man sich in der Lok unterhalten konnte oder nicht, hing immer von der Steigung des Geländes ab; mal brüllte der Motor, daß man es fast mit der Angst kriegen konnte, mal ging es fast geräuschlos hügelab, im gleichmäßig schuckernden Rhythmus der Räder auf den Gleisen.

Ich setzte zum Reden an, aber es hatte keinen Zweck. Wir ratterten gerade um die Kurve vor der langen Steigung zum Paß hinauf. Woofit wuselte herum, und ich goß ihm etwas Wasser in die Schüssel. Coll drehte an der Kurbel, und wieder heulte der Motor auf. Die Zylinder über den beiden Windschutzscheiben zischten, während sie die Scheibenwischer hin- und herbewegten. Ich schaute die Felsentreppe empor zu dem Hotel mit dem spitzen Türmchen, dem Friedhofspfad dahinter und den dunklen Wipfeln um die Baumkirche, wo die Blütenblätter der Kletterrosen jetzt sicher schon vom Regen heruntergerissen waren. Weiter ging es die Plattform an den Wasserfällen entlang, und die sprühende Gischt sah aus wie der Rauch aus Unmengen von Lagerfeuern. Der Wind blies so heftig, daß das Wasser der Stromschnellen in weißen Wolken über die Kante zurückgeweht wurde.

Wir fuhren stetig ostwärts in Richtung Back Settlement, wo die Trasse dann nach Westen schwenkte, um schließlich an unserm Wohnkomplex und dem langen Einschnitt an der Signalbox vorbei in den Hafen einzumünden. Mit beiden Händen schob ich das Seitenfenster herunter; die Hafenbucht sah aus wie immer. Die Lok schwankte ein bißchen, und die Bremse zischte, als Coll den Bremshebel mit einem Ruck anzog. Während wir am Bahnsteig ausrollten, schwang ich in meinem Drehstuhl herum und griff mir meine Tasche. Woofit war aufgesprungen und lief schweifwedelnd im Kreis herum. Die Lok hielt mit einem langen ersterbenden Seufzer, als Coll den abgegriffenen roten Hebel an der Wand hinter ihm nach unten drückte. Kaum hatte ich die Tür aufgeschoben, war Woofit mit einem Satz draußen und schnüffelte zwischen den wartenden Fahrgästen herum, die sich an der Sperre drängten, wo Zipper die Fahrkarten kontrollierte. Ich sprang auf den Bahnsteig hinaus.

Coll stand oben an der Tür und pfiff seinen Hund zurück.

Mmm, sagte er und schniefte, so eine Lok riecht wirklich nur dann gut, wenn du drin mitgefahren bist, Morvern.

Danke, lachte ich, aber jetzt muß ich machen, daß ich loskomme.

Ja, Kleines, mach nur, und sieh zu, daß du diesen Sauertopf vom Supermarkt noch mal umgestimmt kriegst.

Der wird sicher ganz schön stinkig sein.

Na, kein Wunder. Dann mach's man gut, du verrücktes Ding.

Du auch, tschüs, Woofit, sagte ich, kniete mich hin und zauste dem Hund die puschligen Ohren.

Ich überquerte den Bahnhofsplatz und schaute zur Uhr auf. Es blieb gerade genug Zeit, es vor Ladenschluß noch zum Supermarkt zu schaffen.

Als ich durch die Glastür kam und an der Präsenzliste vorbeiging, drehte die Seekuh, die allein an der Kassenreihe saß, sich abrupt auf ihrem Stuhl um und starrte mir nach, als traute sie ihren Augen nicht. Ich stieg die Treppe zum Umkleideraum hoch, schloß meinen Spind auf, schob den Nylonkittel und die zusammengerollten Strumpfhosen zur Seite, nahm die Halbschuhe heraus und kramte durch mein Fach. Ein paar Sachen, dich ich noch brauchen konnte, wie die Schminkutensilien und die Flasche mit Paracetamol- und Vitamintabletten, fegte ich in meine Tasche.

Dann ging ich den Flur entlang zum Büro von Creeping Jesus, klopfte an und trat sofort ein.

Sieh an, wer uns da auch mal wieder beehrt, unser braungebranntes Supermodel, sagte er.

Ich sagte gar nichts.

Wollen Sie mir nicht vielleicht erklären, wieso Sie zwei Wochen zu spät zur Arbeit kommen?

Dreizehn Tage, sagte ich.

Das trifft ja nicht nur mich, wissen Sie, Morvern, das trifft die ganze Abteilung, wenn einer ausfällt. Die Arbeit macht sich nicht von allein, da muß jeder seinen Mann stehen.

Bin aber kein Mann.

Jetzt werden Sie nicht auch noch frech.

Bin nun mal keiner, ist doch so, sagte ich und hustete.

Wo sind Sie gewesen?

Das geht Sie nichts an, ich will nur wissen, woran ich bin, hab ich meinen Job noch, oder was? Wenn nämlich nicht, wozu sollte ich hier dann noch länger rumstehen?

Tja, was glauben Sie denn, Morvern?

Schon gut, sagte ich.

Das erstbeste, was mir unter die Hand fiel, war der orange Plastikstuhl, der immer neben der Tür stand; den schmiß ich quer durchs Büro nach ihm. Mit einem Hinterbein prallte er an der Schreibtischkante ab und flog scheppernd in eine Ecke. Creeping Jesus hatte sich hinter den Schreibtisch geduckt und zeterte nach der Polizei.

Ja, ab dafür, kriech du nur unter den Stein zurück, wo du herkommst, Creeping Jesus, sagte ich, und riß so heftig die Tür auf, daß sie gegen den Aktenschrank krachte.

Zurück auf dem Parkplatz steckte ich mir unter einer der Lampen eine Silk Cut an und überquerte dann den Black Lynn, der unter dem Hafen durchfließt.

Aus den dunstigen Lichtkegeln der Straßenbeleuchtung flirrte der Nieselregen herab. Ich ging ins Haddows und besorgte mir von dem Zaster, den Tom und Susan mir vorgestreckt hatte, eine Halbliterflasche Wodka.

Dann eilig weiter am Videoverleih, am St. John's und am Phoenix vorbei. Die üblichen Autos kreuzten durch die Hafenstraßen, mit den üblichen Ellbogen in den Fenstern. Ich kramte meinen Schlüsselbund aus der Tasche.

Auf der Fußmatte lagen verschiedene Modellkataloge und ein

Brief mit einer komischen Briefmarke, der an mich adressiert war. Ich deponierte den ganzen Stapel erst mal auf Seinem Schreibtisch. Dann legte ich *De Devil Dead* von Lee Perry auf, rubbelte mir die Haare trocken und steckte sie hoch. Ich schaltete den Heizofen und den Boiler ein.

Da ich vergessen hatte, irgendwas zu kaufen, mit dem ich den Wodka verdünnen konnte, und der Kühlschrank natürlich gähnend leer war, machte ich eine Flasche süßen Wein auf und benutzte halt den zum Verdünnen. Ich fand auch noch eine Dose Tomaten, aus der ich den Saft abgoß, und schob mir dann eine Tomate nach der anderen in den Mund. Kauend starrte ich aus dem schwarzen Fenster in die Nacht hinaus.

Als der Boiler warm war, kippte ich noch ein Glas von meiner ziemlich schauderhaften Mixtur und zog mich dann vor dem Heizofen aus, stand auf einem Bein der nassen Jeans, um den Fuß aus dem anderen hervorzuzerren.

Nachdem ich mir die Beine rasiert und genüßlich gebadet hatte, trocknete ich mich mit den letzten paar sauberen Handtüchern ab und ließ das Stück *SDI* auf der CD laufen. Zu den religiösen Klängen kniete ich mich nackt, wie ich war, auf den Dielenboden und versuchte zu beten. Aber plötzlich sprang ich wieder auf und lief wie getrieben im Zimmer hin und her. Ich nahm *De Devil Dead* heraus und legte statt dessen *From The Secret Laboratory* von Lee Perry auf, gleich von Track 6 an. Jetzt klappte es schon viel besser mit dem Beten. Als ich fertig war, schlotterte ich vor Kälte.

Ich zog mich an und holte die Lederjacke aus dem Schrank. Ich kippte noch etwas von dem Wodka, schnappte mir den Schirm und machte, daß ich rauskam.

Der Wind zerrte an dem Schirm, und die Regentropfen perlten von den Kanten ab, während ich mich drunterduckte.

Ich ging zur Telefonzelle, schüttelte den Schirm aus und schlüpfte durch die Glastür. Im Wohnkomplex hob keiner ab, also rief ich bei VD im Back Settlement an.

Hallo, 206, sagte sie.

Morvern hier.

Ja, so was, Morvern, wo bist du denn? Dein Vater macht sich ja solche Sorgen um dich, als ob er nicht selber schon genug Probleme hätte.

Ich bin zu Hause.

Wir dachten schon, du wärst entführt worden, oder so.

Wo ist er denn gerade?

Ausgegangen, irgendwo unten am Hafen. Ich hab ihm gesagt, er soll sich mal keine Sorgen machen, wir schaffen's schon irgendwie, zur Not müssen wir halt den Anbau verschieben. Warst du schon bei der Arbeit?

Ja. Ich bin gefeuert.

Ach je, Morvern, seufzte sie und lachte. Was soll bloß aus euch Callars werden? Aber du kannst doch vor Saisonende sicher noch 'n Hoteljob finden, oder?

In der Leitung fing es an zu piepsen, und ich verdrehte die Augen zur Decke.

Movern...?

Ich hängte leise ein und hörte die Regentropfen auf das Dach der Zelle trommeln. Ich stieß die Tür auf.

Ich nahm die Abkürzung zum Pavillon rauf und mußte bei jedem Schritt aufpassen, nicht auf dem matschigen Hang auszurutschen. Oben von der Jacobsleiter blickte ich auf den Hafen und die Fischerboote am Pier hinab. Ich versuchte, den dunklen Hügelkamm hinter dem Wohnkomplex zu erspähen, wo der Paß sich nach Westen zu dem Kraftwerk und dem Dorf am Talende hinstreckt, aber dort sah man nichts als tiefhängende Wolken über orangenfarbenen Straßenlampen.

Am Abstieg versuchte ich, so gut es ging, den Pfützen auszuweichen. Das Regenwasser plätscherte über die Steilkante der Klippen hinab. Auf den Bänken an den Treppenabsätzen gab es heute keine knutschenden Pärchen. Von unten leuchteten gedämpft die Lichter des Politician Hotels herauf: Red Hannas Stammlokal.

Ich stieß die Tür auf und schüttelte mir das Wasser von den Ärmeln der Lederjacke. Alle Köpfe drehten sich in meine Richtung und folgten mir, während ich direkt zum Kühlraum hinüberging, wo nicht nur die Fleischvorräte von Metzger Povie aufbewahrt wurden, sondern auch der Pooltisch stand, weil er sonst nirgend hinpaßte. Ich steckte den Kopf rein: fünf Männer rings um den Tisch, zwei davon am Spielen. Ein dicker Fleischbrocken hing von einem der Haken herab, und einer der Männer hielt ihn zur Seite, damit der Spieler besser zielen konnte. Die anderen Männer bliesen in ihre Hände.

Schaut mal, eins von den Striptease-Mädchen, sagte ein Typ im Blaumann.

Scht, das ist doch die Tochter von dem Lokführer, zischte ein anderer, während ich kehrtmachte und am Tresen fragen ging, ist Red Hanna heute schon dagewesen?

Freitag vor einer Woche, sagte jemand hinter mir. Ich drehte mich um.

Ein alter Graubart saß da und tupfte sich mit einem Taschentuch über die Triefaugen. Er war jedoch weit davon entfernt zu flennen; vor ihm stand ein doppelter Whisky.

Ich bin Tod the Post, und du bist Morvern, Red Hannas Tochter, du arbeitest im Supermarkt, stimmt's?

Nä, neuerdings nicht mehr. Hast du ihn denn gesehen?

Nicht, seitdem er letztesmal hier war, sieht ihm gar nicht ähnlich, uns so zu vernachlässigen.

Hast du 'ne Ahnung, wo er sein könnte?

Keinen blassen Dunst. Am besten, du bleibst hier mal 'ne Weile hocken und machst einen alten Trottel glücklich; was magst'n trinken?

Nä, laß man, ich könnt mich nicht revanchieren.

Jetzt komm schon, hock dich her. Red Hanna würd mir den Hals umdrehen, wenn er hörte, daß du hier warst und nicht anständig behandelt wurdest. Wir haben heut unsern Wochentagsclub, a'bhailaich, bring dem Mädel mit der tollen Sonnenbräune hier mal was zu trinken.

Ein Southern Comfort mit Limo, bitte, sagte ich.

Ein was? sagte der Barkeeper.

Southern Comfort?

Das haben wir hier nicht.

Ich sah mir die Flaschen an und sagte, dann halt ein Sweetheart Stout.

Ich setzte mich neben Tod the Post. Die Typen im Kühlraum schlossen lauthals Wetten auf die Poolspieler ab.

Ein Haufen jüngerer Leute kam rein, triefend naß und mit Papiertüten beladen. Tod the Post stieß mich an und sagte, schau, der Wochentagsclub.

Die Leute setzten sich an einen Tisch und fingen an, einen Brotlaib in Scheiben zu schneiden und ein dickes Stück Schmelzkäse mit dem Taschenmesser zu zerteilen.

Die Speisung der Fünftausend, sagte Tod the Post. Hier im Hinterland haben wir halt immer noch unsere Suppenküchen; die Leute sind arbeitslos, also steuern wir alle unsere fünfzig Pence bei, und einmal die Woche gönnen wir uns ein kleines Kneipenbuffet.

Einer von dem Wochentagsclub rief, ist das deine Enkelin, Post?

Nein, nein, das ist Red Hannas Tochter.

Oh, dann mal prost auf die Revolution, wir sind auch dafür, aber ihr Jungen müßt schon dafür sorgen, daß es losgeht.

Ja, wir stehen alle hinter euch, sagte Tod the Post.

Ich nickte.

Und du suchst also nach deinem Vater, Kleine?

Ja, sagte ich.

Hast du denn noch nichts von dem Skandal gehört? Ich weiß schon, wo du ihn heut nacht finden wirst, die ganzen Mannsbilder lungern ja nur noch da rum, seit sie im Mantrap 'ne Striptease-show haben, nich? Sogar die Kirchenfritzen, je heiliger, je geiliger, lachte eine ältere Frau.

Einer von den Typen aus dem Kühlraum kam durchs Lokal und fragte, soll ich die Lampenschirme abnehmen?

Ja, mach nur, sagte der Barkeeper.

Der Kühlraumtyp stieg auf eine Bank und fing an, die Glasschirme von den Lampen über den Sitzen abzuschrauben. Ein paar andere standen auf, um ihm zu helfen.

Wozu soll'n das gut sein? fragte ich.

Damit wir auf den Tischen tanzen können, wenn die Party richtig losgeht, erklärte Tod the Post.

Ach, tatsächlich? lachte ich.

Am Pooltisch hatten die anderen Typen aufgehört zu spielen und die Kugeln im Dreieck auf den Boden gelegt. Der im Blaumann holte ein Frettchen heraus, ließ es von Hand zu Hand schlüpfen und steckte es dann in eins der Mittellöcher am Tisch. Man sah das Frettchen unten an der Glasscheibe vorbeihuschen. Die Männer wetteten, aus welchem Loch es wieder auftauchen würde.

Hier, sagte ich und streckte der alten Schatzmeisterin ein Fünfzigcentstück hin.

Sie reichte mir eine dicke Scheibe Brot mit Käse und sagte, damit hast du für nächste Woche auch schon bezahlt.

Gut, sagte ich und nahm einen herzhaften Bissen. Ich trank mein Stout aus. Langsam wurde mir warm inmitten von all dem Gequassel.

Also, dann geh ich jetzt mal, sagte ich und stand auf.

Na, hoffentlich findest du ihn, meinte Tod the Post.

Bis nächste Woche dann, rief die Frau vom Wochentagsclub mir zu.

Alles klar, nickte ich.

Selbe Zeit, selber Ort, wenn's nicht vorher schon 'ne Revolution gibt, lachte sie.

Eben, man weiß ja nie, sagte ich.

Draußen spannte ich den Schirm auf und ging um die Ecke zur Kaimauer hinab. Der Wind pfiff mir um die Ohren, und die Wellen platschten über die Mauer, so daß der Verkehr schon einen Bogen um die angeschwemmten Tanghaufen und Fischkisten machte. Die Gischt spritzte bis an die Fenster der Bäckerei, und zwei Prediger in Hirtenmänteln und Südwestern standen vor dem Mantrap.

Lasset alle Hoffnung fahren, ihr, die ihr hier eintretet, plärrte einer von ihnen mir entgegen.

Tu ich sowieso, blaffte ich zurück.

Drinnen war es stickig heiß und knallvoll. Alle waren da, all die üblichen Typen mit ihren üblichen Visagen und ihren üblichen breiten Hinterteilen.

Hey, du braungebrannte Strandnixe, rief Lanna.

Ich drehte mich um, und sie quetschte sich mit einem Tablett voller Gläser zwischen den Leuten durch.

Warst du schon im Job? fragte sie atemlos.

Ja, da hab ich voll verschissen.

Wo zum Teufel warst du denn, auf Rave-Tour?

Genau.

Wie ist es denn so weiter die Küste rauf?

Noch viel irrer; hab wilde Sachen erlebt.

Und wie bist du zurückgekommen? fragte Lanna.

Einfach zum nächsten Flughafen und dann mit 'ner Linienmaschine nach London; kein Problem, wenn man Geld hat.

Hast du noch was übrig?

Natürlich nicht. Du weißt doch noch, was wir uns geschworen hatten?

Klar, lachte Lanna.

Niemals anders als total abgebrannt aus'm Urlaub wiederkommen? Also hab ich jeden Penny ausgegeben. Mußte mir sogar noch was von den Leuten in London borgen.

Gute Typen?

Nä, blödes Volk.

Ich hab schlechte Nachrichten, sagte Lanna.

Ja, ich weiß schon, bin mit Coll hergefahren.

Hä? sagte Lanna.

Du meinst doch Red Hannas Strafmaßnahme.

Aber nein, gar nicht. Oma Couris Jean ist gestorben, gleich am Tag nach unserer Abreise.

Ich sah Lanna sprachlos an. Nach einer Weile sagte ich, wie… ich meine, was ist passiert?

Sie ist halt am Morgen nicht mehr aufgestanden, und meine Mutter hat noch die ganze Nacht bei ihr gesessen, bis sie gestorben ist. Sie war ja schon über neunzig.

Das ist echt furchtbar, sagte ich.

Du warst halt einfach nicht da, als wir dich gebraucht haben, Morvy, ich meine, du hättest doch wenigstens mal anrufen können.

Ich nickte. Ach, ich kann's nicht erklären, sagte ich, da unten war alles so anders, so abgedreht… Ich schüttelte den Kopf.

Ich schaute auf und fragte, hast du meinen Dad gesehen?

Er ist hier, sagte Lanna.

Wo denn?

Hier mit mir, sagte sie und nickte zu den Gläsern auf dem Tablett hin.

Oh.

Ich meine, du warst ja schließlich nicht da, als er dich brauchte, sagte Lanna.

Ich folgte ihr nach hinten. Red Hanna saß an einem der kleinen runden Tische; sobald er mich sah, sprang er auf, übers ganze Gesicht lachend, und küßte mich auf beide Backen.

Tolle Farbe hast du, sagte Red Hanna.

Ja.

Hast du schon gehört, was hier alles los war?

Mhm, bin ja mit Coll raufgefahren. Schätze, ich hab meinen Job verloren; das heißt, eigentlich weiß ich genau, daß er futsch ist. Morgen gehe ich mich arbeitslos melden.

Hör mal, Lanna und du könnt euch doch immer noch die Wohnung teilen, ich würd euch ja auch aushelfen, wenn ich könnte. Diese blöde Sache da mit meiner Abfindung ist eh nur zeitweilig, die Gewerkschaft wird das schon durchfechten. Red Hanna lächelte Lanna zu.

Lanna reichte ihre Regals herum, also nahm ich eine und hielt das Goldfeuerzeug in die Runde.

Eine Weile schwiegen wir uns an, während ich den Rauch ausblies.

Da wären wir also wieder, sagte Lanna schließlich.

Tja, sagte Red Hanna. Er goß etwas von seinem frischen Bier in ein leeres Glas, das Lanna mir herüberschob. Ich nickte bloß. Ein seltsames Gefühl zog mir das Herz zusammen.

Erzähl Morvy doch mal von dem Striptease, sagte Lanna.

Na gut, begann Red Hanna, also das war der Wahnsinn, das ganze Lokal hier gesteckt voller Kerle, Hiphearan und Panatine und Mockit mit ihren durchgedrehten Fischerkumpels; ein paar waren extra von der Insel rübergekommen und hatten ihre Söhne mitgebracht. Dann trat das Mädchen auf, und ohne Witz, der Slab mußte einschreiten.

Wieso denn? fragte ich.

Die Kerle waren drauf und dran, die Bühne zu stürmen, die hätten die Kleine da glatt vergewaltigt, das arme Ding war völlig verängstigt, gerade mal so alt wie du oder Lanna, und dann dieser Meute da ausgeliefert. Der Slab steigt also auf die Bühne und sagt zu den Kerlen vorne, wenn sie keine Ruhe geben, wird die Show unterbrochen. Da gab's natürlich erst recht Randale. Die Fischer brüllen, was ist die denn so zimperlich, ist das vielleicht 'ne Nonne, oder was? Und der Slab verwarnte sie noch mal, die Finger von ihr zu lassen. Na, und mitten in dem ganzen Geschrei und Gejohle schwingt sich plötzlich der Panatine auf die Bühne, schüttelt den Kopf zur Musik und fängt doch tatsächlich an, sich auszuziehen, der verrückte Hund. Danach hockt er sich seelenruhig wieder an seinen Tisch neben der Bühne, und seine Kumpel klatschen und pfeifen und lachen sich halbtot, du weißt ja, was das für welche sind, immer total zugedröhnt; also reißen sie sich auf einmal ebenfalls die Klamotten runter, so an die dreißig Mann direkt vor der Bühne. Und als das Mädchen wieder auftritt und mit ihrer Show weitermacht, guckt keiner mehr hin, alle sitzen splitternackt an den Tischen, reden und trinken und spielen Karten, als ob sie unsichtbar wäre. Der Panatine geht sogar an den Tresen vor und bestellt noch 'ne Runde. So einen Wahnwitz hat man überhaupt noch nie gesehen, ehrlich, die Kleine konnte ja nicht ahnen, in was für ein Irrenhaus sie da geraten war.

Wie schauderhaft für sie, sagte ich.

Ah, so was wie unsern Hafen hier gibt's halt nur einmal, grinste Red Hanna.

Ich drehte mich zu Lanna um und fragte, hat Couris Jean noch irgendwas gesagt, bevor sie gestorben ist?

Du meinst, irgendwelche letzten Worte?

Ja.

Komisch, sagte Lanna, meine Mutter hat tatsächlich erzählt, daß sie zuletzt noch was vor sich hingemurmelt hat, immer wieder die gleichen Worte.

Und hat deine Mutter sich nachher noch daran erinnert?

Lanna sah mich an. Nä, leider nicht, weil Couris Jeans letzte Worte auf gälisch waren, und meine Mutter kann kein Gälisch.

Aus irgendeinem Grund wühlte mich das zutiefst auf. Red Hanna ging neue Drinks besorgen, und als er wiederkam, brachte er zwei Southern Comforts mit, aber man konnte sehen, daß der für Lanna ein doppelter war.

Ich geh mal kurz aufs Klo, sagte ich.

In der Kabine sperrte ich mich ein und hockte eine Weile mit dem Gesicht in den Händen da, bis mein Kummer sich etwas gelegt hatte. Als ich an den Tisch zurückkam, sah ich sie schnell auseinandergehen.

Ich setzte mich hin und starrte auf den Boden zwischen meinen Füßen. Ich konnte sehen, daß Lanna genauso dasaß. Ich schluckte, schniefte, ein Schauer überlief mich, und ich sagte mir, leih mir halt mal 'n Fünfer, dann geh ich die nächste Runde holen.

Ziemlich beduselt wankten wir drei durch den peitschenden Regen am Videoshop, St. John's, Bayview und Phoenix vorbei. Lanna hatte sich bei Red Hanna eingehängt. Sie blieb stehen und wartete, daß ich sie einholte, schlang mir den Arm um die Schulter und sagte, Morvy, nimmst du uns zu dir mit? Die olle VD ruft ständig oben in der Wohnung an und läßt uns keine Ruhe.

Schon gut, knurrte ich, macht was ihr wollt.

Alles o. k. mit dir?

Jaja.

Warte nur, bis ich eingezogen bin, dann werden wir 'ne Menge Spaß zusammen haben, sagte sie.

Sie warteten, während ich aufschloß und in die Wohnung trat. Ich setzte den Wasserkessel auf. Noch ehe er sich ausschaltete, knutschten Lanna und mein Pflegevater schon auf der Couch.

Zu ihren Füßen hockte ich mich vor den Plattenspieler und legte *Unlimited Edition* von The Can auf. Als ich mich umsah, konnte ich Lanna direkt unter den Rock schauen. Man hörte die Sofakissen rascheln, dann wummerte *Gommorrha* (Dez. 73) los.

Red Hanna stand auf und ging zur Toilette; man hörte es überdeutlich pritscheln. Lanna saß da und schaute mich an und sagte dann, soll ich dir 'n Zehner borgen?

Ja, gut, warum nicht, sagte ich.

Lanna zog den Schein heraus und legte ihn auf den Tisch.

Red Hanna kam ins Zimmer zurück. Ich sah ihm direkt ins Gesicht, und er sagte, was schaust'n so vorwurfsvoll, du magst Vanessa doch nicht mal.

Ich stand auf, ging zur Toilette und schloß mich ein.

Als ich herauskam, lief gerade *TVSpot* (April 1971), und die beiden keckerten schon im Schlafzimmer herum. Ich setzte mich auf die Couch und sah, daß Lanna ihre Regals dagelassen hatte, also steckte ich mir eine an. Ich stand wieder auf und nahm die Kataloge und den Brief mit der komischen Briefmarke vom Schreibtisch. Die Kataloge schmiß ich in den Müll.

Ich riß den Briefumschlag auf und überflog die maschinengeschriebenen Zeilen. Dann hob ich den Kopf und schaute auf den Lichtspalt unter der Schlafzimmertür.

Ich las den Brief noch mal durch.

Ich ließ den Arm sinken, und der Umschlang flatterte auf den Boden. *The Empress And The Ukraine King* (Jan. 1969) tönte durch den Raum.

Ich hob den Brief wieder vor die Augen und las ihn ein drittes Mal.

Mit zwei Schritten war ich beim Wandschrank. Ich zog ein paar zusammengelegte Handtücher heraus, angelte mir dann den alten braunen Koffer und setzte ihn neben dem Plattenspieler ab. Ich klappte den Deckel auf und kramte durch die Musiksammlung. Man konnte hören, wie sich das Klicken der CDs irgendwie satter und schwerer, von dem hohlen, weicheren Klicken der Kassetten unterschied. Die Plattenalben klappten mit einem leisen Plopp zusammen. Ab und zu bettete ich eine Langspielplatte aus Seiner oder meiner Sammlung in den Koffer. Manchmal warf ich eine Kassette oder CD hinein. Ich holte meinen Kulturbeutel aus der Reisetasche.

Ich ging zum Schreibtisch hinüber, langte drunter und schaltete den Computer ein. Auf den Bildschirm tippte ich:

BIN LOS ZUM RAVEN. MACHT EUCH KEINE SORGEN.
VERKAUFT ALLES HIER.
MORVERN

Connection (März 1969) lief auf der Anlage. Ich stellte es ab, nahm die CD heraus, schob sie in die Hülle und warf sie in den Koffer. Ich klappte den Deckel zu und versuchte, den Koffer anzuheben. Er war nicht allzu schwer, aber man hörte sämtliche Kassetten nach unten rasseln.

Ich holte den Brief von Seinem Anwalt noch mal vor und übersprang all das technische Geseier von wegen Direktüberweisung auf mein Konto und steuerlichen Abzügen. Ansonsten wurde ich noch um Seine letzte Kontaktadresse gebeten, und im nächsten Absatz hieß es, man würde mich gern beraten, falls ich an eine Investition dächte, da die Kanzlei über langjährige Erfahrung auf diesem Gebiet verfüge und mir mit Rat und Tat zur

Seite stehen würde. Ich las noch einmal die Höhe der Summe, die das Finanzamt schließlich zur Überweisung auf mein Bankkonto genehmigt hatte.

Ich nahm den Walkman von der Anrichte und steckte ihn in die Tasche meiner Lederjacke. Ich schaute nicht mal mehr zurück, sondern zog nur so leise, wie ich konnte, die Tür zu und warf den Schlüssel in den Briefkasten.

Draußen goß es noch immer, und die Straßen waren leer, aber ich machte mich schnell und zielstrebig auf den Weg, während die Regentropfen auf meine Jacke und meinen Koffer niederprasselten. Auf meiner Uhr war es so gegen drei.

Am Bankautomaten schob ich meine Karte ein und überprüfte den Kontostand. Er hatte mir die Erbschaft von Seinem Vater hinterlassen:

44771,79

Ich schüttelte den Kopf und spürte plötzlich, wie mir das überlaufende Wasser aus der Regenrinne in den Nacken triefte. Ich hob das Tageslimit von 250 Pfund ab. Dann blickte ich eine Weile die verlassene Hafenpromenade entlang, wo die Wellen immer noch gegen die Kaimauer klatschten.

Um halb fünf würde der Frühschichtbus mich ins Gewerbegebiet mitnehmen, und dort würde ich in den Bus nach Süden umsteigen. Dann erst mal ein paar Tage in London abhängen. Ich hatte noch über eine Stunde totzuschlagen. Also stieg ich im Regen noch mal die Jacobsleiter zum Pavillon rauf, um durch die Dunstschleier auf den Hafen hinabzuschauen. Man konnte immer noch nicht bis zum Paß sehen, hinter dem Sein Dorf in Wolken gehüllt lag.

- 7 -

Als ich wieder im Feriendorf war, setzte ich mich zuerst mal auf den Balkon meines Apartments und sah dem wechselnden Licht über dem Meer zu. Eigentlich hatte ich vorgehabt, mir gleich die Beine und die Bikinizone mit Wachs zu enthaaren; aber dann dämmerte es mir, daß man das mit dem Wachs eigentlich nur macht, um Zeit zu sparen, und Zeit war nun gerade das, was ich im Überfluß hatte: also rasierte ich mir die betreffenden Stellen von jetzt an jeden Morgen mit pedantischer Sorgfalt.

Erwiesenermaßen wachsen die Nägel schneller im Sommer, und scheinbar sogar noch, nachdem man schon gestorben ist. Da ich nicht mehr im Supermarkt arbeiten mußte, erholten meine Fingernägel sich ganz wunderbar. Jeden Morgen strich ich mir Nagelhautentferner drauf, widmete mich hingebungsvoll der Maniküre und schnitt mir die Nietnägel ab.

Die ersten Tage saß ich von früh bis spät auf dem Balkon, um die Schönheit des Morgen- und Abendrots nicht zu versäumen, und während ich mich sonnte, bestrich ich mir die Nägel mit farblosem Lack. Alle paar Stunden entfernte ich ihn wieder und trug neuen auf, nur um das erfrischende Gefühl zu genießen.

Ich feilte mir die Zehnägel mit Orangenholzstäbchen glatt und ließ den Nagelhautentferner dort sehr viel länger einwirken. Ich schob mir die Schaumstoffröllchen zwischen die Zehen und trug nach der Grundierung zwei verschiedene Farben auf, und dann noch einen Glanzlack zum Schutz. Ich nahm die gleichen Farben wie für die Fingernägel: Bronzebraun und Fuchsia.

Die ganze Zeit lief volles Rohr Musik auf meiner neuen Sony-Anlage, die ich mir hatte liefern lassen. Als Gratiszugaben hatte ich auch noch einen Toaster, ein Bügeleisen und einen Haarfön bekommen, obwohl es immer noch zu heiß war, um irgendeins der Geräte zu benutzen.

Am liebsten hörte ich mir hier natürlich Rave-Sound an, wie FSOL *Room 208*, oder *Orbital* und *Compter Love* von Kraftwerk. Morgens ließ ich *Cucumber Slumber* von Weather Report laufen, von der *Mysterious Traveller*-CD, oder von Eno die hypnotische Titelnummer *Here Come The Warm Jets*. Ich hatte mir extra eine optimale Kassette zum Sonnenbaden zusammengestellt:

A-SEITE
Czukay Wobble Liebezeit: *Full Circle*.
Zawinul: *The Harvest*.
PM Dawn: *So on & So On*.
Can: *Pauper's Daughter & I*.
Scritti Politti: *A Little Knowledge*.
Neville Brothers: *With God On Our Side*.
Robert Calvert: *Ejection*.
Hardware: 500 Years.

B-SEITE
Keziah Jones: *Free Your Soul*.
Daniel Lanois: *Still Water*.
Spirit: *Topango Windows*.
John McCormack: *Come my Beloved*.
James Chance: *Roving Eye*.
Hunters & Collectors: Dog.
Leisure Process: *A Way* You'll Never Be.

Die ersten Sonnenbäder, die ich nackt auf dem Balkon nahm, ließen meine Haut prickeln. Ich bekam einen Ausschlag auf den Schultern und an der Innenseite der Schenkel, lauter stecknadelkopfgraße Pickelchen, die der Rasierapparat morgens abmähte. Nach einer Woche verschwanden die roten Flecken allmählich unter einem einheitlichen Bronzeschimmer, und je länger ich in der Sonne lag, desto goldbrauner wurde ich unter der Schicht von Feuchtigkeitslotion, mit der ich mich immer von Kopf bis Fuß einschmierte. Nachdem man erst einmal eine schöne gleichmäßige Bräune erreicht hat, geht es nur noch darum, sie sich mit einem kurzen Sonnenbad pro Tag zu erhalten. Man muß schon einigermaßen braun sein, damit man stundenlang schwimmen gehen und sich am Strand in der Sonne trocknen kann; und man muß einfach nahtlos gebräunt sein, um abends zu den Rave-Parties in den allerkürzesten Klamotten anzutanzen.

Ich war mittlerweile so tiefbraun, daß meine Handflächen geradezu babyrosa durch die Trinkgläser durchschienen, und wenn ich zufällig an einem Spiegel vorbeiging, während ich Milch aus einem Becher trank, wirkten meine benetzten Lippen im Kontrast zum Gesicht leichenblaß.

Unter der sengenden Sonne sah der Weg vom Apartment zum Strand hinab wie ein biblischer Wüstenpfad aus. Man folgte der staubigen Trasse an einem römischen Bewässerungsgraben entlang, der durch einen Zitronen- und Aprikosenhain führte. Hinter den Zypressen hörte man den Ziegenhirten mit seinem Stock entlangtappen, und rings umher erklang das silbrige Gebimmel der Glöckchen an den Ziegenhälsen.

Ich blieb stehen, hörte mir die Ziegenglöckchen an, holte mein Zigarettenetui heraus und hielt das neue Feuerzeug an eine Sobranie Black Russian. Ich blies einen Rauchkringel in die Luft. Meine Fußknöchel waren staubig. Ich stand auf einem Bein, leckte mir den Finger an und zog eine glatte feuchte Linie über die Haut. Um die Spuckblase auf der Fingerkuppe sammelte sich grauer Staub.

Auf der anderen Straßenseite ging ich die palmengesäumte weit geschwungene Promenande an der Bucht entlang, an all den Bars und Restaurants vorbei bis zu meiner Lieblingsterrasse mit den buntkarierten Tischen und Stühlen. So früh am Tag waren unter dem warmen Sonnensegel noch alle Tische frei. Ich breitete mein Strandtuch über den Sitz, damit mir das Plastikgeflecht nicht an den nackten Beinen klebte. Ich stellte die Tasche auf dem Boden ab, setzte mich und blickte durch die Sonnenbrille in die Gegend.

Am Strand herrschte schon reger Betrieb: Familien und Feriengäste, Muskelmänner in knappen Badehosen, dicke, alte Frauen in schwarzen Einteilern, die ihre wuseligen Enkel beaufsichtigten; die Bedienung von der Abendschicht schlief barbusig unter einem gemieteten Sonnenschirm. Eine Gruppe von Kindern lief Hand in Hand am Wellenrand vor und zurück, und das Wasser schwemmte Schwimmreifen und Plastikspielzeug auf die Sandburgen zu. Jungs übten Faustschüsse übers Volleyballnetz. Paare in Tretbooten schwammen als farbige Tupfen in der blauen Weite bis hinter der felsigen Landzunge; ein kleines Mädchen rannte ins Wasser und ließ sich mit einem Platsch auf ihren Schwimmgürtel fallen.

Lange starrte ich auf die See und die vollkommen glatte Horizontlinie hinaus. Der Himmel war so makellos blau wie ein riesiges aufgespanntes Seidentuch; die spitzen Kanten ferner Segel sahen aus, als versuchten sie, das Tuch aufzuschlitzen.

Ohne daß ich es extra bestellen mußte, brachte mir die Kellnerin mit dem kleinen Muttermal mein übliches Frühstück. Ich nickte und lächelte.

Ich trank den heißen Kakao in kleinen Schlucken und biß zwischendurch immer wieder in mein Croissant. Der süße Blätterteig war feucht und pappig von der Mikrowelle, und drinnen steckte ein warmer, halbzerlaufener Batzen Schokolade. Ich nippte an dem Orangensaft, verschlang dann das zweite Croissant und schälte mit meinen langen, sienaroten Fingernägeln die Orange. Ich schob mir die Schnitze einen nach dem anderen in den Mund und hielt das neue Feuerzeug dann an die nächste Sobranie aus dem silbernen Etui.

Als ich die Kippe ausdrückte, sah man die Schönheit im Zusammenspiel der Farben: meine rötlich schimmernden Fingernägel, das goldene Filterende der Zigarette und die leuchtenden Orangenschalen ringsum. Ich steckte mir gleich noch eine Sobranie an, denn nichts war köstlicher als der abwechselnde Geschmack von Tabakrauch und Orangen.

Und währenddessen sah man die Feriengäste mehr oder minder entblößt über die Promenade schlendern, als wollten sie sich allein schon durch die Trägheit ihrer Gangart versichern, daß sie tatsächlich in den Ferien waren.

Da war ein Mädchen mit unbeholfen schwankendem Hinterteil, aber engelhaft schönem Gesicht.

Da schlurfte ein altes, schwarzgekleidetes Paar so gebeugt vorbei, daß alle beide auf ihre Sandalen hinabblickten. Sie hielten immer wieder im sternförmigen Schatten der Palmwedel an, um einen Moment zu verschnaufen. Direkt gegenüber von mir blieben sie ein weiteres Mal stehen. Die alte Frau löste sich von ihrem Begleiter, drehte sich mit dem Rücken zu der niedrigen Brüstungsmauer der Promenade und setzte sich hin. Ein großes Insekt, eine Zikade, landete neben der alten Frau auf der Mauer. Sie zog eine Sandale aus und hieb manisch immer wieder den Absatz auf die Mauer nieder, bis das Insekt völlig pulverisiert war. Ihr ganzer alter Körper bebte förmlich vor Angriffslust. Langsam streifte sie die Sandale wieder über, hängte sich bei dem alten Mann ein und schlurfte mit ihm davon.

Nach einer Weile betrat der Taubstumme, den ich schon öfter dort gesehen hatte, mit seinem kleinen, wepsigen Hund die Caféterrasse. Der Hund wuselte knurrend im Kreis herum und gab erst Ruhe, als der Taubstumme seine Leine unter ein Stuhlbein klemmte und sich schwerfällig auf den Sitz sacken ließ.

Ungefragt kam die Kellnerin mit einer Flasche Bier und einem hohen Glas auf ihrem Tablett herbei. Der Taubstumme machte eine Handbewegung zum Himmel hin, und die Kellnerin nickte, klatschte das Tablett an ihr Bein und ging lächelnd davon.

Man sah, wie der Taubstumme sich konzentrierte, als er das Bier in das leicht geneigte Glas einschenkte, und wie sein stoppeliger Kehlkopf zuckte, als er den ersten langen Schluck nahm. Man konnte verfolgen, wie die kleinen Schaumbläschen an der Innenseite des beschlagenen Glases herabflossen, als er es wieder hinstellte.

Ein gleißender Sonnenstrahl, der durch eine Ritze in dem Sonnensegel fiel, wanderte gemächlich über meinen Tisch.

Der Taubstumme häufte kleine Münzen auf der Tischplatte vor sich auf. Kaum machte er sich wieder auf den Weg die Terrasse hinab, da schoß der kleine Köter zähnefletschend um seine Knöchel herum; der Taubstumme tippte ihn mit seinem Gehstock an, und der Hund begann knurrend an dem Stockende zu zerren, während sie die Promenade enlang aus meinem Blickfeld verschwanden.

Ich ließ zwei Tausender auf dem Tisch und stand auf. Man spürte die Sonne im Nacken, sobald man aus dem Schatten des Sonnensegels heraustrat. Ich setzte mich auf die Brüstungsmauer neben der Palme, wo eine Ameisenstraße schon dabei war, die zerquetschte Zikade stückchenweise abzutransportieren. Ich schlüpfte aus den Strandlatschen, und eine leichte Brise raschelte durch die Palmwedel über mir.

Mit den Strandlatschen in der Hand ging ich schnell über den heißen Sand und machte dabei extra lange Schritte, weil er so an den Fußsohlen brannte.

Man sucht sich immer einen Platz möglichst weit weg von irgendwelchen jungen Kerlen, die nicht aufhören würden, einen anzumachen. Ich fegte die alten Zigarettenkippen mit den Zehen weg, und der rötliche Schimmer meiner Zehnägel hob sich hübsch von dem weißlichen Sand ab, der an ihnen herabrieselte.

Ich breitete das große Handtuch aus und kramte meine Sonnencremes aus der Strandtasche hervor; Schutzfaktor 12 für die Nase, Schutzfaktor 8 für die restliche Vorderfront. Ich zog mein Bikinioberteil aus, wischte mir die Hände daran ab, warf es neben meine Beine und streckte mich auf dem Rücken aus. In dem kleinen Taschenspiegel überprüfte ich meinen Lippenstift und trug noch einen Hauch mehr auf. Komisch, sonst sah man keine Mädchen mit Lippenstift am Strand. Ich drückte die Ohrstöpsel fest, um die Sonnenbad-Kassette noch besser zu hören, und blinzelte zur Seite, während ich den Walkman in die Strandtasche schob, um ihn vor der Sonne zu schützen.

Ich nahm die Sonnenbrille ab und ließ mich dann einfach in der Hitze braten. Selbst mit fest zugekniffenen Augen war das Dunkel immer noch voller Lichtblitze, und wenn ich die Augen dann langsam wieder öffnete, sah ich erst mal nur rot. Sonne, nichts als Sonne durch die Lider. Silbrige Kristalle glitzerten zwischen meinen Wimpern, bis ich die Hand hob und die übermächtigen Sonnenstrahlen ausblendete. Ich spreizte die Finger, und in ihrem Schatten betrachtete ich meine Ringe vor der unendlichen Bläue hoch droben.

Ich gab mir zwanzig Minuten zum Bräunen, dann setzte ich die Sonnenbrille wieder auf, schnappte mir die Sonnencreme und rieb mir die Rückseite der Beine und die Schultern mit Schutzfaktor 8 ein. Ich drehte mich auf den Bauch und knirschte mit den Zähnen, weil meine Schienbeine sich am Ende des Handtuchs in den heißen Sand eindrückten. Ich hakte die Finger unter die Gummibündchen der Bikinihose und zupfte sie zurecht. Ich nahm die Sonnenbrille wieder ab, bettete die Wange aufs Handtuch und spürte den welligen Sand darunter. Die Hitze lag auf mir wie ein Mantel. Ich fing an, auf der ganzen Vorderseite zu schwitzen. Als ich mich aufsetzte, lief mir der Schweiß zwischen den Brüsten hinab und glänzte wie Fischschuppen auf meinem Bauch. Meine Beine waren mit Sand paniert, und ich kratzte die ölige Schicht mit den Fingernägeln ab. Man konnte die Glitzerpünktchen noch auf dem Knie sehen, neonrosa und silbern, aber die Bräune ließ sie allmählich verschwinden.

Ich spähte aufs Meer hinaus. Ich nahm die wasserdichte Uhr aus der Tasche, band sie um und rannte ins Wasser.

Ich schwamm eine Stunde lang, tauchte in die kühle Tiefe hinab und griff mir zwei Handvoll Sand vom Meeresboden. Sogar noch weit draußen an den Bojen konnte man mit einiger Aufmerksamkeit noch das Besteckgeklapper in den Küchen hören. Ich schwamm wieder ans Ufer und ging gebeugt zu meinem Handtuch zurück, während das Wasser an mir herabtriefte. Ich bückte mich, hob mein Bikinioberteil auf und zog es an. Zwischen all den sonnenbadenden Urlauberfamilien hindurch wanderte ich pitschnaß den Strand hinauf. Zwei Typen von der anmachenden Sorte starrten mich unterwegs an.

Die beiden Duschen standen in der Nähe der Palmen an der Promenade. Der nasse Sand darunter war mit schlüpfrigen Brettern ausgelegt. Unter der einen stand eine unglaublich unförmige alte Frau in einem schwarzen Badeanzug. Daneben scheuchte ein Vater gerade seine zwei Kleinkinder unter den Wasserstrahl. Ich wartete.

Zwei Mädchen, etwa in meinem Alter und noch viel brauner als ich, warteten hinter mir.

Als die alte Frau wegging, stellte ich mich unter die laufende Dusche. Das kühle Süßwasser spritzte mir übers Gesicht und lief mir die Beine hinab. Auf einmal hörte es auf, also streckte ich den Arm aus und drückte auf den Ventilkolben. Wieder trommelte das Wasser von oben auf mich ein; man konnte nicht genug davon kriegen. Die nußbraunen, barbusigen Mädchen standen unter der Dusche neben mir und lächelten in den prasselnden Wasserschauer hinauf. Ich lehnte mich voll in den Strahl und massierte mir die Kopfhaut.

Als das ganze Salzwasser runtergespült war, ging ich zu meinem Liegeplatz zurück. Der Sand klumpte mir feucht um die Füße, und die Wassertropfen, die mir von den Haaren und Fingerspitzen fielen, hinterließen kleine graue Tupfen im Sand. Neben meinem Handtuch wrang ich mir die Haare aus, und die Spritzer verteilten eine ganze Kraterlandschaft über den Sand. Als ich mich auf meine nasse Bikinihose setzte, weichte das Handtuch dort gleich durch, aber die Tropfen auf meinen Armen verdunsteten schon unter der Sonne. Ich nahm die Uhr und das Oberteil ab.

Eine Weile saß ich nur so da und ließ mich trocknen. Ich zog meinen Lippenstift nach und steckte mir eine Sobranie an. Schließlich setzte ich die Sonnenbrille auf, band das Oberteil wieder um, stand auf, schüttelte das Handtuch aus und schulterte die Strandtasche.

Mit den Strandlatschen in der Hand ging ich zu dem Mäuerchen hoch, setzte mich und rubbelte mir den Sand zwischen den Zehen weg. Als ich die Füße in die Latschen schob, sah ich, daß die Ameisen von der Zikade nur noch die Flügel übriggelassen hatten, die in zarten Regenbogenfarben schillerten.

Auf der Caféterrasse brachte die Kellnerin mir sofort meine übliche Cola mit Eis und Zitrone; die sprühenden Bläschen prickelten auf meinem Handrücken, als ich nach dem Glas griff. Durch die Sonnenbrille schaute ich geradewegs auf den Horizont.

Ein paar Kinder kamen vom Strand heraufgelaufen, um sich Eis zu holen; als die Kellnerin den Deckel der Kühltruhe hob, sah man eine Wolke kondensierter Luft hochwirbeln und wieder absinken.

Ich blickte auf das Colaglas und nahm die Sonnenbrille ab. Die Eiswürfel schwammen silbrig glänzend an der Oberfläche, und im Schmelzen hellten sie die Colafarbe zu einem rötlichen Topasbraun auf.

Wenn man zum Himmel hochschaute, sah man, wie die Sonne das Blau des Himmels ringsum ebenso verblassen ließ, aber zum Meer hin wurde die Bläue dann immer tiefer, bis die beiden Blautöne von Himmel und Meer sich in einer dünnen, fast schwarzen Linie am Horizont trafen.

Als nur noch Eis im Glas übrig war, legte ich eine Zweihundertermünze auf den Tisch und pilgerte dann den staubigen Pfad durch die Obstplantage zurück. Bei dem Granatapfelbaum, wo ein Schild in allen möglichen Sprachen über den römischen Bewässerungskanal Auskunft gab, steckte ich mir eine Sobranie an. Ich nahm die Abzweigung nach links, die direkt zu meinem Apartmenthaus führte.

Oben ihm kühlen Schlafzimmer lag ich eine Weile auf dem Bett und hörte der einheimischen Radiostation zu. Dann stand ich auf, ließ *Hallucination Engine* von Material auf dem CD-Spieler laufen und nahm eine lauwarme Dusche bei offener Tür, damit der Sound durchkam; die Sonnenbrille behielt ich gleich an.

Nach dem Duschen rieb ich mich mit Feuchtigkeitslotion ein, und um meinen schönen braunen Nacken zur Geltung zu bringen, steckte ich mir die Haare auf. Ich stellte mich vor die Stereoanlage, fühlte die Musik und schaute über den Balkon hinweg zum Strand hin, während ich mir mit dem neuen Feuerzeug eine Sobranie ansteckte.

Ich zog mir eins der knappen Raver-Tops aus der Trend-Boutique am Hafen über, dazu einen schwarzen Minirock und die neuen Nikes. Ich zählte genug Bargeld für mein übliches Abendessen ab, plus die achttausend fürs Spook Factory. Nachdem ich die Tür abgesperrt hatte, hängte ich mir draußen auf dem Treppenabsatz die Schlüssel an der schwarzen Schnur mit den Steinperlen um den Hals. Sie klimperten kalt an meinem Schlüsselbein.

Ohne daß ich es bestellen mußte, brachte die Kellnerin mir mein Essen mit dem restlichen Wein vom Vorabend in der kalten Flasche. Ich saß am Ecktisch neben der Topfpalme.

Die Sonne stand jetzt tief am Himmel, und am Strand schüttelten die Leute ihre Badetücher aus. Die Fußabdrücke bildeten lauter kleine Schattendellen im Sand. Als der Strand sich langsam leerte, wirkte seine Oberfläche noch vollkommener.

Hinter mir begann das Gerumpel der Billardkugeln auf den Pooltischen, weil immer mehr junge Kerle in T-Shirts vom Strand heraufkamen.

Ich nickte und lächelte, während die Kellnerin die Salatschüsseln und das Brot vor mir absetzte. Ich pickte die Oliven eine nach der anderen vom Salat und legte die Kerne an den Tellerrand. Mit den oberen Schneidezähnen schabte ich das Fleisch von jeder Olive ab, so daß man die eckigen Einschnitte sehen konnte, wenn man die Olive aus dem Mund nahm. Nachdem ich das meiste Fleisch abgeknabbert hatte, schob ich den Stein mit der Zunge am Gaumen hin und her, wo sich der Rest von selber abrieb. Dann lutschte ich den Stein an seiner scharfen kleinen Kante entlang blank, ehe ich ihn in die Hand spuckte und in die Reihe zu den anderen legte.

Ich schenkte mir ein Glas ein, um abwechselnd den Geschmack von Wein und Oliven zu genießen.

Die Paprikastücke waren noch fleischiger, und wenn man hineinbiß, trat ein geschmackloser Saft aus. Ab und zu spießte ich eine ganze Kartoffel mit Mayonnaise auf die Gabel und schob sie dann im Mund hin und her, bis keine Mayonnaise mehr dran war. Die weiche Rundung der Kartoffel stieß gegen meine

Schneidezähne. Ich stopfte ein Salatblatt hinterher, dann wieder eine Kartoffel, kaute, stopfte und schlang alles mit einem wahren Wolfshunger hinunter.

Wie immer, bevor das Tageslicht zu schwach wurde, wanderte zum Schluß nur noch der einsame Typ mit dem Metalldetektor über den Strand, als ob er den Sand für den nächsten Tag glattfegte.

Der weiße Kegel des Leuchtturms begann sich oben auf der stumpfen Felsnase im Kreis zu drehen.

Wenn die Leute auf der Promenade stehenblieben und sich vorbeugten, um die ausgehängte Speisekarte zu lesen, erleuchtete die Glühbirne im Glaskasten ihre Gesichter wie starre Masken.

Blue Blue Ocean von Echo & The Bunnymen tönte aus den Cafélautsprechern. Seufzend kratzte ich den restlichen Salat auf meinem Teller, quetschte die Tomaten- und Paprikaschnitze mit der Gabel platt und ließ die Salatsoße herauslaufen: Wie Pfauenaugen schwamm das Olivenöl auf dem Essig, schwarze Pfeffertupfen und bräunliche Senfschlieren spritzten auf das größte Salatblatt. Ich schaufelte das letzte Häuflein Kartoffelsalat auf das Blatt und faltete es dann mit Hilfe der Messerklinge darüber zusammen. Die Kopfsalatrippen brachen mit leisem Krachen, während ich sie flachdrückte. Zusammen mit einem extra aufgesparten mayogetränktem Kartoffelstück spießte ich den ganzen Batzen auf und schob ihn mir in den Mund.

Ich zupfte die weiche Krume aus dem Brötchen und trank fünf Schluck Wein. Mit dem Krumeballen stippte ich die Salatsoße auf und mümmelte sie ringsum ab. Dann war ich pappsatt.

Ich hob mir immer noch ein Glas Wein auf, um nach dem Essen, während ich meine Sobranie rauchte, daran nippen zu können.

Man konnte die Brandung dort unten in der Dunkelheit nicht

mehr sehen, aber man konnte das stetige Rauschen hören. Manchmal sah man die Lichter eines Fischerboots draußen in der Bucht.

Ein paar Familien waren auf die Terrasse gekommen, während ich aß, und ich war die einzige, die allein saß. Ich nahm wieder fünf Schluck Wein, und dann einen Zug von der Sobranie. Das Mädchen mit dem Engelsgesicht schlenderte über die Promenade entlang, totschick für den Abend herausgeputzt. Die Neonlichter der Bars und Restaurants erleuchteten nur die Hälfte des Strands.

Gruppen junger Leute besetzten jetzt die Tische um mich herum. Man konnte nichts von dem verstehen, was sie sagten. Aber es lief immer nach dem gleichen Muster ab: einer laberte etwas und wurde immer lauter, bis alle am Tisch plötzlich in wieherndes Gelächter ausbrachen. Dann fing der nächste an; manche von den Zuhörern hatten die Beine übergeschlagen und wippten mit den Füßen, manche rührten mit Cocktailstäben die Eiswürfel in ihren leeren Gläsern um, dann brachen wieder die Lachsalven los.

Während ich da so still und allein an meinem Tisch saß, vermischten sich die Stimmen allmählich mit dem Meeresrauschen in der Dunkelheit. Das sinnlose Geräusch der Gespräche um mich rum war so friedlich, daß ich kurz einnickte.

Wortlos schoben zwei ältere Männer Schachfiguren über eine gläserne Tischplatte, die ein schachbrettartiges Muster hatte. Als eine Familie neben mir aufstand, manövrierten sich zwei junge Typen von einem weiter entfernten Tisch gleich an den freigewordenen Platz. Ich blickte stur zu den Bootslichtern auf dem nachtschwarzen Meer hinüber. Die Kellnerin kam und nahm die Bestellung am Nebentisch auf. Ich erhaschte ihren Blick und drückte ihr die Scheine in die Hand. Ohne auf das Wechselgeld zu warten, stand ich auf und ging, weil schon abzusehen war, daß die beiden Typen sich jeden Moment zur Plage auswachsen würden. Ich ging den Bogen der Promenade an der Bucht entlang und schlug dann den Feldweg durch die dunkle Plantage ein, geradewegs auf das flackernde Stroboskoplicht zu.

Im Spook Factory drückte einer der Türsteher mir einen Stempel auf den Arm und schob das Eisentor zur Seite. Drinnen schlug einem der süßliche Geruch von Dope und Trockeneis entgegen. Parliament beschallte gerade die große Tanzfläche mit *One Of Those Funky Things* von der Platte *Motor Booty Affair*. Die Leute aßen Hamburger in den zwei ausgebrannten, türlosen Autowracks vor der Bar. Ich zeigte auf den großen Kübel voller Mineralwasserflaschen und reichte eine Fünfhundertermünze rüber.

Ich ging die verwinkelten Korridore hinunter zu den Rave-Katakomben. Der trancehafte Ambientsound wurde immer lauter. Man zog den Vorhang zurück und trat in die heiße, totale Finsternis. Man merkte sofort, daß DJ Sacaea auflegte: wühlende Baßlinien wummerten aus den Boxen, mit eingespeisten Darkside-Effekten durchsetzt. Man spürte den Luftzug von all den Körpern, die sich in schnellem Rhythmus zu den Klängen in der Dunkelheit bewegten. Man sah das orange Aufglimmen, jeweils gefolgt von länger anhaltendem Leuchten der Joints in der Reihe der Teppiche und Sitzkissen an der Wand hinter den Pfeilern.

Die Schiffssirene tutete zur Ankündigung, daß die Lichter gleich angehen würden: barbusige, kettenbehängte Mädchen in Shorts zogen da ihr Ding zur Musik ab, mit ebenso halbnackten Typen in Shorts und Baseballkappen. Ein Pärchen knutschte und trieb es auch vielleicht schon mehr oder weniger auf den Kissen; in dem Schummerlicht konnte man kaum erkennen, was da alles vor sich ging.

Eine ganze Menge Leute waren allein da, tranken ihre Red

Bulls und schauten genauso in der Gegend rum wie ich. Dann wurde es wieder dunkel, nachdem Sacaea das Signal gegeben hatte.

Die Musik ging in eine träumerische, pulsierende Endlosschleife über. Eingehüllt in die Dunkelheit, die Füße wie angeschraubt am Boden neben der Wasserflasche, ließ man sich mit federnden Knien von dem gleichmäßigen Wummern tragen, während man mit Oberkörper und Armen den Synthesizer-Schleifen folgte; manchmal reckte ich die Arme hoch – und ständig schlugen mir die Schlüssel im Takt ans Schlüsselbein.

Meine Haare peitschten durch die Gegend und wurden triefnaß vom Schweiß und von dem Wasser, das ich mir ab und zu überkippte. So, wie Sacaea es angehen ließ, war die Musik einfach nur eine ausgedehnte Reise in die Finsternis. Wenn wir eine Verschnaufpause brauchten, ließ der Ambientsound uns Zeit zum Entspannen, dann baute er uns allmählich wieder bis zur vollen Hardcore-Power auf und heizte so gnadenlos durch, wie ich es gerade noch ertragen konnte, ehe die sanfteren Synthesizerwellen schließlich wieder ruhig ausschwingend durch uns hindurchflirrten.

Ich hatte meine Wasserflasche verloren. Wenn man die Finger in die gelegentlichen Laserstrahlen streckte, konnte man spüren, wie einem der Rock die Schenkel raufrutschte, in all dem dunkel dröhnenden Gewummer ringsum.

Wir tanzten so dicht an dicht, daß mich die fliegenden Schweißtropfen der Jungs oder Mädchen neben mir trafen, wenn sie bei einem plötzlichen Rhythmuswechsel den Kopf oder die Arme hochrissen. Ich glitt mit dem Fuß nach links und spürte eine Wange, die sich zwischen meine nackten Schulterblätter legte. Das gehörte immer noch zu dem Tanz. Wenn die Bewegung nicht dem Rhythmus gefolgt wäre, hätte das Gesicht, das sich da in den Schweiß schmiegte, etwas ganz anderes bedeutet.

Aber man hatte seinen Körper hier nicht bloß für sich, es war alles ein Teil der allgemeinen Schwingung, der Musik, der Macht des Rave.

Das Gesicht hob sich weg, dann berührten Finger meinen Hals, und ich streifte die Wange mit den Fingerspitzen, um an den Bartstoppeln zu fühlen, ob es ein Mann war. Ich lehnte mich in seine Umarmung, während unsere Unterleiber sich immer noch im schnellen Takt der Musik bewegten. Es hatte nichts mit Auswählen zu tun; er konnte nicht wissen, wer ich war, ebensowenig wie ich wissen konnte, wer er war. Ich nahm seinen Kuß hin und berührte die feuchte Locke, die wie ein Monokel hinter seinem Ohr hing. Im Kuß taumelten wir einen Schritt zurück, und ein wirbelnder Arm schlug mir gegen das Ohr. Ein weicher, feuchter Busen drückte sich an meinen Ellbogen, also legte ich den Arm um das Mädchen neben mir, und zu dritt tanzten wir eng umschlungen, bis der Puls der Musik immer langsamer wurde und ich den Kopf zur Seite drehte, um den männlichen Mund noch tiefer zu küssen. Die männliche Hand stahl sich an mir hoch und fing an, mich zu befummeln, so daß ich es vorzog, nach links zwischen den Leuten wegzutauchen. Mein Fuß stieß an die Teppichkante, aber man konnte nicht sehen, ob man sich ganz hinten im Raum befand oder in der Nähe der Tür. Ich tastete mich weiter nach links, rumpelte in einen Pfeiler, trat irgendwem aufs Bein, dann endlich, ein Lichtstrahl, als jemand von draußen durch den Vorhang schlüpfte. Ich drängelte mich schnell zwischen zwei rumstehenden Typen durch.

Im Korridor sah ich, daß meine Beine schweißbedeckt waren. Unter dem Raver-Top glänzte mein Bauch vor Nässe. Ein Typ schob sich durch den Vorhang, und wir maßen uns kurz mit ungewissem Blick. Ich ging zu den Toiletten und schloß mich in eine Kabine ein. Als ich wieder aufstand, sah man ein paar Tupfer von meinem Körperpuder auf der Klobrille. Ich lächelte, spulte etwas von dem groben Papier ab und tupfte mir damit den Schweiß ab.

Draußen im Korridor schaute ich erst zum Vorhang zurück und dann zur anderen Seite, an den einarmigen Banditen vorbei. Ich ging zum Formel-1-Automaten, wo der Typ stand.

Trips? sagte er.

Ich hielt ihm stumm das Geld für einen hin. Er sah sich nach beiden Seiten um und schob ihn mir in die Hand. Ich hatte ihn schon geschluckt, ehe ich wieder am Vorhang war.

Meine Ohren summten, und die Stroboskopblitze flackerten weit hinten durch die Obstbäume, aber ich ging am Granatapfelbaum vorbei zur Strandpromenade. Ich schlenderte ganz bis zum anderen Ende und sah mir die Leute an, die zu später Stunde noch in munteren Grüppchen um die Tische der Discobars hockten. Am Ende der Promenade setzte ich mich im Neonschein der Bierreklamen auf das Mäuerchen. Ich blickte die Uferstraße entlang zu den Hochhäusern, die ich mit der Maklerin von der Agentur an dem Tag besichtigt hatte, als ich mich für das Apartment entschied.

Ich stand auf und kraxelte über die Felsen. Weit hinten auf dem Felsplateau sah man den Leuchtturm mit seinem ewig kreisenden Strahl. Unter mir, zwischen den Felsen, waren ein paar Grauköpfe beim Angeln. Die langen Angelruten staken auf Haltern im Sand. Sie waren wohl mit Batterien ausgerüstet, denn oben an den Spitzen wippten winzige grüne Lichter. Die drei Männer standen im geisterhaften Schein einer Campinggaslampe um einen Klapptisch herum und tranken aus kleinen Gläsern. Die Weinflasche vor ihnen schimmerte in sattem Rubinrot.

Ich drehte mich um und wanderte weiter. Man hörte die Grillen im Gebüsch zwischen den Sommerhäusern zirpen. Ich ging die Uferstraße hinab bis zu den Hochhäusern. Rechts vor mir erhellten die Straßenlampen mit ihren Lichtinseln Teile der Fassaden und des Gehsteigs. Es war alles ganz still. Ich trat ins Lampenlicht. In völligem Schweigen saßen an die vierzig Leute um Tische herum auf einer Veranda. Es war derart gruselig, lebende Menschen so totenstill dasitzen zu sehen, daß man einfach nur noch hinstarren konnte. Wie in anderen Bars und Restaurants ging ein Kellner zwischen ihnen mit einem Tablett herum, aber niemand redete oder lachte. Dann aber sah man die Karten. Es war ein Bridgeclub. Man konnte das leise Rauschen der Brandung über die Dächer der Häuser hinweg hören. Ein paar Leute fingen schon an, zu mir hochzuschauen, also kehrte ich lieber um.

Auf dem Rückweg ging ich zwischen zwei dunklen Strandhäusern durch zum Meer hinab. Wenn man an den Büschen vorbeikam, hörten die Grillen auf zu zirpen, um gleich darauf um so lauter wieder loszulegen. Vor mir sah ich eine Schaumlinie, als eine kleine Uferwelle sich brach. Das Rauschen setzte sich immer weiter nach rechts hin fort. Zwischen mir und dem Wellensaum war es stockfinster. Ich kniff die Augen zusammen und wartete, bis sie sich ein bißchen gewöhnt hatten, dann tappte ich vorsichtig weiter.

Vor mir lag eine kleine Felsbank aus diesem seltsam klumpigen vulkanischen Gestein, über und über voller Wasserpfützen. Als wäre die Küste geschmolzen und dann wieder fest geworden. Tagsüber hatte das Wasser wohl in der Hitze gestanden, denn es stank brackig.

Man sah ein milchiges Licht über den schädelglatten Felsbrocken, und alle Aushöhlungen traten mit dünnen Schattenkanten hervor. Der Mond war über den senkrechten Klippen hinter der Bucht aufgegangen.

Mein Knöchel knickte unter mir weg, und ich stieß mit der

Hand in die Schwärze vor: ich stand direkt am Wasserrand. Eine Weile blickte ich über die See hinaus auf die schimmernden Schlieren der Mondstrahlen. Ich schaute mich nach dem kompakten, dunklen Umriß des Sommerhäuschens weit hinter mir um, dann zog ich mir mein Top über den Kopf; die Schlüssel und Steinperlen an der Halskette schlugen mir gegen das Schlüsselbein. Ich machte den Reißverschluß und den Knopf am Rockbund auf, stieg vorsichtig heraus, damit der Saum nicht in eine der miefigen Pfützen tauchte, zerrte mir dann die Nikes von den Füßen, ohne die Schnürsenkel aufzufriemeln, und tauchte einen Fuß ins Meer.

Das Wasser reichte mir bis an die Knöchel, aber beim nächsten Schritt sank ich schon bis über die Knie ein.

Man mußte immer wieder stehenbleiben und mit dem Fuß nach sicherem Grund tasten, ehe man sich weiter vorwagte. Ich hatte den Fuß gerade angehoben, als eine kleine Welle mir gegen die Knie schwappte und mich zum Straucheln brachte. Von unten streiften Algen meine Schienbeine. Es schauderte mich ein bißchen.

Ich kauerte mich nieder und tunkte den Hintern ein. Ich hielt mich mit einer Hand am Felsen fest und streckte das Bein wie einen Fühler aus, und als ich ebenen Boden unter den Zehen spürte, zog ich das andere Bein nach. Jetzt ging mir das Wasser schon bis an die Hüften. Die nächste Welle rollte heran, und an ihrem Sog konnte man spüren, daß es nach links hin tiefer wurde, also wandte ich mich dorthin. Hinter mir rann das Wasser rauschend von den Felsen ab. Ich wurde mit jeder Welle weiter ins Tiefe gezogen.

Nach ein paar Schritten schien es wieder flacher zu werden, aber dann spürte ich plötzlich einen richtigen Schwall, der mich hochhob. Ich paddelte vorwärts. Mein Herz klopfte heftig, doch der Sog der Brandung war von meinen Schultern gewichen; ich ließ die Beine sinken und konnte bereits nicht mehr stehen. Also begann ich, in die Nacht hinauszuschwimmen.

Nach einer Weile drehte ich mich um und schaute zur Küste zurück. Man konnte das Wasser auf den Felsen hören; die Lichter der Restaurants waren nicht zu sehen, nur der Mond über den schroffen Klippen und der silbrige Wiederschein auf dem Wasser, das mich umgab. Ich lachte leise, drehte mich wieder um und schwamm weiter hinaus.

Ich ließ mich auf dem Rücken treiben und spürte, wie die Schlüssel und Steinperlen der Kette mir zwischen den Haaren am Nacken herunterhingen, in der Dünung auf und ab wogten und mir mit ihrem Gewicht den Kopf sanft nach hinten zogen.

So weit das Auge reichte, nichts als Dunkelheit. Meine Brust schaute aus der ölig glatten Wasseroberfläche hervor. Ich ruderte mit den Zehen im Halbkreis herum, bis der Mond genau zwischen meinen Brüsten aufstieg. Ich ließ das kühle Wasser an meine Ohren plätschern und blickte geradewegs zum Himmel auf. Sterne funkelten über der ganzen nachtblauen Weite.

Ich ließ die Beine sinken; meine Nacktheit da unten in dem schwarzen Wasser, die Beine in der bodenlosen Tiefe unter mir, der unermeßliche Flimmernebel der Sterne über mir, und ich als winziges Etwas dazwischen.

Ich sog soviel Luft ein, wie ich halten konnte, und tauchte abrupt in das Nachtwasser ab. Ich stieß noch mal mit den Beinen nach, und viel kälteres Wasser umfing mich, verursachte Druck auf den Ohren. Ich riß die Augen im Nichts auf. Das Salzwasser brannte an den Augäpfeln, während ich mich in trägen Spiralen zu drehen schien, also blies ich Luft aus, um nicht weiter aufwärts zu treiben, und als die Blasen verschwunden waren, wurde es ganz still. Meine Ohren sirrten, ich spreizte die Beine, riß den Kopf zurück und streckte die Arme weit aus, um mich in dieser kalten, fast dickflüssigen Wasserschicht unten zu halten. Auf einmal aber toste es mir in den Ohren, und das Waser rauschte an mir herunter, als ich an die Oberfläche kam: warme Luft auf meinem Gesicht, die Geräusche der Erde und all der Dinge unter dem Mond.

Ich begann, an Land zu schwimmen. Ich merkte, wie mein Herz raste. Ich schwamm jetzt in hastigeren, weit ausgreifenden Zügen. Einmal platschte meine Hand wie ein ungeschickt zurückgezogenes Ruderblatt aus dem Wasser, und das Platschen klang nach Panik. Ich atmete zischend aus und kickte noch heftiger mit den Beinen nach.

Etwas streifte meine Brust, und ich zuckte japsend zurück. Meine Schulter stieß hart an eine Kante: Felsen. Ich merkte, daß ich wieder stehen konnte. Ich prustete Wasser aus und lachte, tappte vorwärts, und als ich bis zu den Knien draußen war, beugte ich mich vor und atmete tief durch, die Hände auf die Schenkel gestützt.

Ich schwankte hin und her zwischen den seltsam zerklüfteten, mondbeschienenen Steinen, die ebenso schimmerten wie meine dunkle, nasse Haut. Die Schlüssel um meinen Hals klirrten leise.

Ich war etwas weiter oben an dem vulkanischen Felsen herausgekommen. Ich fand mein Top am Ufer, trocknete mir nur die Hände daran ab und zog es an, schlüpfte dann schnell in den Rock und die Nikes. Ich schüttelte mein Haar aus und fuhr kurz mit den Fingern durch, um zu prüfen, wie verzwirbelt und klebrig es von dem Salzwasser war.

Die Tennisschuhe quatschten vor Nässe, als ich mich auf den Weg durch die Mondfelsen machte, auf das Grillenzirpen zu. Ich ging dann noch mal auf der anderen Straßenseite nachschauen, aber die meisten Bridgespieler hatten die Veranda schon verlassen.

Ich kam wieder bei den Anglern vorbei und bog dann in den Pfad entlang der Zypressen ein, der in leichter Steigung unter dem Granatapfelbaum durchführte. Man sah das Stroboskopgeflacker des Spook Factory und durch das Betonskelett des unfertigen Apartmentblocks den Leuchtturm und den Mond durchscheinen. Am anderen Ende der Obstplantage leuchtete noch etwas. Man konnte einen Teil eines riesenhaften blauen Auges in bleichem Licht sehen. Ich trat zwischen die Zitronen- und Aprikosenbäume. Was man da hinten sah, war die obere Kante der Autokinoleinwand.

Erst zwischen den Bäumen nahm man den Duft der dichten Blätter wahr, die in dem Schatten, in dem ich stand, tiefschwarz wirkten.

Mächtige blasse Mädchenlippen schienen sich dem Nachthimmel zum Kuß entgegenzustrecken, und man konnte das Licht der Leinwand auf den Blättern flimmern sehen. Ich drehte mich zum Meer hin. Aus meinen Haaren hörte man es leise tropfen. Ich schloß die Augen dort in der Stille und atmete einfach nur durch. Ich hatte drei Tage nicht geschlafen, um mir nur ja keine Minute von diesem Glück entgehen zu lassen, auf das ein Recht zu haben ich mir nie hätte träumen lassen.

- 8 -

Und wieder dämmerte ein Morgen herauf, während ich noch durch den reifen Zitronenhain streifte. Schwarze Fledermäuse schwirrten über mir umher. Der Himmel wechselte nach und nach die Farben, und die Hunde im Villenviertel bellten einer nach dem anderen los.

Wolkenballen türmten sich am Horizont über dem Meer, und die ersten Sonnenstrahlen dahinter leuchteten zitrusgelb in den Pinien auf dem fernen Felsvorsprung. Die Sonne glitt über die Mimosen herauf, bis die Wolken dort über dem Meer auseinanderzuflocken begannen und das Licht in Massen auf das Wasser fiel; der untere Rand einer Wolkenbank brach weg, während ein Streifen Himmel rosa angehaucht wurde und die violetten Schatten darüber sich in ein pfirsichfarbenes Dach verwandelten. Im vollen Licht glitzerten kleine Silberlachen auf all dem Laub. Die Fledermäuse waren verschwunden.

Herabgefallene Früchte lagen im Kreis unter den dunklen Blättern ihrer Bäume. Ich fröstelte in der Morgenkühle, langte hinauf und pflückte eine Orange vom Baum. Im Weitergehen zog ich noch zwei Orangen herunter und bettete sie in meine Armbeuge, mein langer Schatten vor mir, doch als ich aufschaute, sah ich einen brennenden Busch kaum drei Meter entfernt hochlodern. Ich ließ die Orangen fallen.

Es war die Sonne in meinem Rücken, die auf einen Baum schien. Die Blütenkrone war von dem psychedelischen Perlmuttschimmer Abertausender Schneckenhäuser erstickt worden.

Mit gebanntem Blick tappte ich um die Lichterscheinung herum und versuchte dann Anlauf zu nehmen, um über den ausgetrockneten Graben auf die Wegböschung zu springen, aber ich verschätzte mich, oder war nach der langen Rave-Nacht einfach zu kaputt, jedenfalls flog ich der Länge nach hin und riß im Fallen noch die Hand vor. Meine offene Handfläche schlug auf einen Stein auf, und zwei meiner langen Fingernägel knickten nach hinten um und brachen ab, während mein Glitzerknie über den scharfkantigen Kies schrappte.

Ich sprang sofort wieder auf. Rötlicher Staub klebte mir auf dem Schenkel. Blasse Hautfetzen standen dreckverkrustet von meinem Daumenballen hoch. Blut quoll aus den Schürfwunden an meiner Hand. Die zwei Fingernägel hingen lose runter, also schüttelte ich sie ab, und sie flatterten zu Boden.

Ein langes Blutrinnsal aus dem kreuzförmigen Schnitt am Knie leckte schon auf den Rand meines Nike. Ich versuchte zu lächeln und schaute starr geradeaus, aber weiße Neonpunkte tanzten mir wie Schneegestöber vor den Augen. Ich humpelte ein paar Schritte, die verletzte Hand von mir gestreckt, und tastete mich zwischen den Bäumen durch, aber mir wurde ganz flau, als ich mein eigenes Blut tropfen sah, blendendweiße Explosionen gellten mir durch den Kopf, dann ging ich mit dem dumpfen Wummern einer Baßtrommel zu Boden und blieb reglos liegen.

Ich sah den Atlasschimmer aus Zirruswolken am Himmel und lachte leise auf, was mich gleich zum Husten brachte. Ich versuchte, mich langsam aufzurichten. Ich faßte an meinen Hals, und der Schlüsselbund war noch da. Ich war ganz zittrig und schwach vor Hunger. Vorsichtig tat ich einen Schritt nach dem anderen, ohne auf mein schmerzendes Knie zu schauen. Nur noch ein bißchen durchhalten. Bitte, sagte ich laut.

Ich schleppte mich an dem Bewässerungsgraben entlang, bis ich zu dem Baum an der Weggabelung kam. Ich legte den Kopf zurück und blinzelte ins grelle Licht. Ich stand unter dem Granatapfelbaum. Sämtliche Äpfel an den Zweigen waren aufgeplatzt, und das reife, rote Fruchtfleisch stülpte sich hinaus in die Sonne. Fliegenschwaden taten sich entlang der Schalenränder an dem saftglänzenden, süßen Mark gütlich. Es sah aus, als säße der Granatapfelbaum voller kleiner, blutig aufgeschlitzter Lebewesen.

Mühselig schaffte ich es, den Weg bis zu meinem Apartmentblock hinter mich zu bringen. Und gerade, als ich aus der Obstplantage abbog, fiel mein Blick auf etwas eigenartig Leuchtendes. Es war ein kleiner roter Punkt, der sich über die trockene Erde neben dem Bewässerungsgraben bewegte; einer meiner abgebrochenen Nägel, der von Ameisen weggetragen wurde.

- 9 -

Durch meine Atemwolke verschwammen die roten Bremslichter in der bitterkalten Nacht, und der Wagen, der mich mitgenommen hatte, tutete unter der Brücke, bog, ohne zu blinken, in die Abzweigung zum Fort ein und rumpelte davon.

Sobald er weg war, setzte ich mich in Bewegung und trat prompt in eine vereiste Pfütze, die klirrend unter mir einbrach. Ich hielt die Luft an; horchte hinaus in die Dunkelheit.

Weiter vorn an der Bahnlinie zum Hafen hin sah man das trübe Licht hinter den beschlagenen Scheiben der Signalbox. In der anderen Richtung wurde das Streifenmuster der Bahnschwellen von tiefem Schwarz verschluckt. Die Schwellen waren geisterhaft fahl vor Reif.

Ich legte eine Hand auf den Zaun und kletterte hinüber, sprang in die Büsche, obwohl es laut raschelte, und schlitterte in einer Lawine aus Schlackebrocken und froststarren Blättern die steile Böschung hinab.

Unten blieb ich stehen und blickte nach beiden Seiten an den Schienen entlang. Dann drehte ich mich um und ging weg von der Signalbox in die Dunkelheit auf den Bergpaß zu. Um mich nicht so deutlich von den weiß bereiften Bahnschwellen abzuheben, hielt ich mich so weit wie möglich am Rand, auf dem Geröll neben den Gleisen.

Weiter an der schnurgeraden Trasse entlang klangen meine Schritte hohl auf der Brücke. Ich warf einen Blick über die Brüstung; an den Ufern des Wildbachs türmten sich riesige Eiskaskaden. Ich schaute auf, aber es gab keinen Mond. Ich schob mir den Rucksack etwas bequemer auf den Schultern zurecht und stieg auf die Mitte der Gleise, ehe ich weiterwanderte.

Die Schwellen waren rutschig, zu dicht beieinander, um von einer auf die nächste zu treten, und zu weit auseinander, um bei jedem Schritt eine auszulassen.

Nach etwa einer Meile kam ich an den Paß, wo die Schafzäune unsichtbar über mir emporragten. Ich folgte den Kurven in der Trasse bis zu dem Punkt, wo die ersten Bergausläufer linker Hand eine Steilwand bildeten.

Ein grimmiger Windstoß ließ mich den Kopf abwenden, sowohl wegen der Kälte, als auch, um nach einem Abendzug zu horchen.

Ich war jetzt schon mitten im Paß; hin und wieder fuhr ein Wagen unten an der Böschung vorbei, und im Scheinwerferlicht sah man das schwarze Wasser des Lochs, und Schatten huschten über die vereisten Bohlen. Dann hörte ich plötzlich ein tiefes Brummen aus der Ferne.

Eine Diesellok näherte sich vom Bahnsteig an den Wasserfällen her, unterhalb der Turbinen-Bar, zwei Meilen weiter vorn. Ich spähte in die Dunkelheit zur Straße hin und kraxelte dann sehr vorsichtig ein Stück weit die Böschung hinab, um nicht auf einmal ins Leere zu treten, aber der Abhang war nicht allzu steil.

Ich hockte mich hin, den Rucksack an einen Baumstamm gelehnt, die Füße gegen den nächsten weiter unten gestützt. Es war gräßlich kalt, ich war todmüde und die Augen fielen mir zu.

Ich schreckte auf. Ich mußte wohl ein bißchen eingenickt sein, und der Boden zitterte unter mir, wie der Sand damals unter Couris Jean. Die ganze Böschung vibrierte, so daß ich mich noch fester zwischen die Stämme einkeilte, die Beine flach gegen den Boden gestemmt. Ich wollte mir schon die Ohren zuhalten, ließ es dann aber doch bleiben. Die Lok legte noch einmal Tempo zu, bevor sie an mir vorbeizog. Der Lärm war wirklich höllisch, und als ich langsam den Kopf über die Schulter zurückwandte, sah ich das Flackern der Auspuffmündung oben auf dem Dach und die Funken der kreischenden Räder, bis der letzte Wagen durchgezischt war. Ich stand auf und zog mich in der Dunkelheit die Böschung hoch, gerade noch rechtzeitig, um das rote Schlußlicht um die nächste Biegung verschwinden zu sehen.

Ich drehte mich um und ging weiter die Trasse entlang. Im Gegenwind kam man nur mit gesenktem Kopf vorwärts, die Hände tief in den Taschen der Lederjacke vergraben, und ständig stolperte man über Steinbrocken oder Schienenteile, die neben den Gleisen gestapelt waren. Also stieg ich dann doch wieder über die Mittelschwellen, obwohl sie so glatt waren und den falschen Abstand für die Schrittlänge hatten und man sich ständig zwanghaft umschaute, ob nicht außer dem regulären Abendzug vielleicht noch irgendein unvorhergesehener auftauchte.

Ich hielt an und spähte mit zusammengekniffenen Augen zwischen die Bäume.

Dort, wo der Bahnsteig an den Wasserfällen hätte sein müssen, konnte ich keine Lampe sehen und auch sonst kein einziges Licht unterhalb der Turbinen-Bar.

So angestrengt ich im Weitergehen auch Ausschau hielt, kam doch immer noch kein Lichtschein der stillgelegten Bahnstation in Sicht.

Durch die Haarlocken auf meiner Schulter sah ich die Scheinwerfer eines Wagens unten auf der Straße vorbeifegen.

Ich war also doch schon eine ganze Ecke weitergekommen, denn jetzt konnte ich die Umrisse des Stationsdachs hinter dem Viadukt erkennen. Aber vom Wasserfall war noch immer nichts zu hören, obwohl ich so dicht dran war; nur der Wind rauschte in den Baumwipfeln am Bahndamm.

Ich betrat den kurzen, gebogenen Viadukt und versuchte, in der Dunkelheit zu erspähen, was mit dem Wasserfall los war. Und dann sah ich es.

Die Felsklippen waren zu einer kompakten, in Stufen abfallenden Eiswand gefroren. Wie Orgelpfeifen hingen riesige Eiszapfen von der Viaduktmauer herab.

Ich erschauerte vor all der kalten Pracht und überquerte dann den Rest des Viadukts, legte die Hände auf die dunkle Holzplattform, um mich hinaufzuziehen, und schwang die Beine über die Kante, wobei ich mir die Jeans noch mehr eindreckte. Ich wischte mir die Hände am Hinterteil ab.

Ein graues Band wehte über das nachtschwarze Wasser. Es war Rauch aus dem Kamin der Turbinen-Bar, und trotzdem war immer noch kein Licht zu sehen, dabei konnte doch noch längst nicht Sperrstunde sein. Obwohl ich gut drei Meilen an den Gleisen entlanggelaufen war, konnte ich unmöglich so viel Zeit dafür gebraucht haben.

Ans Geländer geklammert, tappte ich vorsichtig den gewundenen Pfad von der Station am Wasserfall zur Hauptstraße hinab. Weder in der Wirtschaft, noch auf dem Parkplatz unten am Turbinenwerk, oder auf der Pontonbrücke, wo die Straße die Schleusenanlage kreuzte, gab es irgendwelches Licht. Ich spähte zu der Tunnelöffnung im Berghang hinüber. Würziger Holzrauch hing in der Luft. Ich stieg die Treppe zur Turbinen-Bar hinauf, zögerte kurz und stieß dann die Tür auf.

Zwei dicke Scheite loderten unter dem Messingrauchfang mitten im Raum, und das war auch die einzige Lichtquelle. Das ganze Lokal bestand nur aus langen Schatten und dunklen Ecken im ungewissen Schein der Flammen, der über leere Barhocker und Sitzecken flackerte.

Und nirgends eine Menschenseele. Ich trat an den Kamin, um mir die Hände zu wärmen. Die Tür fiel hinter mir ins Schloß. Ich sah hinter dem Tresen nach und spähte in die Schattenecken: niemand da.

Ich nahm den Rucksack ab und lehnte ihn an den Tresen. Ein kalter Luftzug strich mir über den Rücken. Dann hörte ich gedämpftes Stimmengemurmel, also schlüpfte ich am aufgeklappten Tresendurchgang durch und steckte den Kopf in den Hinterraum. Eine Reihe Aluminiumfässer an der Wand, wieder Stimmen, und eine offene Tür ins Freie. Ich ging hinüber und schaute raus.

Drei dunkle Gestalten standen mit dem Rücken zu mir und schienen zu dem Berg über uns aufzublicken. Als meine Augen sich ein bißchen gewöhnt hatten, sah ich, daß es zwei Männer und ein jüngeres Mädchen waren, die seltsam regungslos einfach nur in die Höhe starrten. Ich sah die Atemwolke des Mannes, der mir am nächsten stand.

Plötzlich sagte die Männerstimme: Muß ja mächtig was runtergekommen sein da oben.

Gehn wir lieber wieder rein, wozu sich hier einen abfrieren, sagte die Mädchenstimme mit südlichem Akzent.

Der Mann, der mir am nächsten stand, drehte sich um, und ich hüstelte.

Jessas!

Wer is'n das da? sagte der andere Mann.

'tschuldigung, sagte ich.

Die drei starrten mich verdattert an. Meine Haare sahen wohl auch ziemlich wild aus.

Die beiden Männer glotzten immer noch wie erstarrt, aber das Mädchen, das dahinter stand, schob sich resolut zwischen ihnen durch und schaute mir ins Gesicht.

Wir haben Stromausfall, erklärte sie.

Ach so, sagte ich.

Los, gehn wir schon rein, sonst holen wir uns noch den Tod hier draußen, sagte sie.

Weil ich die erste in der Reihe war, mußte ich kehrtmachen und den Gänsemarsch anführen, an den Bierfässern entlang zum Tresen zurück und an der Durchschlupfklappe vorbei in den Schankraum.

Im Gehen sagte ich, sorry, ich hab da hinten eure Stimmen gehört, und hier war alles duster, ich wußte nicht, ob ihr überhaupt aufhabt oder was.

Das Mädchen ging an die Kasse, und man sah, daß sie kurz nachschaute, ob das Geld noch da war, bevor sie sich zu mir und den beiden Männern an den Kamin stellte. Die Männer trugen das Logo des Turbinenwerks auf ihren Overalls. Der kahlere von beiden hustete, rieb sich die Hände und meinte, arschkalt hier oben, was?

Kann man wohl sagen, nickte ich.

Der Mann hustete wieder.

Der weniger kahle machte eine Kopfbewegung zum Tresen hin und sagte, da oben am Damm muß ganz schön was geboten sein. Da muß unheimlich viel Schnee liegen, wenn uns sogar hier schon der Strom ausfällt.

Ich nickte.

Ach, in 'ner halben Stunde haben die das locker wieder behoben, sagte der andere und sah dabei das Mädchen an, nicht mich.

Wahrscheinlich sogar noch schneller, die brauchen ja nur das Notaggregat anzuwerfen, aber irgendwer muß noch mit'm Geländewagen da hoch, um zu checken, was los ist.

Dann war es erst mal still. Vollkommen still, weil nicht mal ein Kühlschrank brummte. Ein Stückchen Glut knisterte im Feuer. Ich streckte die Finger aus.

Biste per Anhalter unterwegs? fragte der Typ neben mir und nickte zu meinem Rucksack hin.

Ja, so in etwa. Eigentlich bin ich auf der Suche nach 'm Job.

Und was für 'n Job? fragte das Mädchen.

Ganz egal. Habt ihr vielleicht 'n Tip?

Puh, sieht schlecht aus zu dieser Jahreszeit. Hast du irgend 'ne Ausbildung, bist du Studentin, oder so? sagte der kahlere.

Nö. Aber ich würd alles machen, egal was, bloß nicht im Hafen; ich dachte, ich find vielleicht was in den Dörfern hier in der Gegend, oder auf der Bohrstation, falls die noch in Betrieb ist…

Die Bohrstation auf der Halbinsel draußen? Klar gibt's die noch. Aber sag mal, wenn du auf keinen Fall im Hafen jobben willst, schränkst du deine Chancen damit ja ganz schön ein.

Der weniger kahle meinte, für Frauen gibt's auf der Bohrinsel nur Putzjobs, da draußen schaffen zur Zeit zweihundert Mann, aber meistens vergeben sie solche Jobs nur an ältere Frauen.

Und diese Fabrik da in Alginate? wollte ich wissen.

Alginate? Die hat schon vor drei Jahren dichtgemacht. Bist du denn von hier? fragte der kahlere und schaute mich zum ersten Mal richtig an.

Ich nickte. Ist schon 'ne Weile her. Ich war ziemlich lange weg, bin so kreuz und quer rumgereist.

Wieder kehrte Stille ein.

Der kahlere meinte, tja, wahrscheinlich gibt's da 'n Problem mit dem Eis, die haben ja Kameras an den Überlaufschleusen, um Blockierungen durch angeschwemmte Äste oder so was festzustellen, und eine Lichtanlage gibt's auch, falls man da nachts Taucher runterschickt; das Wasser fließt durch ein Tunnelsystem im Berg ab, Tausende Tonnen Wasser, das die Turbinen antreibt und dann am Ende der Rohrleitung ins Loch abfließt. Wenn der Wasserstand am Damm zu stark absinkt, kann man das Wasser auch wieder raufpumpen, in den Nachtstunden, wo der Strombedarf am geringsten ist.

Echt super die Anlage, die läuft bis in alle Ewigkeit, von A bis Z vollautomatisch, wir brauchen nur ein Auge drauf zu haben.

Aber nicht heute nacht, Leute, sagte das Mädchen.

Wir sollten wohl mal besser los, falls die da unten nicht zurechtkommen, meinte der andere und kippte den Rest aus seinem Kaffeebecher, der irgendwo links von ihm im Schatten gestanden hatte.

Also, dann mach's mal gut, sagte der kahlere und hustete.

Wiedersehn, Kleine, bis bald, lächelte der andere dem Mädchen zu.

Der erste stieß die Tür auf, und als sie ins Freie traten, spähten sie beide zum Himmel hoch.

Das Mädchen sammelte die zwei Kaffeebecher ein und trug sie zum Tresen.

Kann ich dir irgendwas bringen?

Ah, nein danke, sagte ich.

Sie klapperte mit den Bechern im Spülbecken und sagte, na, wenigstens ein Glück, daß es nicht Samstagabend ist. Wenn die Bierpumpen streiken, saufen die Kerle vom Kraftwerk nur noch Whisky und drehen dann ganz schnell durch.

Ich grinste mir eins.

Du bist also hier aus der Gegend? fragte sie mich aus dem Halbdunkel heraus, wo ich sie kaum sehen konnte.

Jawoll.

Und woher genau?

Vom Hafen.

Ah so. Ich bin hier für ein Forschungsprojekt von der Uni, weißt du, aber es kann ja nie schaden, sich ein bißchen Geld nebenbei zu verdienen, nicht?

Logisch.

Ich bin Ornithologin.

Vögel.

Ja. Adler, um genau zu sein. Die haben da einen Nistplatz in den Felsen oberhalb vom Damm, und ich nehme an einem dreijährigen Beobachtungsprojekt teil.

Tatsächlich, sagte ich.

Sie kreisen da draußen wahrscheinlich gerade über uns.

Du wohnst also hier? fragte ich.

Ja. Ich hab hier oben im Haus ’ne Wohnung.

Und bist du dann öfters im Hafen unterwegs?

Manchmal.

Gibt’s das Mantrap noch, diese Disco mit der Bäckerei drunter?

Bist du da früher etwa hingegangen? Letzten Sommer hat einer da ’n Ohr abgebissen gekriegt. Alle meine Bekannten gehen ins Waterfront, das ist echt klasse. Das Mantrap ist doch ein ganz mieser Schuppen. Und du siehst dich jetzt also nach Arbeit um? Was hast du denn vorher gemacht?

Ich bin einfach nur rumgereist.

Hat dich jemand von der Nachtschicht im Kraftwerk hierher mitgenommen?

Nein.

Kommt mir komisch vor, sich ausgerechnet hier im Nichts absetzen zu lassen.

Hab ich ja auch nicht. Ich bin ’ne Strecke zu Fuß gegangen.

Aber es ist doch viel zu kalt, um draußen rumzulaufen. Du solltest dich besser vorsehen.

Ach, mir passiert schon nichts, sagte ich.

Das Mädchen hielt mir eine Zigarettenschachtel hin.

Nein danke, sagte ich, hab’s aufgegeben.

Ich sah mich um und meinte, kann man hier vielleicht irgendwo pennen, ich hab nämlich kaum noch Geld, und so.

Sie schnaufte ein bißchen verlegen. Nein, eigentlich nicht, ich meine, tut mir echt leid, aber mein Onkel, weißt du, der kommt nachher vorbei, um die Kasse zu leeren, und der wird eh schon sauer sein wegen dem fehlenden Bierabsatz bei dem Stromausfall. Ich glaube kaum, daß der damit einverstanden ist, wenn ich hier jemanden übernachten lasse.

Dein Onkel?

Ja, er hat die Wirtschaft vor vier Jahren übernommen.

Verstehe, sagte ich.

Ja, so ist das, ich meine, tut mir wirklich leid. Aber hör mal, mir fällt gerade ein, der Freund von meinem Onkel, der hat so ein Hotel im Landhausstil am Rollfeld auf der Insel.

Auf der Insel?

Ja. Direkt an der Landebahn. Ich meine, wenn du's da mal versuchst, der stellt vielleicht noch Mitarbeiter ein.

Gut, ich werd dran denken. Gibt's heute vielleicht noch 'ne Mitfahrgelegenheit zu einem von den Dörfern, mit irgendwem vom Kraftwerk, oder so?

Tja, ich weiß nicht, die Nachtschicht ist jetzt schon im Gang, diese beiden Typen da eben sind immer die letzten. Und die Schicht geht erst nach vier zu Ende.

Ach, ist ja auch egal, sagte ich und schulterte den Rucksack.

Wenn du dich an die Straße stellst, kommen um die Zeit bestimmt noch einige vorbei, die in die Dörfer raus fahren.

Ja, na dann tschüs, sagte ich.

Draußen in der Kälte holte ich den Discman raus, steckte ihn in die Tasche der Lederjacke und ließ *He Loved Him Madly* laufen. Ich zog den Reißverschluß hoch, schob die Hände in die Taschen und machte mich auf den Weg.

Autoscheinwerfer strahlten mir von der Pontonbrücke her ins Gesicht, aber ich wandte nur den Kopf ab, ohne den Daumen rauszustrecken. Man hörte sie in den nächsten Gang schalten, die Schatten schwollen an, und jedesmal brummten sie vorbei, die Auspuffwolke rosa im Schein der Rücklichter. Über dem Loch hingen Nebelschwaden. Man sah die Rücklichter an der Uferstraße entlanggleiten und die Scheinwerferkegel über ein paar Lärchen auf einem der Inselchen streifen.

Ich schlug den dunklen Pfad zurück zur Station am Wasserfall ein und sprang mitten aufs Gleis hinunter. Ich ging weiter die lange gerade Trasse entlang und zwang mich, nicht zurückzublicken; nur die Musik in den Ohren, sonst nichts.

Nach einer Weile blickte ich hoch, und eine Feder schien aus der Nacht auf mich herabzuschweben. Adler, sagte ich laut, über die Musik hinweg.

Es war die erste Schneeflocke, die da heruntergewirbelt kam. Ich hielt das Gesicht gesenkt, aber die dicken Flocken fingen bald an, sich auf meinem Haar zu sammeln. Ich ging immer weiter die Gleise entlang, obwohl der Schnee nun langsam die Lücken zwischen den Schwellen unter meinen Füßen füllte. Ich klopfte mir die Flocken aus den Haaren, aber davon wurden meine Finger nur noch eisiger.

Ich schnaubte die Flocken aus, die sich mir um Mund und Nase legten, und versuchte, die Hände noch tiefer in den Taschen zu vergraben. Ich schüttelte den Kopf und würgte den ersten Schluchzer wieder runter. Ich legte den Kopf zurück, um freier durchatmen zu können, aber sofort setzten sich kitzlige Flocken auf meine Augenlider. Schniefend wischte ich mir mit dem abgeschabten Jackenärmel über die Nase, dann drehte ich dem vom Loch heranpeitschenden Schnee so gut es eben ging den Rücken zu.

Weiter und weiter wanderte ich unter dem Schwarzweißgekräusel dieses stürmischen Hochlandhimmels. Ein weißer Flokkenschwarm wehte bis unter den Brückenbogen, so daß man nur mittendrin in dem kurzen Tunnel ein bißchen Schutz fand, und falls jetzt ein Zug herangerattert kam, würde man sich nirgends davor retten können, aber trotzdem blieb ich dort vorgebeugt stehen und verschnaufte erst mal ein bißchen.

Ich ging weiter, bis die Bahntrasse nach der langen Kurve auf gleicher Höhe mit dem Loch war. Als *He Loved Him Madly* zu

Ende war, konnte man die Wellen plätschern hören. Am Ufer schwappten krumme, schneebestäubte Treibholzäste.

Auf seltsam vertraute Weise nahmen die undeutlichen Umrisse weiter vorn allmählich Gestalt an.

Als erstes sah man den spitzen Turm des geschlossenen Hotels, dann nach und nach auch die Treppenstufen und die Bahnsteigkante. Hier kannte ich mich sogar im Stockdunkeln aus. Ich legte die Hände in den Schnee und hievte mich auf die Plattform. Oben an der Treppe schaute ich zum Turm hinauf, aber die wirbelnden Flocken verschleierten mir die Sicht. Nirgends in dem schlafenden Dorf war ein Licht zu sehen.

Ich spähte durch das Schneetreiben zu den Hochspannungsmasten hinüber, dann verzog ich mich an die windgeschützte Seite des Hotels. Durch ein Fenster konnte ich die Formen der Möbel drinnen erkennen, alle mit Leintüchern abgedeckt, und an der Wand hinten den großen Schaukasten mit dem Lachs.

Eilig überquerte ich die verschneite Straße. Weit und breit keine einzige Fahrzeugspur.

Von der Modellanlage her erinnerte ich mich an den Weg über den Friedhof, aber inzwischen hatte sich einiges verändert. Durch den Schnee hindurch spürte ich die Hubbel neuer Gräber unter meinen Füßen.

Ich stapfte den Pfad hinauf zur Anhöhe und fing an zu rennen, als ich die schneebedeckte Wölbung der Baumkirche sah. Von den Zweigen, die ich im Durchschlüpfen anstieß, rieselte es mir kalt in den Nacken, und ich schüttelte die Haare aus, als ich den Zufluchtsort betrat.

Meine Schritte klangen eigenartig dumpf. Eine dicke Schneeschicht lag auf dem immergrünen Dach und schützte den Raum ein bißchen vor der Kälte. Ich knipste mein letztes Feuerzeug an und hielt es hoch, so daß die Flamme zitternde Schatten über die Kuppel aus Zweigen warf, dann wagte ich mich tiefer und tiefer in die Dunkelheit vor. Nach ein paar Schritten durch den Mittelgang löschte ich das Feuerzeug und sank vor dem Altar in die Knie. Der Schnee wirbelte durch die Fensterhöhlen herein, aber auf der vorderen Bank saß man gut geschützt. Ich murmelte mein kleines Gebet und blies mir dann auf die erstarrten Finger.

Ich streifte den Rucksack ab und wechselte meine nassen Socken gegen trockene aus, zog die Beine auf die Bank hoch und breitete mir einen Pullover über den Bauch. Ich schlotterte am ganzen Körper, und mein Atem dampfte in der frostigen Luft. Doch irgendwann ließ das Schlottern dann von selber nach.

Ich knipste das Feuerzeug wieder an und holte mein dickes Notizheft aus dem Rucksack. Ich mußte die Finger fest um den Stift krampfen, um ein paar Sätze hinschreiben zu können, und als es zu heiß wurde, machte ich das Feuerzeug aus.

Ich war wohl schon halb eingenickt, als ich plötzlich hochfuhr. Ich drehte mich zur Seite und übergab mich auf den Kirchenboden.

Nach einer Weile sank mir dann der Kopf wieder nach vorn. Dann spürte ich einen eiskalten Tropfen auf dem Scheitel. Und noch einen. Ein weiterer rann mir über die Wange und weckte mich vollends auf. Ich fühlte mich schon nicht mehr ganz so am Ende. Ich streckte die Zunge raus und fing einen köstlich eisigen Tropfen auf. Ich ließ die Füße von der Bank gleiten, gab acht, nicht in der Kotzlache zu landen, und stand auf.

Der Schnee taute, und das Schmelzwasser tropfte frisch und belebend durch das Zweigdach. Ich wischte mir das Gesicht ab, kämmte mir die Haare, schulterte den Rucksack und trat nach draußen.

Der Mond war aufgegangen. Man konnte die Tautropfen von den Bäumen fallen hören, weiter unten schimmerte das schneebedeckte Hoteldach, dann gab es plötzlich einen lauten Klick, und der Kasten am Hochspannungsmast fing an zu summen.

In dem dunklen Dörfchen gingen da und dort Lichter hinter den Fenstern an, und die Straßenlampen flackerten in zögerndem Neonrosa auf. In der Ferne sah man die Lichter der nächsten Siedlung gleichfalls zum Leben erwachen.

Ich legte beide Hände auf meinen Bauch, auf das neue Lebewesen, das darin heranwuchs. Das Kind der Rave-Parties.

Ich senkte den Kopf und machte mich stumm auf den Weg in diese Nacht.

Danksagung

Ich danke allen, die mir geholfen haben, besonders Patsy und Frank Warner, und Cairns Leslie.

Einige Auszüge aus diesem Roman sind als Vorabdruck im *Northwords*-Magazin erschienen.